KB119259

칠드런 액트

칠드런 액트

THE CHILDREN ACT
— Ian McEwan —

이언 매큐언 장편소설

민은영 옮김

한겨레출판

아동의 양육과 관련한 사안을 판결할 때……
법정은 아동의 복지를 무엇보다 우선으로 고려해야 한다.

아동법(1989) 제1조 (a)항

1

런던. 트리니티 개정기*가 열린 지 일주일 지난 시점. 누그
러들지 않는 6월 날씨. 집에서 일요일 저녁을 보내는 고등법
원 판사 피오나 메이. 긴 의자에 반듯이 누워 스타킹 신은 발
끝 너머로 응시하는 맞은편 방 풍경. 벽난로 옆에 놓인 매립
형 책장 일부분과 벽 한쪽의 커다란 창문가에 걸린 르누아
르의 〈목욕하는 여인〉 판화. 삼십 년 전에 오십 파운드를 주
고 구입한 아마도 가짜일 듯싶은 작품. 그 아래 동그란 호두
나무 탁자 한가운데에는 어떻게 수중에 들어왔는지, 마지막
으로 꽃을 꽂은 게 언제인지도 기억나지 않는 파란 화병. 일

* 영국 고등법원은 연중 네 번의 개정기가 있으며 그중 트리니티 개정기는 6월
9일부터 7월 31일까지다.

년 동안 불을 피우지 않은 벽난로. 쇠살대 안의 누런 신문지 뭉치 위로 불규칙하게 똑똑 소리를 내며 떨어지는 시커먼 빗방울. 광택이 흐르는 넓은 마룻장 위에 펴놓은 부하라 카펫. 시야 주변부로 어렴풋이 보이는 소형 그랜드피아노, 그 깊은 검은색 광택 위 은색 액자에 든 가족사진들. 긴 의자 옆, 팔이 닿는 바닥에 놓아둔 판결문 초안. 그리고 피오나는 긴 의자에 누워 이 모든 것이 해저로 가라앉아 버리기를 빌었다.

손에는 두 번째 스카치앤드워터가 들려 있었다. 남편과 나눈 불쾌한 대화 뒤로 떨리는 가슴을 아직도 진정시키는 중이었다. 평소에는 거의 술을 마시지 않지만 수돗물을 탄 탈리스커 위스키에 위로받은 피오나는 장식장까지 건너가 세 번째 잔을 가져올 생각이었다. 스카치는 조금 넣고 물은 많이 넣어서. 왜냐하면 다음 날엔 재판이 있고, 당장은 당직 판사로서 언제라도 갑작스러운 요구에 응할 수 있어야 하기 때문이었다. 심지어 이렇게 마음을 추스르며 누운 와중에도. 그는 충격적인 선언을 했고, 말도 안 되는 짐을 그녀에게 지웠다. 피오나는 몇 년 만에 처음으로 소리다운 소리를 질렀고 그 메아리가 아직도 희미하게 귓전을 울렸다. "당신 바보 아니야? 빌어먹을 바보 아니냐고!" 가끔씩 뉴캐슬에 놀러 가 속 편히 지내던 십대시절 이후로는 소리 내어 욕해본 적이 없었다. 때로 쓸데없는 증거나 관계도 없는 법률 이론을 들먹이는 것을 들을 때 험한 말이 머리를 비집고 들어온 적은 있어도.

그러고는 바로 이어서, 분노로 숨을 몰아쉬며, 피오나는 최소한 두 번은 크게 외쳤다. "감히 어떻게!"

그건 질문이 아니었지만 남편은 차분한 목소리로 대답했다. "나한테는 필요해. 나 이제 쉰아홉이야. 이게 마지막 기회일 거야. 아직 내세가 있다는 증거는 못 들어봤으니까."

허세 가득한 그 말에 피오나는 뭐라 답해야 할지 알 수 없었다. 그저 그를 빤히 쳐다볼 뿐이었고, 어쩌면 입도 벌리고 있었는지 모른다. 이런 뒷북이라니, 긴 의자에 누운 이제야 그녀는 적절한 대답이 떠올랐다. '쉰아홉이라고? 잭, 당신 예순이야! 한심해. 진부해.'

실제로 했던 변변찮은 대답은 '정말 말도 안 돼'였다.

"피오나, 우리가 마지막으로 잠자리를 한 게 언제지?"

언제였을까? 남편은 이전에도 같은 질문을 했었다. 처량하게 묻기도 했고 따지듯 묻기도 했다. 하지만 많은 일들이 북적거리는 가까운 과거의 기억은 오히려 불러내기 힘들다. 이상한 차이, 특별 청원,* 내밀한 반쪽의 진실, 희한한 비난이

---

* 자신에게 유리한 사실만 말하는 일방적인 진술.

난무하는 고등법원 가사부. 법의 모든 분과가 그러하듯 판사는 상황의 미세한 특이점을 신속하고 완벽하게 이해해야만 했다. 지난주 피오나는 이혼 절차를 밟고 있는 유대인 부부의 최종진술을 들었다. 교리 실천에 대한 신념이 다른 두 사람은 딸들의 교육 문제로 분쟁이 있었고, 그 판결문 초안이 긴 의자 옆 바닥에 놓여 있었다. 내일은 절망에 빠진 영국 여자가 법정에 재출석할 예정이었다. 수척하고 핏기 없는 얼굴에 교육 수준이 높은 여자는 다섯 살 난 딸아이의 엄마였다. 아이 아빠는 모로코인 사업가이자 엄격한 이슬람교도였는데, 엄마는 그가 법정에서 한 서약을 어기고 딸을 곧 법원 관할권 밖으로 데리고 나가 라바트에 정착할 계획이라고 믿었다. 그것 말고는 자녀의 거주지와 주택, 연금, 수입, 상속 등을 두고 벌이는 일상적인 다툼이었다. 고등법원으로 오는 소송은 큰 재산이 걸린 경우였다. 대체로 부(富)는 행복을 오래 연장시키지는 못했다. 부모들은 이내 새로운 법률용어와 인내를 요하는 법 절차에 익숙해졌고, 한때 사랑했던 사람과 악의에 찬 싸움을 벌이는 자신을 깨닫고는 어리둥절해했다. 그리고 소송서류에서 성은 빼고 이름으로만 언급되는 어린아이들, 불안한 벤과 세라들이 무대 밖에서 함께 웅크리고 기다리는 동안, 무대 위의 신들은 가정법원에서 고등법원, 이어서 항소법원까지 끝까지 싸우며 나아갔다.

이 모든 슬픔은 주제도 비슷하고 그 안에 담긴 인간적인 요소들도 비슷했지만 피오나는 끊임없이 그 슬픔에 매혹되었다. 그리고 자신이 이 절망적인 상황에 합리적인 시각을 제시해준다고 믿었다. 그녀는 가족법 조항들을 대체로 신뢰했다. 낙관적일 때는 아이의 필요가 부모의 필요에 우선함을 법령에 명시하는 것이 문명 진보의 중요한 표지라고 여기기도 했다. 피오나의 낮 시간은 일로 꽉 차 있었고, 요사이 밤에는 다양한 저녁 약속과 은퇴하는 동료를 위한 미들템플*의 행사, 킹스플레이스에서 열린 음악회(슈베르트, 스크랴빈) 참석 등이 있었다. 그리고 택시와 지하철을 타고, 세탁소에서 옷을 찾고, 파출부 아주머니의 자폐아 아들을 위해 특수학교에 보낼 편지 초안을 썼으며, 그 모든 일을 한 다음에야 마침내 잠이 들었다. 섹스는 어디에 있었더라? 순간 기억이 나지 않았다.

"그런 거 일일이 기록 안 해."

잭은 그것 보라는 듯이 양손을 펼쳤다.

---

* 런던에 있는 네 개의 법학원 중 하나. 각각의 법학원은 법정변호사를 양성하는 교육기관이자 또한 사교단체로서의 역할도 하고 있다. 이외에 이너템플, 링컨즈인, 그레이즈인 법학원이 있다.

피오나는 남편이 맞은편으로 걸어가 위스키를 따르는 모습을 지켜보았다. 그녀가 마시는 탈리스커였다. 최근에 그는 키가 더 커 보이고 몸놀림도 가벼워 보였다. 남편이 등을 돌리고 있는 동안 피오나는 그에게 거부당하리라는, 젊은 여자 때문에 버려지는 모욕을 당하리라는, 혼자 쓸모없이 남겨지리라는 싸늘한 예감이 들었다. 그가 원하는 대로 그냥 따라야 하나 의문이 들었지만, 피오나는 그런 생각을 몰아냈다.

잭이 잔을 들고 그녀 쪽으로 돌아왔다. 이 시간이면 상세르 와인을 권하곤 하던 사람이 이번에는 그러지 않았다.

"원하는 게 뭐야, 잭?"

"난 이 연애를 할 거야."

"이혼을 원하는 거네."

"아니, 난 모든 게 그대로이길 원해. 속이지 않고."

"이해 안 돼."

"아니, 이해할 거야. 당신이 언젠가 말했잖아. 오래 함께 지낸 부부는 남매 같은 사이를 염원할 거라고. 우린 이룬 거야, 피오나. 난 당신 오빠가 된 거야. 포근하고 다정하잖아. 난 당신을 사랑해, 하지만 죽기 전에 한 번은 대단하고 열정적인 연애를 하고 싶어." 아연실색해 내뱉은 한숨을 웃음으로, 어쩌면 조롱으로 오해한 그가 거칠게 말했다. "열락, 흥분으로 정신을 잃을 것 같은 경험. 기억은 해? 마지막으로 한 번 시도해보고 싶다고. 당신은 원하지 않는다 해도. 아니, 어쩌면 당신도 원할지 모르지."

피오나는 믿기 힘든 눈으로 남편을 빤히 쳐다보았다.

"그런 거로군."

그제야 말문이 트여 무슨 이런 바보가 다 있느냐고 말한 것이 바로 그때였다. 그녀에게는 관습적으로 옳은 것에 대한 확고한 이해가 있었다. 그 제안이 더욱 터무니없게 느껴진 이유는 자신이 아는 한 남편은 단 한 번도 한눈을 판 적이 없기 때문이었다. 혹시라도 속였다면 대단한 기술을 발휘했던 것이 틀림없다. 피오나는 이미 그 여자의 이름을 알고 있었다. 멜러니. 치명적인 피부암의 한 종류와 그리 다르지 않은 이름. 스물여덟 살 난 이 통계전문가와 남편의 외도로 인해 자신의 존재가 지워져버릴 수도 있음을 그녀는 알고 있었다.

"그러면 우리 관계는 끝장이야. 그만큼 단순한 문제야."

"협박인가?"

"엄숙한 약속이야."

이쯤에서 피오나는 평정을 되찾았다. 그리고 정말로 상황은 단순해 보였다. 개방결혼을 제안하려면 결혼 전에 했어야지, 서른다섯 해가 지난 후에 그럴 수는 없다. 잠깐의 관능적 흥분을 되살려보겠다고 우리가 가진 모든 걸 위태롭게 만들다니! 자신이 그것을 원하는 상황을 상상해보자(그녀에게는 '마지막 바람'이 곧 최초의 바람이 될 텐데) 머리에 떠오르는 것이라고는 혼란과 밀회와 실망과 곤란한 시간에 걸려오는 전화뿐이었다. 새로운 사람과의 잠자리에 적응하는 불편함, 새로이 고안해야 하는 애정 표현, 그 모든 속임수들. 결국 다가올 필연적인 사태 수습의 과정, 마음을 터놓고 진심을 다하기 위해 요구되는 노력. 정리하고 돌아와도 예전과 같을 수는 없는 모든 것. 아니, 나는 불완전한 삶이 나아. 지금 내게 주어진 바로 이 삶.

하지만 그렇게 긴 의자에 누워 있자니 진정한 모욕의 크기가 가늠되었고, 남편이 자신의 고통을 담보로 쾌락을 추구할 각오를 했다는 깨달음이 찾아왔다. 무자비한 사람. 그가 타인을 희생해 자기의지를 관철시키는 모습을 본 적은 있지만 대부분은 선한 대의를 위해서였다. 이건 새로운 모습이었다. 뭐가 바뀐 걸까? 잭은 다리를 크게 벌려 몸을 쭉 편 채로 싱글 몰트를 따랐고, 놀고 있는 다른 손의 손가락은 머릿속 선율을 따라 움직이고 있었다. 함께 듣던 노래인가보지? 내가 아닌 다른 사람과 함께. 그녀에게 상처를 주고 개의치 않는 모습, 그것도 새로운 모습이었다. 그전까지 남편은 늘 자상했다. 충실하고 자상했다. 그리고 가사부에서 매일같이 증명되듯이 자상함은 인간적인 요소의 핵심이었다. 피오나는 자상하지 않은 부모에게서 아이를 떼어놓을 힘이 있었고, 때로는 실제로 그렇게 하기도 했다. 하지만 자상하지 않은 남편에게서 나 자신을 떼어놓는다? 내가 약하고 쓸쓸할 때? 나를 보호해줄 판사는 어디 있을까?

피오나는 자기연민에 빠진 사람을 보면 당혹스러웠고 지금도 그런 감정을 허용할 생각은 없었다. 대신 세 잔째 술을 마시기로 했다. 하지만 술은 조금만 따르고 물을 많이 넣어 긴 의자로 돌아왔다. 그래, 그건 유념해야 할 종류의 대화였어. 잘 기억하고 모욕의 정도를 주의 깊게 측정하는 게 중요해. 계속 뜻대로 한다면 결혼생활을 끝내겠다고 위협했을 때도 잭은 그저 같은 말만 반복했다. 그녀를 사랑한다고, 앞으로도 그럴 거라고, 이 삶 말고 다른 삶은 없다고. 하지만 충족되지 않는 성적 욕구 때문에 대단히 불행하다고, 지금 앞에 놓인 한 번의 기회를 그녀가 인지한 상태에서, 바람대로라면 그녀가 승낙한 상태에서 잡고 싶다고. 남편은 마음을 터놓는다는 취지로 그런 이야기를 하고 있었다. '그녀의 등 뒤에서' 할 수도 있는 일이었다. 그녀의 앙상하고 용서 없는 등 뒤에서.

"아." 피오나는 중얼거렸다. "잭, 참 고상도 하시지."

"음, 사실은……" 그는 말을 꺼냈지만 끝맺지 않았다.

그녀는 남편이 이미 외도를 시작했다는 말을 하려는 거라 추측했고 차마 그 말을 들을 수는 없었다. 그럴 필요가 없었다. 눈에 선했다. 한 남자가 원망하는 아내에게 돌아갈 확률을 줄이기 위해 애쓰는 예쁘장한 통계전문가. 햇살이 환한 아침과 낯선 욕실도 보였고, 아직도 몸에 근육이 잘 잡힌 잭이 단추를 반쯤 푼 흰색 마직 셔츠를 그다운 성급한 방식으로 머리 위로 벗는 모습, 떨어진 셔츠가 빨래바구니에 팔 하나만 걸쳐져 있다가 바닥으로 미끄러지는 모습 등이 보였다. 영원한 지옥. 결국 일어날 일이었다. 그녀가 동의하건 말건.

"내 대답은 '싫어'야." 피오나는 고집 센 여선생처럼 말끝을 올려 말했다. 그러고는 덧붙였다. "내가 달리 무슨 말을 할 거라고 생각했어?"

그녀는 무력감을 느꼈고 대화가 끝나기를 바랐다.《가족법 리포트》에 들어갈 판결문을 내일까지 승인해야 했다. 유대인 여학생 두 명의 운명은 벌써 법정에서 결정이 났지만 판결문 문장을 매끄럽게 다듬어야 했고, 항소에 대비하려면 종교적 독실함에 대한 존중심도 더 드러내야 했다. 밖에서는 여름비가 창문을 때렸고 멀리 그레이즈인 스퀘어 너머에서는 비에 젖은 아스팔트에 타이어 스치는 소리가 들려왔다. 그는 나를 떠날 테고 세상은 계속 돌아가겠지.

잭은 굳은 표정으로 어깨를 으쓱하더니 뒤로 돌아 방을 나갔다. 멀어지는 등을 보며 피오나는 또 한 번 싸늘한 두려움을 느꼈다. 무시당할까 겁나지만 않았다면 그를 불러 세웠을 것이다. 그런데 무슨 말을 할 수 있을까? 안아줘, 키스해줘, 그 여자를 가져. 복도를 따라 걷는 발소리, 침실 문이 단단히 닫히는 소리가 들리더니 아파트 안에 침묵이 내려앉았다. 침묵, 그리고 한 달 동안 멈추지 않은 빗소리.

◆ ◆ ◆

우선 사실 나열부터. 양측 당사자 모두 강한 유대감으로 결속되는 런던 북부의 독실한 하레디* 공동체 출신이었다. 번스타인 부부의 결혼은 양가 부모의 소개로 이루어졌고 당사자들이 그에 순응하는 것은 기정사실이었다. 주선이었지 강요는 아니었다고, 양측은 흔치 않은 의견일치를 보이며 주장했다. 십삼 년간 지속된 이 결혼은 분쟁조정사와 사회복지

---

* 세속 문화를 극단적으로 거부하는 초정통파 유대교.

사, 판사를 포함한 모두가 동의했듯이 회복 불가능한 상태였다. 지금 부부는 별거 상태였다. 아이들의 양육은 두 사람 사이에서 힘겹게 이루어졌는데, 레이철과 노라는 어머니와 함께 살면서 아버지와도 여러 방식으로 접촉하고 있었다. 결혼생활은 신혼 초부터 파탄나기 시작했다. 둘째 딸을 난산으로 낳은 어머니는 근치(根治) 수술의 결과로 임신이 불가능해졌다. 대가족을 소망하던 아버지는 고통스럽게 무너져 내렸다. 어머니는 일정 기간(아버지는 '장기간'이었다고 했고 어머니는 '일시적'이었다고 했다) 우울증을 앓은 후 방송통신대학에서 공부해 유용한 자격증을 취득했고, 둘째아이가 학교에 들어가자 초등학교 교사로 직장생활을 시작했다. 이런 상황이 아버지와 많은 친척들은 못마땅했다. 수백 년간 전통을 고수하며 살아온 하레디 유대인 사회에서 여자에게 기대되는 일은 되도록 많은 아이를 낳아 기르고 가정을 돌보는 것이었다. 대학에서 학위를 따고 직장에 다니는 경우는 극도로 드물었다. 공동체에서 명망 높은 인물이 아버지가 요청한 증인으로 불려와 그렇게 말했다.

남자들 역시 교육을 많이 받지 않았다. 십대 중반부터 대부분의 시간을 토라*를 공부하며 보냈다. 보통은 대학에 진학하지도 않았다. 어느 정도는 그런 이유에서 하레디 유대인 대부분은 생활수준이 높지 않았다. 하지만 번스타인 가족의 경우는 달랐다. 비록 소송비를 정산하고 나서는 아니라고 해도. 조부모 한 명이 올리브 씨 제거기 특허에 지분이 있어서 그 돈을 부부 공동명의로 물려주었다. 부부는 피오나도 잘 아는 여성 QC** 둘을 각자 고용했고 그들에게 가진 돈 전부를 쓸 형편이었다. 표면적으로 이 분쟁은 레이철과 노라의 교육에 관한 것이었다. 하지만 내용면에서는 아이들의 성장환경 전반이 걸린 문제였다. 아이들의 영혼을 위한 싸움이었다.

하레디 유대인 학교는 순결을 지킨다는 이유로 남녀를 분리해 교육시켰다. 유행에 따른 옷차림이나 텔레비전, 인터넷은 금지되었고 그런 오락이 허용되는 아이들과 어울리는 일 또한 불가능했다. 엄격한 코셔*** 규칙을 따르지 않는 가정은 배척당했다. 일상의 모든 측면에 적용하는 확립된 관습이 있었다. 문제는 어머니 쪽이 유대교 자체는 아니지만 공동체와는 절연하려 하면서 시작되었다. 아버지의 반대에도 불구하고 어머니는 이미 딸들을 텔레비전과 대중음악과 인터넷, 유

---

* 유대교 율법.
** Queen's Counsel. 실력을 인정받은 소수의 법정변호사에게 주어지는 호칭. 이들이 입는 실크 법복에서 이름을 따와 '실크(silk)'로도 불린다.
*** 유대교 율법에 맞게 조리된 음식이나 그 재료.

대인이 아닌 아이들과의 교유까지 허용하는 남녀공학 유대인 중학교에 보내고 있었다. 그녀는 딸들이 열여섯 살이 넘어도 학교에 다니기를, 아이들만 원한다면 대학에도 진학하기를 바랐다. 어머니는 증거자료에서 딸들이 다른 삶의 방식을 이해하고, 사회적 관용을 배우고, 자신에게는 주어지지 않았던 취업의 기회를 얻고, 어른이 되면 경제적으로 자립하고, 가족을 부양할 전문기술을 가진 남편을 만날 기회가 있기를 바란다고 했다. 하루 종일 공부하고, 보수도 없이 주 여덟 시간 토라를 가르치는 그녀의 남편과는 다른 남편을.

그런 주장의 합당함과는 별개로 (창백한 각진 얼굴에, 적갈색 곱슬머리를 쓰개로 가리지 않고 커다란 파란색 머리핀만으로 고정시킨) 주디스 번스타인은 법정에서 수월한 존재가 아니었다. 주근깨 많은 성마른 손가락으로 끊임없이 변호사에게 쪽지를 보내고, 딴에는 소리 죽여 한숨을 쉬고, 남편의 변호사가 말할 때마다 눈을 굴리거나 입을 삐죽댔다. 커다란 낙타가죽 핸드백을 경우 없이 뒤지거나 흔들고, 어느 긴 오후의 힘겨운 순간에는 핸드백에서 담배 한 갑과 라이터를 꺼내 남편의 사고체계에서는 도발적일 것이 분명한 그 물건들을 재판이 끝나면 바로 쓸 수 있도록 앞에 나란히 늘어놓기도 했다. 피오나는 높은 자리에 앉은 이점으로 이 모든 광경을 볼 수 있었지만 모르는 척 관망했다.

번스타인 씨의 증거자료는 아내가 분노조절장애(가사부에서는 흔한, 그리고 종종 상호간에 주고받는 비난이다)가 있는 이기적인 여자이며, 결혼서약을 무시하고 시부모와 공동체와 언쟁을 일삼고, 딸들을 그 모두와 단절시켰음을 판사에게 납득시키고자 했다. 이에 대해 주디스는 오히려 시부모님이 자신들을 보지 않으려 했다고 진술했다. 자신과 두 딸이 제대로 된 삶의 방식을 되찾고 소셜미디어를 비롯해 현대사회와 절연하기 전에는, 그리고 당신들의 기준에 맞는 코서 규칙을 준수해 가정을 꾸리기 전에는 보지 않으려 한다는 것이었다.

갈대처럼 키가 커서 아기 모세를 숨겨준 골풀을 연상시키는 줄리언 번스타인 씨는 사과라도 하듯 법정서류 위로 고개를 숙이고 긴 구레나룻을 침울하게 흔들며 자신의 변호사가 아내를 비난하는 말을 들었다. 아내가 아이들의 필요를 자신의 필요와 분리시키지 못한다는 것이었다. 아이들에게 필요하다고 말하는 것은 실은 자신을 위한 것이다. 그리고 두 딸을 따뜻하고 안전하고 친숙한 환경에서 억지로 떼어놓으려 한다. 규율은 엄하지만 사랑이 가득하고 규칙의 준수를 통해 만일의 사태에 대비할 수 있는 환경, 정체성이 분명하고 세

대를 거듭하며 삶의 방식이 증명된 환경, 세속적이고 소비지
상주의가 만연한 외부세상, 즉 영적인 삶을 조롱하고 대중문
화가 소녀와 여자를 폄하하는 바깥세상에 비해 구성원들의
행복도가 전반적으로 높고 더 큰 성취감을 느끼는 환경에서
말이다. 변호사는 아내의 야망이 경박하고 삶의 방식이 무례
하며 파괴적이기까지 한 사람, 자식들보다 자신을 훨씬 더
사랑하는 사람이라고 비난했다.

그 말에 주디스는 쉰 목소리로 남녀를 불문하고 제대로 된
교육의 기회와 일자리를 박탈하는 것만큼 사람을 폄하하는
행위는 없다고, 아동기와 청소년기 내내 자기 삶의 유일한
목적은 남편을 위해 좋은 가정을 만들고 그의 아이들을 잘
돌보는 일이라 듣고 자랐다고, 그리고 그 역시 삶의 목표를
스스로 정할 자신의 권리를 폄하하는 것이라고 대답했다. 그
녀가 방송통신대학에서 힘들게 공부할 때 맞닥뜨린 것은 조
롱과 멸시와 배척이었다. 그래서 딸들만큼은 그런 한계를 경
험하지 않게 하겠다고 스스로 약속했다는 것이었다.

양측 변호사는 (분명 판사의 견해가 그러하리라고 생각했
기에) 논점이 단지 교육 문제에만 국한되는 것은 아니라는
쪽으로 전술상의 의견 일치를 보았다. 법정은 딸들을 대신하
여 철저히 종교적인 것과 그보다 덜 철저한 어떤 것 사이에

서 선택을 해야 했다. 그것은 부모의 상이한 종교적 태도가 아이들의 문화, 정체성, 심리상태, 포부, 가족관계, 근본개념의 정의, 기본적 신의, 알 수 없는 미래 등의 문제에 대해 내놓은 두 가지 삶의 방식 중 하나를 선택하는 일이었다.

이런 문제는 현상유지를 하는 것이 딱히 해로워 보이지 않으면 그쪽으로 판단이 흐르는 경향이 강했다. 피오나는 스물한 장의 판결문 초안을 넓은 부채꼴로 바닥에 엎어놓고 한 장씩 집어 들어 무른 연필로 표시해나갔다.

침실에서는 아무 소리도 나지 않았고, 빗속을 미끄러지듯 지나가는 차들의 속삭임만 빼면 사방이 고요했다. 남편의 기척을 신경 쓰는 자신이 싫었지만 그녀는 숨을 멈춘 채 주의를 집중해 문이나 마룻바닥이 삐걱거리는 소리가 들리는지 귀 기울였다. 들리기를 원하며, 들릴까봐 두려워하며.

동료 판사들 사이에서 피오나 메이는 찬탄의 대상이었다. 심지어 본인이 없는 곳에서도 반어적이면서도 온기 있고 명쾌한 그녀의 문장을, 쟁점을 짚어내는 간결한 용어를 칭찬하곤 했다. 점심식사 자리에서 대법원장이 혼자 중얼거리는 소리를 들은 사람도 있었다. "신과 같은 거리두기야. 악마 같은 이해력이야. 그런데 여전히 아름답단 말이지." 그리고 피오나 본인은 해를 거듭할수록 자신의 글이 누군가는 지나치게 현학적이라 할 정도로 정확성을 추구하고, 논쟁의 여지없는 정의(定義)를 내리고자 하는 방향으로 기울고 있다고 생각했다. 그녀는 피글로프스카 대 피글로프스키 소송의 호프먼이나, 빙엄이나 워드, 그리고 절대 빼놓을 수 없는 스카먼 등 여기에 인용된 모든 법관들처럼 자신 역시 언젠가 다른 글에 빈번히 인용될 수 있는 완벽한 정의를 내리고자 했다. 여기라 함은 자신의 손가락 끝에 늘어져 있는 아직 읽지 않은 판결문 첫 장을 뜻했다. 이제 내 인생이 바뀌는 건가? 이제 곧 법관 친구들이 여기나 링컨즈인, 이너템플, 미들템플에서 점심을 먹다가 경외심을 담아 소곤거리게 되는 걸까? 그래서 남편을 내쫓은 거야? 그레이즈인의 이 멋진 아파트에서, 고독한 시간이 흐른 뒤에는 임대료가, 혹은 세월이 침울한 템스 강의 조수처럼 계속 불어나 급기야 나까지 몰아낼 이 아파트에서.

다시 일에 집중. 1절: '배경.' 가족의 생활환경, 아이들의 거주지, 그리고 아버지와의 접촉에 대해 통상적인 논평을 한 다음 피오나는 별도의 단락을 할애해 하레디 공동체를 설명하고 그곳에서는 종교적 실천이 곧 절대적인 삶의 방식임을 밝혔다. 카이사르에게 바칠 것과 하느님에게 바칠 것의 구분*은 율법을 엄수하는 이슬람교도에게 그런 것만큼이나 그들에게도 의미가 없었다. 연필이 허공을 맴돌았다. 이슬람교도와 유대인을 하나로 묘사할 필요까지는 없나? 최소한 그 아버지는 도발이라고 생각하지 않을까? 비이성적인 사람이라면. 그리고 피오나는 그가 그렇지는 않을 거라고 생각했다. 살리고.

두 번째 절의 제목은 '도덕적 차이'였다. 법정은 어린 두 소녀를 위한 교육을 선택하도록, 다른 가치들 중 하나를 선택하도록 요구받고 있었다. 그런데 이런 경우 사회 전반에서 보편적으로 받아들여지는 가치에 호소하는 것은 별로 도움이 되지 않았다. 여기에서 피오나는 호프먼 경을 언급했다. '합리적인 사람들도 의견을 달리하는 가치 판단의 문제가 있다. 이는 판사 역시 사람이므로 가치를 적용할 때 어느 정도의 다양성은 불가피하다는 뜻이다……'

최근 들어 피오나는 지엽적인 논제를 끈기 있고 철저하게 파고드는 성향이 생겼고, 그 페이지에서도 수백 단어를 할애해 복지의 정의를 내린 뒤 그것을 평가하는 기준에 대해 고찰했다. 헤일셤 경의 선례에 따라, 그녀는 복지란 안녕과 분리할 수 없는 용어이며 한 인간으로서 아동의 발달에 관련하는 모든 것을 포함해야 한다고 규정했다. 또한 오늘날의 아

---

*마태복음의 한 구절인 "카이사르의 것은 카이사르에게, 하느님의 것은 하느님에게"를 말하는 것으로서 흔히 세속적인 것과 종교적인 것은 구분되어야 한다는 맥락에서 쓰인다.

동이 22세기까지 살 수 있음을 고려하여 중장기적 관점을 취해야 한다는 톰 빙엄의 주장도 받아들였다. 복지를 순전히 경제적인 측면이나 신체적 안락함에 의거하여 측정할 수 없다는 취지로 린들리 판사의 1893년 판결문도 인용했다. 그녀는 가능한 한 폭넓은 관점을 지니고자 했다. 복지, 행복, 안녕은 좋은 삶의 철학적 개념을 포괄해야 한다. 피오나는 그 구성요소와 아동이 성장하며 추구할 목표를 열거했다. 경제적·도덕적 자유, 미덕, 공감과 이타심, 어려운 과제 수행을 통해 충족감을 얻는 직업, 사적 관계망의 확장, 타인의 존중, 더 큰 존재 의미의 추구, 그리고 무엇보다 사랑으로 정의되는 하나 혹은 소수의 중요한 관계가 중심에 자리한 삶.

그렇지, 이 마지막 필수요소에서 난 실패를 겪는 거야. 입도 대지 않은 스카치앤드워터 잔이 옆에 놓여 있었다. 이제는 소변 같은 노란색과 거슬리는 코르크 냄새가 역겨웠다. 더 화가 나야 마땅했다. 옛 친구들에게(제법 여러 명 있으니) 얘기하고 있어야 마땅했다. 침실로 성큼성큼 걸어 들어가 더 꼬치꼬치 묻고 있어야 마땅했다. 하지만 할 일을 해야 한다는 초조함이 자신을 목적의식의 기하학적인 한 점으로 몰아대는 듯이 느껴졌다. 인쇄에 들어갈 판결문을 내일 마감 시한에 맞춰 완성해야 했다. 일을 해야 했다. 개인의 삶은 아무것도 아니었다. 또는 아무것도 아니어야 했다. 손에 든 문서와 15미터 떨어진 닫힌 침실 문 사이에서 주의가 분산되었다. 피오나는 힘들게 정신을 집중해 긴 단락을 읽었다. 법정에서 소리 내어 말하는 순간 미심쩍은 느낌이 든 부분이었다. 하지만 명백한 내용을 강력하게 진술한다고 해가 될 일은 없었다. 안녕은 사회적인 것이다. 아동이 가족 및 친구와 맺는 복잡한 관계망은 그 핵심 구성요소이다. 아동은 섬이 아니다. 아리스토텔레스의 유명한 말처럼 인간은 사회적 동물이다. 피오나는 이 주제에 관해 서술한 사백 단어와 함께 항해를 시작했고, 학식 높은 문헌들(애덤 스미스, 존 스튜어트 밀)을 참조하여 돛을 부풀렸다. 훌륭한 판결문에 필요한 교양 있는 접근.

다음으로, 안녕은 변하기 쉬운 개념이며 현대의 합리적인 개인들이 가진 기준에 의거해 평가받아야 한다. 한 세대 전에 충분했던 것이 지금은 부족할 수도 있다. 또한 각기 다른 종교적 믿음이나 신학적 차이를 두고 하나를 선택하는 것은 세속 법정이 할 일이 아니다. 퍼처스 판사가 말했듯이 모든 종교는 '법적으로, 그리고 사회적으로 수용 가능'하며 스카먼 판사의 좀더 부정적인 표현을 빌리자면 '부도덕하거나 사회적으로 불쾌하지' 않다는 전제하에 마땅히 존중받아야 한다.

법정은 아동의 이익을 위한 개입이 부모의 종교 원칙에 어긋날 때 신중을 기해야 한다. 때로는 반드시 개입해야만 하는 경우도 있다. 하지만 언제? 그에 대한 대답으로 피오나는 그녀가 정말 좋아하는 항소법원의 현명한 먼비 판사를 인용했다. '인간 조건은 그 무한한 다양성으로 인해 자의적 정의가 불가능하다.' 감탄스러운 셰익스피어풍 문장. 관습도 그녀의 무한한 다양성을 시들게 하지는 못합니다.* 이 문장이 피오나를 옆길로 새게 만들었다. 에노바르부스의 대사를 외우는 건 법학원에 다니던 시절 그 역을 맡은 적이 있었기 때문이다. 햇살 가득한 한여름 오후에 링컨즈인 필즈 잔디밭에서 여학생들끼리 공연한 연극이었다. 등이 휠 것 같던 변호사 시험의 부담을 막 덜고 난 후였다. 그 무렵 잭은 그녀에게 반했고, 머지않아 피오나도 그를 사랑하게 되었다. 처음 사랑을 나눈 것은 오후의 태양을 받은 지붕 아래, 누군가에게 빌린 찜통이 된 다락방에서였다. 열리지 않는 둥근 창 너머 동쪽으로 풀오브 런던** 쪽 템스 강이 살짝 보이는 곳이었다.

피오나는 잭이 마음에 둔, 혹은 이미 만나고 있는 애인을

---

* 셰익스피어의 《안토니우스와 클레오파트라》에서 등장인물 중 하나인 에노바르부스가 클레오파트라를 묘사하는 대사이다.
** 런던브리지와 타워브리지 사이의 템스 강 유역.

생각했다. 그의 통계전문가 멜러니. 한 번 본 적도 있었다. 묵직한 호박구슬 목걸이를 하고, 오래된 참나무 마룻바닥을 망가뜨릴 것 같은 뾰족한 하이힐을 즐겨 신던 조용한 젊은 여자. 다른 여자들은 욕구를 채워주고 싫증나게 하지만 그녀는 최고의 만족을 주면서도 갈증을 일으킵니다. 바로 그런 것일 수도 있었다. 유독한 집착. 그를 가정에서 떼어놓고, 우스운 꼴로 만들고, 두 사람의 현재뿐만 아니라 과거와 미래까지 소진시켜버릴 중독. 아니면 결국 그렇게 판명난 자신과 마찬가지로 멜러니 역시 '다른 여자들', 그러니까 싫증나게 하는 여자들 무리에 속할지도 몰랐다. 그래서 두 주 정도 지나면 잭은 욕구를 다 채우고 돌아와 가족휴가 계획을 세울지도 모르는 일이었다.

어느 쪽이든, 견딜 수 없었다.

견딜 수 없었고 매혹적이었다. 그리고 터무니없었다. 피오나는 애써 다시 서류로, 양측의 증거자료를 요약한 부분으로 주의를 돌렸다. 충분히 효율적인, 건조하되 공감이 담긴 서술이었다. 다음은 법원에서 선임한 사회복지사의 보고서 설명 부분. 통통하고 인상 좋은 젊은 여자 복지사는 빗질 안 한 머리에 풀어진 단추와 밖으로 삐져나온 블라우스 차림으로 종종 숨이 턱까지 찬 정신없는 모습을 보이곤 했다. 심리에 두 번 지각한 적이 있었는데, 자동차 열쇠나 잠긴 차에 놓아둔 서류나 학교에서 데려와야 하는 아이 같은 복잡한 문제를 운운했다. 하지만 이 카프카스* 직원의 설명은 으레 어느 한쪽편을 들지 않으려고 머뭇거리는 식상한 태도 없이 합리적인데다 예리하기까지 했으므로 받아들여 인용했다. 다음은?

고개를 들어보니 방에 들어온 남편이 맞은편에서 술을 한잔 더 따르고 있었다. 넉넉하게 3핑거,** 어쩌면 4핑거도 될법한 양. 그리고 이젠 맨발이었다. 자유분방한 학자답게 잭은여름이면 실내에서 맨발로 지냈다. 조용히 들어올 수 있었던이유였다. 아마도 그 전엔 침대에 누워 레이스 문양 천장 몰딩을 삼십 분 동안 응시하며 그녀의 불합리함을 되새겼으리라. 긴장한 굽은 어깨, 병마개를 막는 방식(엄지손가락 아랫부분으로 탁 때려서)으로 미루어보아 잭은 언쟁을 하려고 조용히 들어온 것이었다. 징후들이 보였다.

돌아선 그는 희석하지 않은 술을 들고 피오나 쪽으로 다가왔다. 유대인 소녀 레이철과 노라는 기독교 천사들처럼 그녀의 등 뒤에서 맴돌며 기다려야 할 처지였다. 속세의 신에게도 나름의 문제는 있으니까. 그녀의 낮은 시야에서 잭의 발

---

* Children and Family Court Advisory and Support Service의 약칭. 재판 과정 중 아동의 복지를 보호하고 지원하기 위해 운영되는 공공기관.
** 술의 분량을 재는 고풍스러운 단위. 1핑거는 약 1.9센티미터.

톱이 아주 잘 보였다. 네모나고 깔끔하게 깎은 발톱은 청년처럼 반달무늬가 선명했고 자신처럼 얼룩덜룩한 무좀 흔적 같은 것은 없었다. 잭은 교직원 테니스 시합에서, 그리고 서재에 둔 아령을 매일 틈틈이 백 번씩 들어 올리는 것을 목표로 삼아 몸매를 유지하고 있었다. 피오나는 왕립재판소에서 서류가 든 가방을 사무실까지 옮길 때 엘리베이터 대신 계단을 이용하는 것 말고는 하는 운동이 없었다. 그는 흐트러진 매력을 가진 미남이었다. 한쪽이 처진 사각턱과 이를 다 드러내는 웃음과 의욕 넘치는 표정은 고대사 교수에게서는 예상치 못한 방종한 분위기로 학생들을 매료했다. 그녀는 단한 번도 남편이 아이들에게 손끝 하나 까닥했으리라 생각해 본 적이 없었다. 하지만 이제는 모든 것이 달리 보였다. 인간의 약한 본성에 얽혀 그 긴 세월을 보냈으면서도 순진하게 아무 생각 없이 자신과 남편을 보편의 상황에서 배제했는지도 몰랐다. 잭이 유일하게 일반 독자를 대상으로 집필한 속도감 있는 전개의 율리우스 카이사르 전기는 잠시 소리 없이 점잖은 유명세를 그에게 안겨주었다. 어떤 당돌하고 요망한 이 학년 여자아이가 거부할 수 없는 유혹으로 접근했을지 모르는 일이었다. 잭의 사무실에는 소파가 있었다. 혹은 있었던 적이 있었다. 그리고 먼 옛날 신혼여행 막바지에 머물렀던 크리용 호텔에서 가져온 Ne Pas Déranger* 표지판도 있었다. 이런 생각은 모두 처음이었다. 이렇게 과거가 의심이라는 벌레로 들끓게 되는 것이었다.

잭이 제일 가까이에 있는 의자에 앉았다. "당신이 질문에 대답을 못 하니까 내가 말해줄게. 칠 주 하루가 지났어. 정말 그걸로 만족해?"

피오나가 조용히 말했다. "벌써 관계가 시작됐어?"

그는 어려운 질문에는 다른 질문으로 답하는 것이 최선임을 알고 있었다. "당신은 우리가 정말 늦었다고 생각해? 그런 거야?"

피오나가 말했다. "벌써 시작한 거라면 지금 가방을 싸서 나가줬으면 해서 그래."

미리 생각해보지도 않고 둔 자충수. 그의 나이트를 룩으로 막은** 셈이었다. 완전한 바보짓, 빠져나갈 길이 없었다. 그가 머무른다면 모욕, 그가 떠난다면 심연.

잭은 의자에 파묻혀 있었다. 가죽을 씌우고 징을 박아 만든 의자는 중세의 고문기구처럼 보였다. 원래 빅토리아 고딕 양

---

* 프랑스어로 '방해하지 마시오'라는 뜻.
** 체스에서 룩은 나이트보다 상위에 퀸보다 하위에 있는 말이며, 퀸과 더불어 단독으로 체크메이트가 가능하다.

식을 좋아하지 않지만 지금은 더욱 마음에 들지 않았다. 무릎에 발목을 걸치고 앉은 남편이 머리를 한쪽으로 갸웃하며 관용 혹은 연민의 눈길로 그녀를 바라보았다. 피오나는 시선을 돌렸다. 칠 주 하루라는 말 역시 중세의 느낌이었다. 먼 옛날 순회재판소에서 전해 내려온 판결처럼. 상대측 주장에 반론을 해야 하는 상황인지도 모른다고 생각하니 마음이 불편했다. 두 사람은 오랜 시간 규칙적으로, 정력적이고 단순한 썩 괜찮은 성생활을 유지해왔다. 평일이면 이른 아침 잠에서 막 깨어나, 출근 걱정이 무거운 침실 커튼을 뚫고 들어와 눈부시게 하기 전에. 주말이면 오후에, 때로는 메클런버러 스퀘어에서 친목 복식 테니스를 친 다음에. 파트너의 잘못 친 공에 대한 비난은 일소에 사라지던 시간. 사실 대단히 즐거웠다. 두 사람을 존재의 다른 영역으로 자연스럽게 넘겨준다는 점에서는 기능적이기까지 했다. 그건 논란의 여지없이 성생활이 가져다주는 즐거움 중 하나였다. 그것에 어떤 이름을 붙여야 할지는 모르겠지만 그녀가 지금 남편의 말에 고통스러워하는 이유도, 열의와 빈도가 서서히 줄어들었음을 알아차리지 못한 이유도 한편으로는 바로 그것 때문이었다.

하지만 피오나는 언제나 남편을 사랑했다. 언제나 다정했고 충실했으며 세심하게 배려했다. 작년만 해도 메리벨*에서 잭이 동창들과 우스꽝스러운 스키 활강 경주를 하다 다리를 부러뜨렸을 때도 상냥하게 보살펴주었다. 그를 애무했고 파리산 깁스의 석회질 광휘 속에 활짝 웃으며 누워 있는 몸 위로 올라타기도 했다. 이제 막 그 순간이 기억났다. 피오나는 그런 일들을 어떻게 거론해야 자신을 변호할 수 있을지 알지 못했다. 게다가 그건 자신이 공격받는 영역도 아니었다. 그녀에게 부족한 것은 헌신이 아니라 열정이었다.

그리고 나이가 있었다. 완전히 시들지는 않았지만, 아직은 아니지만 그렇게 될 징후가 비쳤다. 어떤 빛의 조화로 열 살아이 얼굴에 언뜻 어른의 얼굴이 비치는 것처럼. 맞은편에서 팔다리를 아무렇게나 뻗고 앉아 이런 대화를 나누는 잭이 그녀의 눈에 우스꽝스럽게 보인다면 그의 눈에 자신은 또 얼마나 우스꽝스러워 보일 것인가. 잭이 아직 자랑스럽게 생각하는 흰 가슴털이 셔츠 단추 위로 곱슬곱슬하게 삐져나와 있었지만, 그건 이제 더 이상 검은색이 아니라는 사실만 선언할 뿐이었다. 숱이 줄어든 머리는 수도승처럼 위가 휑했고 옆과 뒷머리를 길게 길러도 그다지 만회가 되진 않았다. 종아리는 예전보다 근육이 줄어 청바지에 꽉 차지 않았으며, 미래의

---

* 프랑스 알프스 지역의 마을.

멍한 눈빛을 짐작케 하는 눈매와 그에 어울리는 홀쭉한 볼도 눈에 들어왔다. 그러면 이에 대한 교태스러운 대답인 양 두툼해지는 자신의 발목과 여름날 적운처럼 부풀어가는 등, 점점 튼실해지는 허리와 밀려나는 잇몸은 어떠한가? 아직은 모두 몇 밀리미터 차이에 집착하는 편집증에 불과하다 해도. 그리고 그보다 훨씬 나쁜 건 세월이 어떤 여자들을 위해 비축해두는 특별한 모욕, 입꼬리가 아래로 처지면서 자리 잡는 한결같은 책망의 표정이었다. 가발을 쓰고 재판정에 앉아 변호인 앞에서 인상을 찌푸리는 판사라면 어쨌든 괜찮을 것이다. 하지만 그게 연인이라면?

그렇게 여기 그들이 있었다. 십대들처럼 에로스의 큰 뜻을 논하기 위해 전열을 갖춘 두 사람. 전술적으로 기민한 잭은 그녀의 최후통첩을 무시했다. 대신 이렇게 말했다. "난 우리가 포기해야 한다고 생각하진 않아. 안 그래?"

"떠나는 사람은 당신이야."

"당신도 일조했다고 생각해."

"우리 결혼을 깨트리려는 건 내가 아니야."

"그건 당신 말이지."

그의 말은 타당했다. 잭이 피오나의 자기회의라는 동굴 속 깊이 던져 넣은 그 세 어절은 이런 곤혹스러운 갈등 상황에

서는 늘 잘못한 쪽이 자신이라 믿는 그녀의 성향에 맞춘 것
이었다.

잭은 조심스럽게 술을 한 모금 마셨다. 그는 자신의 요구를
주장하기 위해 술에 취하는 일은 하지 않을 것이다. 진중하
고 이성적일 것이다. 차라리 요란하게 잘못을 저지르는 편이
피오나에게는 더 낫겠지만.

그녀를 똑바로 쳐다보며 잭이 말했다. "내가 당신 사랑하
는 거 알잖아."

"하지만 더 어린 여자를 원한다는 거지."

"성생활을 원한다는 거야."

진심 어린 약속을 하고 남편을 끌어안고, 바빠서 피곤해서
피해서 미안하다고 사과할 기회였다. 하지만 피오나는 눈길
을 돌리고 아무 말도 하지 않았다. 당장 아무런 구미가 당기
지 않는 관능적인 삶을 회복시키는 일에 압박까지 받으며 전
념할 생각은 들지 않았다. 특히나 벌써 외도를 시작했다는
의심이 드는 상황에서는 더더욱. 잭은 구태여 부인하지 않았
고 그녀는 다시 물을 생각이 없었다. 자존심 문제만은 아니
었다. 피오나는 여전히 그의 대답이 두려웠다.

"그래." 긴 침묵이 흐른 뒤에 잭이 말했다. "당신은 원하지
않아?"

"이 총이 내 머리를 겨누는 상황에선 원하지 않아."

"무슨 뜻이지?"

"내가 태도를 바꾸지 않으면 당신은 멜러니에게 가겠다는."

피오나는 남편이 자신의 말을 충분히 이해했으면서도 지금까지 한 번도 입 밖에 낸 적 없던 그 이름을 그녀의 입을 통해 듣고 싶었던 것이라 생각했다. 그 이름은 잭의 얼굴에 약한 떨림 혹은 긴장을, 자극에 무력하게 반응하는 미세한 경련을 일으켰다. 그게 아니면 누군가에게 '간다'는 날것의 어휘 때문이었는지도. 난 이미 그를 잃은 걸까? 갑자기 혈압이 곤두박질쳤다가 솟아오르는 것처럼 어지럼증이 일었다. 피오나는 긴 의자에 허리를 세우고 앉아 여전히 손에 들고 있던 판결문 한 장을 카펫에 내려놓았다.

"그런 게 아니야." 잭이 말하고 있었다. "있지, 바꿔 생각해봐. 당신이 내 입장이고 내가 당신 입장이라고. 당신이라면 어떻게 하겠어?"

"나라면 나가서 남자 하나를 찾은 뒤에 협상을 시작하진 않겠지."

"그러면 어떻게?"

"자신을 괴롭히는 게 뭔지 알아보겠지." 피오나의 귀에 자신의 목소리가 새침하게 들렸다.

잭이 그녀를 향해 거만하게 두 손을 들어 보였다. "좋아!" 분명 자기 학생들에게나 써먹었을 소크라테스 문답법. "그래, 당신을 괴롭히는 게 뭐지?"

그것은 이런 어리석고 불성실한 언쟁 가운데 사실상 유일한 질문이었고 또 자신이 청한 질문이었지만, 피오나는 남편의 반응이 거슬렸고 무시당하는 느낌이었다. 잠시 대답을 하지 않고 그녀는 남편의 등 뒤 방 저편에 있는 이 주 가까이 연주하지 않은 피아노와 그 위에 시골 저택풍으로 늘어놓은 은색 액자 속 사진들을 바라보았다. 결혼식 날부터 늙고 망령 든 날까지 양가부모 모두와 잭의 누이 셋과 피오나의 형제 둘, 과거와 현재의 아내와 남편들(불충하게도 두 사람은 아무도 빼놓지 않았다), 조카 열한 명, 그리고 그들이 돌아가며 만든 아이 열세 명. 인생은 쏜살같이 흘러 소형 그랜드피아노 위의 오밀조밀한 마을에 사람들을 가득 채워 넣었다. 피오나와 잭은 거기에 단 한 명도 보태지 않았다. 두 사람이 기여한 것이라곤 가족모임이나 거의 매주 돌아오는 생일이나 비교적 저렴한 고성에서 몇 세대가 모여 보내는 휴가를 챙긴 일뿐이었다. 그들은 많은 가족을 집으로 초대했다. 복도 끝의 대형 벽장에는 접이식 아기침대와 유아용 식탁의자, 놀이용 울타리 등이 가득했고, 물어뜯기고 색이 빠진 장난감들이 고리버들 바구니 세 개에 담겨 새로 추가될 아기를 위해 대기하고 있었다. 그리고 이번 여름휴가에서는 얼러풀에서 북쪽으로 16킬로미터 떨어진 고성이 최종결정을 기다리는 중이었다. 인쇄 상태가 형편없는 안내책자에 따르면 해자와 실제로 작동하는 도개교, 갈고리와 쇠고리 같은 것들이 벽에 걸린 지하감옥이 있는 곳이었다. 지난날의 고문이 지금은 열두 살 미만 아동들에게 스릴을 안겨주었다. 다시 한 번 그녀는 중세의 판결 같은 '칠 주 하루'에 대해, 삼쌍둥이 소송의 마지막 단계와 함께 시작된 그 시기에 대해 생각했다.

판사 외에 아무도 볼 수 없었던 사진은 모든 참상과 측은한 처지와 딜레마 그 자체를 담고 있었다. 자메이카와 스코틀랜드 출신 부모에게서 태어난 두 신생아 남아는 소아집중치료실의 얽히고설킨 생명유지장치 사이에서 각기 반대방향을 바라보고 누워 있었다. 두 아기는 골반에서 이어져 몸통 하나를 공유했고, 양다리를 척추와 직각으로 벌려서 여기저기로 팔을 뻗은 불가사리를 닮아 있었다. 인큐베이터 옆에 고정된 자를 보면 이 무력하고 너무나 인간적인 앙상블의 길이는 60센티미터였다. 척수와 척추 하단에서 서로 결합한 두 아기는 눈을 감은 채 법정의 결정에 승복한다는 듯이 네 팔을 위로 올리고 있었다. 사도(使徒)에서 따온 매슈와 마크라는 이름도 어떤 이들에게는 명료한 사고를 방해하는 이유가 되었다. 매슈의 머리는 부어 있었고 귀는 장밋빛 피부 위의 살짝 파인 자국에 지나지 않았다. 신생아용 털모자에 싸인 마크의 머리는 정상이었다. 아기들이 공유하는 유일한 장기인 콩팥은 대부분 마크의 배 속에 있었고, 병원의 고문의사가 제출한 증거자료에 따르면 '분리된 두 요도를 따라 자연적으로 막힘없이 비워진다'고 했다. 매슈의 심장은 크지만 '간신히 수축하는' 상태였다. 마크의 대동맥이 매슈의 대동맥으로 피를 흘려보냈고, 마크의 심장 하나로 두 아기 모두가 생명을 부지하고 있었다. 매슈의 뇌는 심각한 기형으로 정상적인 발달이 어려웠으며, 매슈의 흉강에는 제대로 기능하는 폐조직이 부족했다. 담당 간호사의 말을 빌리자면 매슈의 폐는 '소리 내어 울 수 없는 폐'였다.

마크는 빠는 능력도 정상이어서 두 몫으로 먹고 호흡하는 '모든 일'을 도맡아 하며 비정상적으로 마른 상태였다. 반대로 할 일이 아무것도 없는 매슈는 체중이 늘어갔다. 그대로 두면 마크의 심장은 머지않아 과로로 멈출 것이고 그러면 둘 다 죽게 될 형편이었다. 매슈는 육 개월 이상 살 것 같지 않았다. 그리고 죽을 때는 자신의 쌍둥이 형제도 데리고 갈 판이었다. 런던의 병원은 정상적으로 건강하게 자랄 가능성이 있는 마크를 살리기 위해 긴급히 분리수술을 허가해달라고 요청했다. 분리를 하려면 외과의들이 두 아이가 공유하는 대동맥을 클램프로 차단한 다음 잘라야 하고, 그러면 매슈는 죽게 되는 것이었다. 그러고 나면 마크를 위한 여러 가지 복잡한 재건수술이 필요했다. 아이들에 대한 애정이 각별한 부모는 자메이카 북부 해변마을에 사는 독실한 가톨릭 신자들로, 신앙심으로 평정을 유지하며 살인을 승인하기를 거부했다. 하느님이 생명을 주셨고, 하느님만이 그 생명을 거둘 수 있다는 것이었다.

피오나는 집중을 방해하며 계속되던 끔찍한 소음을 부분적으로 기억하고 있었다. 천 개의 자동차 경보장치, 미쳐 날뛰는 천 명의 마녀와 같았던 그 소음이 '광분한 언론'이라는 상투어에 실체를 부여했다. 의사들, 사제들, 텔레비전과 라디오 진행자들, 신문 칼럼니스트들, 동료들, 친척들, 택시기사들, 온 나라가 나름의 견해를 가지고 있었다. 서사의 구성요소 역시 강렬했다. 갓난아기의 비극, 배우자와 아이들을 사랑하며 따뜻한 심성에 엄숙하고 의사표현 확실한 부모, 생명, 사랑, 죽음, 그리고 시간을 다투는 경주. 마스크를 쓴 외과의들은 초자연적인 믿음에 맞서 진영을 구축했다. 갖가지 입장이 하나의 스펙트럼을 만들어냈다. 한쪽 끝에 선 입장은 세속적인 실리주의로서 법률상의 세부 논의는 뒤로하고 쉬운 도덕적 방정식으로 무장한 논리였다. 즉, 하나라도 살리는 편이 둘 다 죽는 것보다는 낫다는 뜻이었다. 반대편 끝에 선 입장은 신의 존재를 확신할 뿐만 아니라 신의 뜻까지도 이해하는 사람들의 논리였다. 피오나는 판결문 도입부에서 워드 판사의 말을 인용하여 당사자 모두를 일깨웠다. '본 법정은 도덕이 아니라 법을 다루는 장소이며 우리 앞에 놓인 유일무이한 상황에 맞는 적절한 법리를 찾는 것이 우리의 과제요, 그것을 적용하는 것이 우리의 의무이다.'

이 절박한 싸움에서 좋거나 덜 나쁜 결론은 오직 하나뿐이었지만 법이 허용하는 경로로 거기에 이르기는 쉽지 않았다. 시간의 압박을 받으며 소란스러운 세상이 기다리는 가운데, 피오나는 채 일주일도 되지 않아 만 삼천 단어로 이루어진 타당한 방안을 찾아냈다. 어쨌거나 판결문을 전달받아 그보다 더 가혹한 기한 내에 검토를 한 항소법원만은 그 타당성을 인정하는 듯했다. 그러나 한 생명이 다른 생명보다 더 가치 있다고 추정하는 일은 사실상 불가능한 것이었다. 쌍둥이를 분리하면 매슈가 죽었다. 쌍둥이를 분리하지 않으면 부작위로 인해 둘 다 죽었다. 법적, 도덕적 운신의 폭은 좁았고 이 문제는 결국 차악의 선택으로 결론지어야 했다. 그럼에도 판

42

사는 매슈에게 무엇이 '최선의 이익'일지 고려할 의무가 있었다. 죽음은 분명 아니었다. 하지만 삶도 선택 가능한 대안이 아니었다. 뇌 발달은 미숙하고 폐는 없고 심장도 쓸모없는 이 아이는 아마도 고통에 시달리다가 결국 죽을 운명이었다. 그것도 머지않아.

피오나는 판결문을 통해 마크와 달리 매슈는 어떤 결정으로도 이익을 얻을 수 없다는 독창적인 논리를 펼쳤고, 항소법원은 그 주장을 받아들였다.

그러나 차악이 더 나은 선택이라 해도 그것은 여전히 불법이었다. 살인을, 매슈의 몸을 열어 대동맥을 자르는 일을 어떻게 정당화할 수 있단 말인가? 병원 측 변호사는 쌍둥이를 분리하는 수술이 매슈의 생명유지장치로서 마크를 떼어내는 행위로 볼 수 있다고 주장했으나 피오나는 그 견해를 받아들이지 않았다. 분리수술은 너무나 침습적이고 매슈 신체의 본모습에 지나친 해를 입히므로 이를 치료의 중단으로 간주하기는 어려웠다. 대신 '필요의 원칙'에서 논거를 찾아냈다. 그것은 관습법에서 확립한 개념으로서 어떤 제한된 상황에서 (이 상황을 의회는 정의 내릴 생각이 전혀 없겠지만) 더 큰 악을 막는 목적일 때는 형법의 위반이 허용된다는 원칙이었다. 피오나는 런던으로 비행기를 납치해 승객들을 공포에 떨게 한 일단의 남자들이 자국에서의 박해를 피하려는 목적이 있었다는 이유로 모든 죄목에서 무죄를 선고받은 판례를 거론했다.

의도라는 더없이 중요한 문제와 관련해서 보자면 수술의 목적은 매슈를 죽이는 것이 아니라 마크를 살리는 것이었다. 매슈는 자신의 무력한 상태로 인해 마크를 죽이고 있으므로 마크를 보호하기 위해서는 의사들이 치명적인 위협을 제거할 수 있도록 허용해야 마땅했다. 수술 후에 매슈는 사망하겠지만 그건 의도적인 살인이 아니라 자생할 능력이 없기 때문이었다.

항소법원은 동의했고 부모의 항소는 기각되었으며 이틀 후 오전 일곱시에 쌍둥이는 수술실로 들어갔다.

피오나가 가장 높이 사는 동료들이 찾아와 그녀에게 악수를 건네고 특별한 서류철에 보관해둘 만한 편지를 보냈다. 그녀의 판결문은 우아하고 정확했으며 법조계 내부의 관점과도 일치했다. 마크의 재건수술은 성공적이었고 대중의 관심은 점차 사그라지다 다른 곳으로 옮겨갔다. 하지만 그녀는 불만족스러웠고 머리에서 그 재판을 떨쳐버릴 수가 없었다. 밤이면 오랜 시간 잠 못 이루며 자잘한 부분들을 곱씹고 판결문의 특정 단락을 수정하거나 서술 방향을 다시 잡기도 했다. 혹은 아이 없는 자신의 처지를 포함하여 익숙한 주제들을 맴돌며 한없이 생각에 잠기기도 했다. 이와 같은 시기에 독실한 신자들이 쓴 앙심에 찬 글들이 조그만 파스텔 색조 봉투에 담겨 배달되기 시작했다. 신자들은 두 아이 모두 죽게 놔두었어야 한다는 의견을 표명하며 판결에 불만을 드러냈다. 욕설을 쓰는 사람도 있었고 그녀에게 신체적 상해를 입히고 싶다는 바람을 드러내는 사람도 있었다. 그들 중 몇 명은 피오나가 사는 곳을 안다고 주장하기도 했다.

그런 치열한 몇 주가 남긴 흔적이 이제야 조금씩 희미해지던 참이었다. 그녀를 괴롭히는 것이 정확히 무엇인가? 남편의 질문은 곧 자신의 질문이었고, 그는 이제 대답을 기다리고 있었다. 심리가 열리기 전 피오나는 로마가톨릭교회의 웨스트민스터 대주교에게서 의견서를 받았다. 판결문의 어느 단락에서 피오나는 하느님의 의도에 개입하지 않기 위해 마크가 매슈와 함께 죽는 것이 낫다고 한 대주교의 말을 정중한 어조로 언급했다. 성직자가 자신들의 신학적 입장을 견지하기 위해 유의미한 삶의 가능성을 제거하려 한다는 사실이 그녀로서는 놀랍지도 않고 마음이 쓰이지도 않았다. 법률 자체에도 비슷한 문제가 있어서 법은 의사가 가망 없는 환자들을 호흡곤란, 탈수, 굶주림으로 죽게 두는 것은 용인하면서

독극물 주입이라는 순간적인 구제는 허용하지 않는 것이다.

밤이면 피오나는 다시 쌍둥이의 사진과 그녀가 검토했던 수십 장의 다른 사진들로 생각이 돌아갔다. 아기들의 문제에 대해, 그리고 마크에게 정상적인 삶을 선사하기 위해 행해야 했던 일들, 즉 젖먹이의 피부를 자르고 열고 이어붙이고 접는 일과 내부장기를 재건하고 다리와 성기와 장을 구십도로 돌리는 일에 대해 의학 전문가들에게 들었던 구체적인 전문 지식들을 되새겼다. 어두운 침실에서 옆에 누운 잭이 조용히 코를 골 때 그녀는 낭떠러지 끝에서 아래를 내려다보는 것만 같았다. 기억 속에 저장된 매슈와 마크의 사진에서 피오나가 본 것은 어떤 의도도 어떤 목적도 없는 무효(無效)였다. 아주 작은 난자 하나가 일련의 화학적 이벤트를 진행하던 도중 어딘가에서 일어난 문제, 단백질 연쇄반응의 미미한 오류 때문에 제때 분열하지 못했다. 분자에서 시작한 사건이 우주대폭발처럼 더 큰 규모의 인간적 불행으로 팽창한 것이었다. 그건 잔혹행위도, 누군가를 향한 복수도, 알 수 없는 유령의 짓도 아니었다. 단지 유전자 전사의 오류, 효소 합성의 왜곡, 화학적 결합의 단절일 뿐이었다. 무의미하고도 무심한 자연의 낭비 과정. 건강하고 완벽한 형태의 생명을, 역시나 우발적이고 역시나 목적 없는 그런 생명을 더욱 도드라져 보이게 만든 과정이었다. 신체 각부가 적절한 형태로 제자리에 달려 세상에 나온다는 것, 잔인하지 않은 깊은 애정을 가진 부모에게서 태어난다는 것, 혹은 지리적으로나 사회적인 우연으로 전쟁이나 빈곤을 모면한다는 것은 그 자체로 우연한 행운이었다. 그리하여 선한 사람이 되기가 훨씬 쉽다는 것도.

한동안 피오나는 그 재판의 후유증으로 망연자실한 상태에서 별 관심도 감정도 없이 업무를 해나가며 아무에게도 속을 털어놓지 않았다. 하지만 사람의 몸에 지나치게 예민해졌고, 자신의 몸이나 잭의 몸을 더는 역겨움 없이 바라보기가 힘들었다. 이런 일을 어떻게 이야기한단 말인가? 하고많은 재판 중 이 한 건이, 그 슬픔이, 오장육부를 다루는 세세한 정보들과 요란한 대중의 관심이, 법관으로 이 정도 경력에 이른 사람을 이렇게 내밀하게 뒤흔들었다고 어떻게 그에게 이야기한단 말인가. 그건 전혀 그럴듯해 보이지 않았다. 피오나의 일부는 한동안 불쌍한 매슈와 함께 차갑게 식어 있었다. 그 아이를 이 세상에서 처치해버린 사람, 서른네 장의 우아한 글로 설파하여 그 아이의 존재를 지워버린 사람이 바로 자신이었다. 머리가 붓고 심장이 수축하지 않는 매슈는 어차피 죽을 운명이었음을 논외로 하더라도. 피오나는 비이성적인 면에서 대주교보다 나을 것이 없었다. 그래서 내면의 이런 위축을 인과응보라 여기게 되었다. 하지만 그 감정이 사라지고 나서도 상흔은 기억 속에 남아 있었다. 칠 주 하루가 지난 다음에도.

피오나는 차라리 몸이 없다면, 육체의 구속에서 풀려나 자유롭게 떠돌 수 있다면 가장 좋을 거라고 생각했다.

유리탁자에 잭의 술잔이 부딪치는 소리가 다시 그녀를 방으로, 그리고 그의 질문으로 되돌려놓았다. 잭은 흔들림 없이 그녀를 바라보고 있었다. 설사 속내를 고백할 방법을 안다 해도 그럴 마음이 들지 않았다. 약한 내색은 조금도 하고 싶지 않았다. 천사들이 기다리고 있으니 어서 일로 돌아가 판결문의 결론을 교정봐야 했다. 자신의 정신상태는 중요한 사안이 아니었다. 문제는 남편이 하는 선택, 그가 가하는 압박이었다. 피오나는 갑자기 다시 화가 치밀었다.

"마지막이야, 잭. 그 여자랑 만나는 거야? 침묵은 긍정으로 받아들일게."

하지만 그 역시 화를 내며 의자에서 일어나 피아노 쪽으로 가더니, 한 손을 열린 뚜껑에 올려놓고 인내심을 그러모은 다음 뒤로 돌아섰다. 그 순간 둘 사이의 침묵이 확장되었다. 비는 그쳤고 워크스 정원의 참나무도 이제는 잠잠했다.

"분명히 말했다고 생각하는데. 난 전부 터놓으려고 노력하고 있어. 그 여자하곤 같이 점심을 먹었어. 아무 일도 없었고. 당신한테 먼저 말하고 싶었던 거야. 난 당신한테……"

"뭐, 벌써 말했잖아. 내 대답도 들었고. 그래서 이젠 뭐야?"

"이제 당신이 말해봐, 무슨 일이 있는 건지."

"점심은 언제였어? 어디서?"

"지난주. 학교에서. 사소한 일이었어."

"외도로 이어지는 종류의 사소한 일."

잭은 방 반대편에 그대로 서 있었다. "그런 거로군." 맥 빠진 말투였다. 합리적인 남자가 시험을 당하다 지쳐버렸다는 듯한 태도. 감탄스러웠다. 그런 연기로 상황을 모면할 수 있다고 생각하다니. 순회판사로 일할 때 재판정에서 만났던 글도 읽을 줄 모르던 늙은 전과자들이, 개중 치아도 몇 개 남아 있지 않던 그들이 피고인석에 앉아 되는대로 늘어놓을 때도 그보다는 연기를 잘했다.

"그런 거로군." 잭이 다시 말했다. "그렇다면 미안해."

"당신이 지금 뭘 망치려는 건지 알고는 있어?"

"내가 하고 싶은 말이야. 무슨 일이 있는데 당신은 나한테 말을 안 하잖아."

그를 놓아줘. 어떤 목소리가, 그녀 자신의 목소리가 머릿속에서 말을 걸었다. 그리고 즉시 똑같은 두려움이 그녀를 사로잡았다. 피오나는 남은 생을 혼자 살아갈 수 없었고 그럴 생각도 하지 않았다. 오래전 이혼하고 남편이 없는 절친한 동갑내기 친구 두 명은 아직도 사람들이 많이 모인 방에 혼자 들어가기를 싫어했다. 그리고 그런 단순한 사교상의 허울보다 더 중요한 것은 그에 대한 사랑이었다. 존재는 알고 있지만 그 순간에는 느껴지지 않는 그 사랑.

"당신 문제는 이거야." 잭이 방 저편 끝에서 말했다. "자신을 설명해야 한다는 생각은 전혀 안 한다는 거. 당신은 내 앞에서 사라져버렸어. 당신도 분명히 내가 알아차리고 신경 쓰고 있다는 걸 알았을 거야. 계속 이러진 않을 거라고 생각하면, 아니 그 이유만이라도 안다면 어떻게 참을 만은 하겠지, 그러니까……"

그가 다가오기 시작했다. 하지만 피오나는 남편의 결론을 듣지도, 점점 쌓여가는 짜증을 대답으로 토해내지도 못했다. 바로 그때 전화가 울렸기 때문이다. 자동적으로 수화기를 들었다. 그녀는 당직을 서는 중이었고, 아니나 다를까 법원 서기인 나이절 폴링에게서 걸려온 전화였다. 늘 그렇듯 머뭇거리는 목소리가 말을 더듬는 것처럼 느껴졌다. 하지만 언제나 유능하고 딱 좋은 거리를 유지하는 사람이었다.

"이렇게 늦은 시간에 전화드려 죄송합니다, 판사님."

"괜찮아요. 말씀하세요."

"워즈워스에 있는 이디스 캐벌 병원의 변호사가 전화했습니다. 암환자에게 긴급 수혈을 해야 한다는데요. 17세 소년이랍니다. 하지만 아이와 부모가 동의를 거부하고 있고요. 병원 입장은……"

"거부하는 이유는 뭔가요?"

"여호와의 증인이라고 합니다, 판사님."

"그렇군요."

"병원 측이 본인과 가족의 의사에 반해 적법한 절차로 수혈할 수 있도록 법원명령을 신청했습니다."

시계를 쳐다보았다. 열시 반을 막 넘어서고 있었다.

"시간이 얼마나 있나요?"

"수요일이 고비라고 들었습니다. 아주 위험하다고 합니다."

피오나는 주변을 둘러보았다. 잭은 이미 방에서 나가고 없었다. "그러면 화요일 오후 두시로 급히 심리 고지를 하세요. 그리고 피청구인들에게 통보하시고요. 병원에 연락해 부모에게 알리라고 하세요. 그 사람들에겐 이의신청권이 있습니다. 아이에게 법정대리인을 지정하게 하고요. 병원에 연락해서 내일 오후 네시까지 증거자료를 송부하라고 하세요. 담당 종양전문의가 증인진술서를 송부해야 합니다."

잠시 정신이 멍해졌다. 그녀는 목청을 가다듬고 계속 말을 이어갔다. "혈액제제가 필요한 이유를 제가 알 수 있어야 하겠죠. 그리고 아이 부모는 최대한 노력해서 화요일 정오까지 증거자료를 제출하라고 하세요."

"바로 처리하겠습니다."

피오나는 창가로 걸어가 물끄러미 광장 쪽을 바라보았다. 느린 6월의 황혼녘 끝자락에서 나무의 실루엣이 완전한 흑색으로 변하고 있었다. 아직은 사위가 밝아서 노란 가로등은 보도에 둥근 빛 무늬만 드리울 뿐이었다. 이제 일요일 저녁 도로는 한산했고 그레이즈인 로드나 하이홀번*에서는 거의 아무 소리도 들리지 않았다. 오직 가늘어진 빗방울이 나뭇잎에 가볍게 떨어지는 소리, 근처 배수관에서 아득히 흘러나오는 음악 같은 졸졸 소리뿐이었다. 피오나는 이웃집 고양이가 웅덩이를 깔끔하게 우회해 덤불 아래 어둠 속으로 사라지는 모습을 보았다. 그다지 괴롭지는 않았다. 잭이 나가버렸다

---

* 런던 중심부 홀번 지역의 거리 이름.

는 사실은. 두 사람의 대화는 고통스러울 정도로 솔직해지고 있었다. 다른 사람의 문제라는 중립지대, 그 나무 없는 황야로 넘어가게 되어 안도감이 드는 것은 부인할 수 없었다. 이번에도 종교. 익숙함이 차라리 위로가 되었다. 소년의 나이가 법적으로 자율권을 보장받는 18세에 가까웠으므로 가장 중요한 고려사항은 아이의 바람이 될 터였다.

갑작스러운 방해에서 자유의 가능성을 찾는 건 아마도 비뚤어진 마음 탓이리라. 도시 반대편에서는 십대아이가 자신의 신념 아니면 부모의 신념 때문에 죽음에 직면해 있었다. 그녀의 직무 혹은 사명은 아이를 구하는 것이 아니라 무엇이 합리적이고 합법적인지를 판단하는 것이었다. 피오나는 소년을 직접 만나보고 싶었다. 한두 시간 정도 가정사의 수렁에서뿐만 아니라 법정에서도 벗어나고 싶었고, 직접 그곳으로 가서 복잡한 상황을 겪은 후에 그 관찰의 결과로 판결을 이끌어내고 싶었다. 부모의 신념이란 곧 아들의 신념을 지지한다는 뜻일 수도 있고, 반대로 아들이 감히 반항하지 못하는 사형선고의 뜻일 수도 있었다. 요즘에는 직접 방문해 알아보는 방식이 굉장히 이례적이기는 했다. 1980년대에는 판사가 청소년을 법원의 피보호자로 지정해 회의실이나 병원, 자택에서 만날 수가 있었다. 그 시절에는 숭고한 이상이 고대의 갑옷처럼 찌그러지고 녹슨 채로나마 살아남아 있었다. 판사는 군주를 대신해 일하는 사람이었고, 수백 년 동안 이 나라 아이들의 후견인이 되어주었다. 요즘은 카프카스에서 나온 사회복지사들이 그 일을 하고 판사에게 보고했다. 예전 시스템은 느리고 효율도 떨어졌지만 인간적이었다. 근래에는 일정이 지연되는 일은 줄었지만 일률적인 조사항목이나 조사자의 판단에 많은 부분을 기대게 되었다. 아이들의 삶이 컴퓨터 메모리에 들어 있었다. 정확하지만 온정은 덜한 방식으로.

병원을 방문할까 했던 것은 감상적인 충동 때문이었다. 피오나는 그 생각을 떨쳐내며 창가에서 돌아서서 긴 의자로 갔다. 그리고 조급한 한숨을 쉬며 자리에 앉아 스탬퍼드힐의 유대인 소녀들과 논란이 된 그들의 안녕에 관한 판결문을 집어 들었다. 결론이 담긴 마지막 장이 다시 손에 들려 있었다. 하지만 순간 피오나는 차마 그 글을 읽을 수가 없었다. 소송에서 자신의 개입이 부조리하고 무의미하게 느껴져 일시적으로 무기력에 빠진 경험이 이번이 처음은 아니었다. 부모가 아이들을 위해 학교를 선택하는 일, 그런 악의 없고 중요하고 평범하고 사적인 일이 쓰라린 결별과 지나치게 많은 돈이라는 치명적인 조합에 의하여 가공할 만한 서기 업무로, 손수레 없이는 법정으로 옮기지도 못할 만큼 무겁고 많은 법정

서류 파일로, 몇 시간에 걸친 법정공방과 심리 절차, 판결유예 등으로 변질되었다. 그리고 이 모든 소동은 끈을 잘못 묶어 한쪽으로 기우뚱해진 열기구처럼 사법의 위계를 따라 아주 천천히 위로 올라갔다. 부모가 합의에 실패하면 법이 마지못해 그 결정을 떠맡아야 했다. 그녀는 흡사 핵물리학자와 같은 신중함으로, 과정에 복종하는 자세로 이 일을 주재할 것이다. 사랑으로 시작하여 혐오로 끝나버린 무엇의 처리를 주재하는 것이다. 사실 이 모든 업무는 반시간만 주어지면 합리적인 결론에 이를 수 있는 사회복지사에게 넘기는 것이 마땅했다.

피오나는 주디스에게 유리한 판결을 내렸다. 서기의 보고에 따르면 잠시도 가만있지 못하는 이 적갈색머리 여자는 휴식시간만 되면 대리석 바닥을 질주해 왕립재판소의 잘 연마된 석조 아치를 지나 스트랜드 스트리트로 나가 담배를 피워댔다. 아이들은 자신들의 어머니가 선택한 남녀공학으로 계속 등교한다. 18세까지 학업을 이어나가고, 원한다면 3차 교육을 받을 수도 있다. 판결문은 유서 깊은 전통을 단절 없이 지켜온 하레디 공동체에 경의를 표했고, 그 종교적 신념에 대해 법정은 특별한 견해를 가지지 않으며, 다만 그것이 성심과 성의로 견지됨을 주목한다고만 언급했다. 그러나 사실 아버지가 공동체에서 내세운 증인들이 그의 주장을 무효로 만드는 데 일조했다. 공동체의 존경받는 인물 한 사람은 어쩌면 정말로 자랑스럽게도 하레디 여성들이 '안정된 가정'을 꾸리기 위해 헌신해야 하며, 16세가 넘으면 교육에 의미가 없다고 말했다. 또 한 사람은 직업을 가지는 것은 사내아이들에게도 매우 이례적인 경우라고 했다. 세 번째 증인은 순결을 지키기 위해 학교에서 성별에 따라 아이들을 철저히 분리해야 한다는 의견을 너무 강하다 싶게 주장했다. 피오나는 그 모두가 주류의 육아 방식과 동떨어져 있으며, 아이들이 저마다의 포부를 실현하도록 격려해야 한다는 일반 대중의 견해와도 차이가 있다고 썼다. 법률이 상정하는 합리적인 부모의 견해도 그와 같을 것이다. 피오나는 딸들이 아버지의 폐쇄적인 사회로 돌아갈 경우 어머니와의 관계가 단절될 가능성이 있다는 사회복지사의 의견을 받아들였다. 반대의 경우에는 그 가능성이 낮았다.

무엇보다 법정의 의무는 아이들이 성인이 되어 원하는 삶을 결정할 수 있도록 해주는 것이다. 딸들은 아버지 또는 어머니가 받아들이는 방식의 종교를 택하거나 다른 곳에서 삶의 만족을 구할 것이다. 그리고 18세가 되면 부모나 법정은 아이들을 좌지우지할 수 없다. 끝맺음에서 피오나는 아버지

쪽을 가볍게 질책하는 의미로 번스타인 씨의 법정변호사와 사무변호사*가 모두 여성이고, 법정지정 사회복지사, 즉 그 영민하고 정신없는 카프카스 여성의 경력이 그에게 도움이 되었다는 사실에 대해 논평했다. 또한 그는 여성 판사의 명령에 전적으로 따라야 한다. 자신이 왜 딸들에게 취업의 기회를 주지 않으려 하는지 자문해봐야 할 것이다.

끝났다. 수정사항은 내일 아침 일찍 최종본에 입력하면 된다. 피오나는 일어나 기지개를 켜고 위스키 잔들을 부엌으로 가져가 씻었다. 손으로 흘러내리는 따뜻한 물이 위로가 되어 몇 분 동안 멍하니 싱크대 앞에 서 있었다. 하지만 잭의 기척에 귀를 기울이기도 했다. 오래된 배관이 우르릉 소리를 내면 그가 잘 준비를 한다는 뜻이었다. 피오나는 다시 거실로 돌아가 불을 껐고 어느새 다시 아까의 창가 자리에 서 있었다.

아래쪽 광장에서, 고양이가 우회해 돌아가던 웅덩이와 멀지 않은 곳에서 그녀의 남편이 여행가방을 끌고 있었다. 어깨에는 출근할 때 가지고 다니는 서류가방을 메고 있었다. 그는 자신의 차로, 아니 두 사람의 차로 다가가 문을 열고 여행

---

*영국의 변호사는 크게 법정변호사와 사무변호사로 나뉜다. 일반적으로 법정 변호사는 법정에 출석하여 변론을 담당하고, 사무변호사는 법정 밖에서 자문 및 서류 업무를 맡는다.

가방을 뒷자리에 실은 다음 차에 타 시동을 걸었다. 전조등이 켜지고 좁은 주차 공간에서 빠져나가기 위해 앞바퀴가 완전히 옆으로 돌아갔을 때, 그녀는 라디오에서 나오는 희미한 음악 소리를 들었다. 팝 음악. 하지만 잭은 팝을 싫어하는데.

남편은 대화를 시작하기 한참 전인 초저녁에 벌써 가방을 싸뒀음이 틀림없었다. 아니면 추측컨대 그 와중에, 침실로 물러났을 때 그랬을 수도 있다. 그녀는 혼란스럽거나 화가 나거나 서러운 대신에 그저 피로하기만 했다. 현실적으로 행동하자고 생각했다. 바로 잠자리에 들면 수면제는 먹지 않아도 될 것 같았다. 피오나는 부엌으로 되돌아가며 스스로를 타일렀다. 부엌에 가는 이유가 두 사람이 서로에게 쪽지를 남길 때 늘 사용하던 소나무 탁자를 확인하려는 때문은 아니라고. 거기엔 아무것도 없었다. 피오나는 현관문을 잠그고 복도 불을 껐다. 침실은 정리해둔 그대로인 듯했다. 남편의 옷장 미닫이문을 열고 아내다운 눈으로 계산해본 결과, 그가 재킷세 벌을 가져갔고 그중 가장 새것은 기브스앤드호크스*에서산 미색 마재킷임을 알아냈다. 욕실에 들어가서는 욕실장을열고 세면도구 가방에 뭐가 들어갔을지 어림잡아보고 싶은

---

* 런던의 고급 맞춤 양복 전문점.

마음을 억눌렀다. 대충 알 수 있었다. 침대에 누워 유일하게 떠올린 분별 있는 생각은 잭이 복도를 지나갈 때 자신이 듣지 못하도록 대단히 조심했으리라는 사실뿐이었다. 그러고는 현관문을 조금씩, 기만에 찬 세심함으로 아주 조금씩, 닫았으리라는 사실.

그런 생각도 피오나가 잠에 빠져드는 것을 막지는 못했다. 하지만 잠은 구원이 아니었고, 한 시간도 채 안 되어 그녀는 비난하는 사람들 사이에 둘러싸였다. 혹은 도움을 청하는 사람들 사이에. 얼굴들이 합쳐졌다가 나뉘었다. 귀도 없이 부어오른 머리와 수축하지 않는 심장을 가진 쌍둥이 아기 매슈가 다른 날 밤에도 여러 번 그랬던 것처럼 그녀를 빤히 쳐다보았다. 레이철과 노라 자매도 유감스러운 말투로 크게 외치며 그녀의 탓일 수도 있고 자신들의 탓일 수도 있는 잘못들을 열거했다. 잭이 가까이 다가와 주름이 생기기 시작한 이마를 피오나의 어깨에 대더니, 자기 미래에 선택의 폭을 넓혀주는 것이 그녀의 의무라고 칭얼거리는 목소리로 말했다.

여섯시 반에 자명종이 울리자 피오나는 벌떡 일어나 앉아 잠시 어리둥절한 상태로 침대의 빈자리를 바라보았다. 그런 다음 욕실로 들어가 법정에서 하루를 보낼 채비를 시작했다.

2

피오나는 그레이즈인 스퀘어에서 왕립재판소까지 늘 밟
는 길을 나서며 생각을 하지 않으려고 무진 애를 썼다. 한 손
에는 서류가방을 들고 다른 손에는 우산을 높이 치켜들었다.
날빛은 음울한 푸른빛이었고 볼에 닿는 도시의 공기가 차가
웠다. 정문을 통과해 나갈 때는 친절한 수위 존이 잡담을 걸
까봐 재빨리 고개를 까딱거리고 지나갔다. 너무 드러나게 위
기에 처한 여자처럼 보이지 않았으면 했다. 피오나는 자신의
처지를 떠올리지 않기 위해 외우고 있는 곡 하나를 머릿속에
서 연주했다. 출근길 소음 위로 들리는 것은 그녀의 이상적
자아가, 다시 말해 자신은 결코 될 수 없을 피아니스트가 흠
잡을 데 없이 연주하는 곡, 바흐의 파르티타 2번이었다.

여름 동안 거의 매일 비가 내리고 있었다. 도심의 나무는 부풀어 오른 듯 우듬지가 커졌고 빗물에 씻긴 보도는 매끄러웠으며 하이홀번이라는 전시장에 나온 자동차들은 깨끗했다. 최근에 본 템스 강은 만조로 물이 불어 어두운 갈색을 띠고 있었고, 교각을 따라 나른하고 고집스럽게 높아져가던 강물은 곧 도로에 닿을 듯했다. 하지만 사람들은 모두 불만에 찬 표정으로 흠뻑 젖은 채 결연히 갈 길을 갔다. 끊어진 제트기류가 통제 불가능한 여러 요인의 영향으로 남쪽으로 꺾이면서 아조레스 제도에서 오는 여름의 훈기를 막고 북쪽에서 내려오는 차가운 공기를 빨아들였다. 원인은 인간이 초래한 기후 변화, 즉 빙하가 녹아 발생한 상층기류의 교란일 수도 있고, 누구의 잘못도 아닌 변칙적인 흑점 활동일 수도 있으며, 자연의 가변성이나 고대로부터 지속된 리듬이나 이 행성의 운명일 수도 있었다. 또는 세 가지 원인 모두이거나 두 가지 원인의 조합이거나. 하지만 이런 이른 아침에 설명이나 이론이 무슨 소용일까? 피오나와 다른 런던 사람들에게는 해야 할 일이 있었다.

챈서리 레인으로 내려가기 위해 도로를 건널 즈음, 좀더 거세진 비가 갑작스러운 찬바람에 밀려 제법 비스듬히 들이쳤다. 이제 날빛은 더 어두워지고 빗방울은 다리에 얼음처럼 부딪쳐왔고 사람들은 침묵 속에 자기 생각에 빠져 서둘러 옆을 지나쳐갔다. 비에 아랑곳 않는 차들이 하이홀번을 따라 요란하게 쏟아져 내려가고 아스팔트가 전조등에 얼룩져 번들거릴 때, 피오나는 또다시 머릿속에서 연주되는 웅장한 도입부, 프랑스풍의 아다지오를 들었다. 느리고 두터운 화음에서 아련한 재즈의 전조가 느껴졌다. 하지만 도피는 불가능했고 그 곡은 그녀를 곧바로 잭에게로 데려갔다. 지난 4월 그에게 주는 생일선물로 연습한 곡이었다. 광장에 내린 땅거미, 직장에서 막 퇴근해 돌아온 두 사람, 불 켜진 탁상용 램프들, 잭의 손에 들린 샴페인 한 잔. 자기 잔을 피아노 위에 올려놓은 피오나는 몇 주 동안 끈기 있게 외운 곡을 연주했다. 이어서 인정과 기쁨을 표현하는 감탄의 말들, 놀라운 기억력을 치켜세우는 조금은 과장된 표정, 마지막으로 두 사람의 긴 키스, 생일을 축하한다는 그녀의 속삭임, 촉촉이 젖은 그의 눈, 크리스털 샴페인 잔이 마주치는 청아한 소리.

자기연민의 엔진은 그렇게 가동을 시작했다. 피오나는 속절없이 지금껏 남편을 위해 마련한 다양한 선물들을 헤아렸다. 목록은 건전해 보이지 않을 정도로 길었다. 오페라 깜짝선물, 파리와 두브로브니크, 빈, 트리에스테로의 여행, 키스 재럿의 로마 콘서트(잭에게는 아무것도 알려주지 않은 채 조그만 여행가방과 여권만 챙겨서 공항으로 오게 했고 피오나는 퇴근 후 곧장 공항으로 가 그를 만났다), 가죽에 무늬를 넣은 카우보이 부츠, 각인한 휴대용 술병, 그리고 지질학에 새로이 생긴 열정을 인정하는 의미로 선사했던 가죽 케이스에 든 19세기 탐험가의 시료채취용 망치까지. 잭이 쉰에 접어들었을 때는 두 번째 사춘기를 축하하는 의미에서 가이 바커*가 쓰던 트럼펫을 선물했다. 이러한 공물들은 피오나가 남편에게 떠안긴 행복의 작은 조각에 지나지 않았고, 섹스는 그 조각의 일부에 불과했으며, 그것도 최근에 와서야 생긴 어려움인 것을 그는 엄청나게 부당한 일로 부풀려놓았다.

설움과 불만의 세목들이 쌓여갔지만 진정한 분노는 아직 저만치 앞에 있었다. 버림받은 쉰아홉 살 여자, 노년의 유아기에서 막 기는 법을 배우고 있는 여자. 피오나는 애써 생각을 다시 파르티타로 옮기며 챈서리 레인에서 좁은 길로 빠져나와 웅장한 건축물이 복잡하게 뒤엉킨 링컨즈인을 향해 걸어갔다. 빗방울이 우산에 떨어지면서 내는 북소리 위로 발걸음 속도에 맞는 경쾌한 안단테 선율이 흘렀다. 바흐 음악에서는 흔치 않은 템포. 한가로운 베이스 선율 위로 펼쳐지는

---

* 영국의 재즈 트럼펫 연주자이자 작곡가.

아름답고 느긋한 분위기. 그레이트홀을 지나는 발걸음도 지상의 것이 아닌 듯한 태평스러운 멜로디에 어우러졌다. 그 음들에서 명쾌한 인간적인 의미가 비어져 나올 것 같지만 사실은 아무 뜻도 없었다. 그저 아름다움일 뿐, 정제된 아름다움. 혹은 가장 모호하고 거대한 형태의 사랑, 모든 사람을 위한 차별 없는. 어쩌면 아이들을 위한. 요한 제바스티안 바흐는 두 번의 결혼으로 스무 명의 아이를 낳았다. 그중 살아남은 아이를 사랑하고 가르치고 보살피는 일, 아이들에게 음악을 만들어주는 일을 바흐는 생업을 핑계로 소홀히 하지 않았다. 아이들. 피할 수 없는 그 생각이 다시 떠오른 것은 머릿속 음악 연주가 까다로운 푸가 부분으로 넘어갔을 때였다. 남편에 대한 사랑을 담아 완벽하게 연습했던 부분, 조금도 더듬거리지 않고 전속력으로 각 성부를 정확히 구분해 연주했던 부분이다.

그랬다. 피오나의 아이 없음은 그 자체로 푸가였고 도망*이었다. 그녀가 머리에서 몰아내려 애쓰는 습관적인 주제였다. 바른 운명으로부터의 도망. 그녀의 어머니가 이해하는 의

---

* 푸가는 하나의 성부가 주제를 연주한 뒤 다른 성부가 그것을 모방하며 되풀이해나가는 방식으로 발전하는 대위법 양식을 뜻하며, 라틴어 fuga(도망치다)가 어원이다.

미의 여자가 되는 데 실패한 것이다. 피오나는 이 상태에 이르기까지 이십 년 동안 잭과 함께 느린 패턴의 대위법 음악을 연주했다. 나타났다 사라지기를 반복하던 불협화음은 가끔씩 불안을, 심지어는 공포를 느끼는 순간마다 다시 음악에 섞여들며 그렇게 가임기는 흘러가 결국 끝이 나고 말았지만, 그녀는 너무 바빠서 그 사실조차 제대로 알아차리지 못했다.

재빨리 훑고 지나가면 족할 사연. 변호사 시험 뒤에 치른 다른 여러 시험들, 그 후 법정변호사 입문과 수습 기간, 권위 있는 변호사사무소 여러 곳에서 받은 행운의 제안, 가망 없는 소송에서 거둔 초기의 성공. 삼십대 초반까지 아이를 미루는 건 합리적인 판단 같았다. 그리고 삼십대 초반에 피오나는 까다롭고 의미 있는 소송을 여럿 맡아 더 큰 성공을 거두었다. 잭 역시 망설였고 한두 해 더 기다리자고 했다. 그리고 삼십대 중반이 되었을 때 잭은 피츠버그에서 학생들을 가르치고 있었다. 피오나는 하루에 열네 시간씩 일하며 가족법에 더욱 깊이 빠져들었고, 그동안 집에 놀러 온 조카들을 보면서도 자신의 가족 생각은 뒷전으로 밀어놓았다. 그 이듬해부터는 피오나가 이른 나이에 판사직에 임명되어 순회재판에 다녀야 할 거라는 소문이 돌기 시작했다. 하지만 호명은 없었다. 적어도 그때는. 그리고 사십대가 되자 노산과 자폐

증에 대한 불안이 싹트기 시작했다. 곧이어 그레이즈인 스퀘어를 방문하는 어린 손님들이 더 늘어났고, 소란스럽고 요구 많은 조카손자손녀들은 삶의 형태에 아기 하나를 끼워 넣는 것이 얼마나 힘든 일일지를 일깨워주었다. 그러고는 씁쓸하게 입양을 생각했고 망설이며 문의도 해보았다. 그 뒤로 쏜살같이 흐른 세월 동안 가끔 고통스러운 회의가 찾아왔으며 대리모를 알아보겠다는 늦은 밤의 굳은 결심이 이른 아침 바쁜 출근길에 없었던 일이 되기도 했다. 그러다 마침내 어느 날 아침 아홉시 반, 왕립재판소에서 대법원장에게 판사 임명을 받으며 가발을 쓴 이백 명의 동료 앞에서 신의의 선서와 판사 선서를 했을 때, 그리고 위트 넘치는 연설의 주제였던 법복을 입고 그렇게 그들 앞에 자랑스럽게 섰을 때, 피오나는 이제 게임이 끝났음을 알았다. 어떤 여자들이 그리스도의 신부가 되듯이 자신은 이제 법에 속한 몸이 되었다는 것을.

피오나는 뉴스퀘어를 가로질러 와일디스 서점으로 향했다. 머릿속 음악은 잦아들었지만 이제 또 하나의 오랜 주제가 떠올랐다. 자기비판. 나는 이기적이고 까다로운 사람, 메마른 야심의 소유자이다. 나만의 목표를 추구하고, 내 직업이 본질적으로는 자기만족이라는 사실을 인정하지 않고, 따뜻하고 재능 있는 인간 두세 명이 세상에 오는 것을 막은 사람이다.

만일 내 아이들이 태어났다면, 그 애들이 없을 수도 있었다고 생각하면 아찔하겠지. 그래서 난 이렇게 벌을 받아 이 재앙에 홀로 맞서게 된 거겠지. 분별 있는 성인 자식이 없으니 걱정스럽게 전화하고, 하던 일을 팽개치고 달려와 식탁에 둘러앉아 긴급회의를 열고, 바보 같은 아버지에게 정신 차리라고 설득해 집에 돌아오게 하는 아이들도 없는 거야. 하지만 내가 남편을 받아들이긴 할까? 아이들은 엄마한테도 정신 차리라고 설득을 해야 하겠지. 거의 존재할 뻔했던 아이들, 목소리가 허스키한 딸은 어쩌면 박물관 큐레이터일 수도 있었고, 타고난 재능은 있지만 안정을 찾지 못하고 너무 다양한 방면에 새주가 많은 아들은 대학은 다 못 마쳤어도 나보다 훨씬 훌륭한 피아니스트일 수도 있었어. 둘 다 언제나 다정한 아이들, 크리스마스나 고성에서 보내는 여름휴가 때도 멋지게 활약해서 어린 친척들을 재미있게 해주는 아이들이었을 테지.

피오나는 길을 따라 걸으며 와일디스 서점 진열장에 놓인 법학 책들에 흔들리지 않고 케어리 스트리트를 건너 재판소 뒷문으로 들어갔다. 천장이 둥근 회랑을 따라 걷다가 비슷한 회랑을 하나 더 지나고, 계단을 올라가 법정 몇 곳을 지나친 다음 다시 계단을 내려가 뜰을 가로지른 후에, 계단 아래 잠시 멈춰 서서 우산에서 빗물을 털어냈다. 이곳의 공기는 늘 학교를 떠올리게 했다. 차갑고 축축한 돌의 냄새나 촉감, 거기에 두려움과 흥분을 일으키는 희미한 전율까지. 피오나는 엘리베이터를 타지 않고 계단을 이용했다. 무거운 발걸음으로 빨간 카펫을 밟고 올라가다 오른쪽으로 돌면 고등법원 판사 사무실 문들이 일제히 바라보는 넓은 계단참이 나왔다. 그 문들을 보면 가끔 강림절 달력*이 떠올랐다. 저마다 넓고 책이 가득한 방에서 동료들은 날마다 소송과 재판, 미로처럼 복잡한 세부정보와 반대의견에 몰두했고, 그런 일에서 조금이나마 놓여나기 위해 특유의 농담과 반어법을 즐겼다. 피오나가 아는 판사들은 대부분 유머감각이 절묘했지만 오늘 아침에는 그녀를 웃게 만들고 싶은 사람이 아무도 없었다. 다행스러웠다. 아마도 자신이 가장 먼저 온 듯했다. 침대를 박차고 일어나게 하는 데는 가정사의 풍랑만 한 것도 없다.

피오나는 문간에서 잠시 멈춰 섰다. 늘 머뭇거리는 태도의 점잖은 나이절 폴링이 그녀의 책상 위로 고개를 숙이고 서류를 정리하고 있었다. 월요일이면 항상 그렇듯 서로의 주말에 대해 묻고 답하는 의례적인 인사가 뒤따랐다. '조용한' 주말

---

* 흔히 큰 직사각형 판에 스물네 개의 창을 만들어 강림절(크리스마스 전 사 주간) 기간 동안 하루에 하나씩 표시하며 크리스마스를 기다릴 수 있도록 만든 달력.

이었다고 대답하며 그녀는 번스타인 건 판결문의 수정본을 폴링에게 건넸다.

오늘의 할 일. 목록에 열시로 기록된 모로코 건에서는 아이 아버지가 법정에서 한 서약을 어기고 법원 관할권을 이탈해 라바트로 딸을 데려간 것이 확인되었고, 변호사는 아이의 소재도 모르고 아버지와 연락도 닿지 않아 어찌할 바를 모르고 있었다. 아이 어머니는 정신과의 도움을 받고 있지만 법정에는 출두하겠다고 했다. 헤이그 협약*을 통해 절차를 밟을 예정인데, 다행인 점은 모로코가 이슬람권에서는 유일하게 협약에 가입한 나라라는 것이었다. 그 모든 사실을 폴링은 허겁지겁 사과하듯 전했고, 불안하게 머리를 쓸어 올리는 모습이 마치 납치범이 자기 형제라도 되는 것 같았다. 법정에 앉아 부들부들 떨고 있던 해쓱한 얼굴에 바짝 마른 그 불쌍한 여자는 대학교수이자 부탄왕국 영웅전설 전문가였고 하나뿐인 딸에게 헌신적인 어머니기도 했다. 그리고 부정한 서양의 악으로부터 아이를 구하려는 아버지 역시 자신만의 비뚤어진 방식으로 딸에게 헌신적인 사람이었다. 관련 서류는 책상에 놓여 있었다.

---

* 헤이그 국제아동탈취 협약. 부모 한쪽이 한 회원국에서 다른 회원국으로 아동을 탈취했을 때 원래 주거지로 신속히 돌려보낼 수 있게 하는 다자간 협약이다.

오늘 할 일의 나머지는 이미 잘 알고 있었다. 피오나는 책상 쪽으로 가며 여호와의 증인 건에 대해 물었다. 부모가 긴급 법률구조*를 신청할 예정이고, 오후에 증서가 발급된다고 했다. 서기의 말에 따르면 소년은 희귀한 종류의 백혈병을 앓고 있었다.

"이름이나 좀 붙여주죠." 그렇게 내뱉은 피오나는 자신의 딱딱한 말투에 깜짝 놀랐다.

그녀가 압박을 가하면 폴링은 외려 사근사근하게 굴면서 약간은 빈정거리는 듯한 느낌을 풍겼다. 이제 그는 필요 이상으로 많은 정보를 늘어놓고 있었다.

"물론이지요, 판사님. 애덤입니다. 애덤 헨리. 외동이고요. 부모 이름은 케빈과 나오미. 헨리 씨는 조그만 회사를 운영하고 있습니다. 기초공사나 지면배수공사, 그런 일을 하는 곳이죠. 굴착기의 비르투오소**가 아닌가 싶습니다."

책상에 이십 분 정도 앉아 있다 밖으로 나온 피오나는 계단참을 가로질러 커피머신이 놓인 벽감 쪽으로 복도를 따라

* 법률 지식이 부족하거나 경제적으로 어려운 이들을 위한 지원 제도. 법원이 변호사를 지정해 법률구조증서를 발급하면 변호사는 사건 종료 후 이 증서로 비용을 상환받는다.
** 음악 분야에서 실력이 뛰어난 대가.

걸었다. 그곳에는 비커에서 쏟아지는 볶은 커피콩을 유리판에 묘사한 극사실화가 내부 조명을 받아 갈색과 크림색으로 빛나고 있었다. 후미진 어둠 속에서 그림은 중세의 채색필사본처럼 선명했다. 카푸치노에 샷을 하나 추가, 아니 둘 추가. 바로 여기서 마시는 게 낫겠다. 지금쯤 출근 준비를 하며 낯선 침대에서 일어날 잭을 아무도 없는 곳에서 역겨워하며 그려볼 수 있도록. 그 옆에 누운 몸뚱이는 반쯤 깨어 있겠지. 한밤중에 잘 대접받고 잠들었다가 지금은 끈끈한 시트 속에서 뒤척이며 속삭이는 목소리로 잭을 다시 잠자리로 불러들이겠지. 화가 치밀어 오른 피오나는 충동적으로 휴대폰을 꺼내 연락처를 뒤졌고, 그레이즈인 로드의 자물쇠 수리업자를 찾아내 네 자리 비밀번호를 알려주고는 자물쇠를 바꿔달라고 말했다. 물론이죠, 부인, 곧 처리해드리겠습니다. 지금 집에 달린 자물쇠에 대해 잘 아는 사람이었다. 새 열쇠는 오늘 스트랜드 스트리트에만 배달하고 다른 곳에는 주지 마세요. 그런 다음 뜨거운 컵을 손에 든 채 마음이 바뀔까 두려워하며 다음 단계로 신속히 넘어갔다. 무뚝뚝하지만 온순한 시설물 관리감독에게 전화해 자물쇠 수리업자가 들를 예정이라고 알려주었다. 그렇게 피오나는 못되게 굴었고, 못되게 구니까 기분이 좋아졌다. 남편은 자신을 떠난 대가를 치러야 했고 그 대가는 바로 이렇게 추방되는 것, 이전의 삶을 간청하는 사람이 되는 것이었다. 그가 두 개의 주소를 갖는 사치는 허락하지 않을 생각이었다.

컵을 들고 복도를 따라 되돌아오며 피오나는 벌써 자신이 저지른 터무니없는 위반 행위에 놀라워하고 있었다. 남편의 합법적인 접근권을 방해하다니. 그것은 파국을 맞은 결혼생활에서 상투적으로 나타나는 행동이며, 자문을 맡은 사무변호사는 의뢰인에게(보통은 아내에게) 법원명령 없이 그런 행동을 해서는 안 된다고 조언했다. 소란 행위를 굽어보며 충고하고 심판하는 일을 하며 살아왔고, 사적인 자리에서는 이혼하는 부부들의 악의적이고 터무니없는 태도에 고매한 논평을 하던 자신이 이제 다른 모든 사람들과 같은 곳으로 내려와 그 삭막한 흐름을 따르고 있었다.

갑자기 생각이 중단되었다. 복도를 꺾어 넓은 계단참으로 들어섰을 때 셔우드 런시 판사가 자기 사무실 문간에서 그녀를 기다리고 있었다. 연극 속 악당을 연기하듯 싱글거리며 양손을 비비는 몸짓으로 그는 피오나에게 용건이 있음을 내비쳤다. 법조계 최신 소식에 정통한 런시는 대체로 정확한 정보를 입수했고 그걸 다른 이들에게 즐거이 전달하는 사람이었다. 그리고 피오나가 피하고 싶어 하는 몇 안 되는, 어쩌면 유일한 동료이기도 했다. 좋아할 만한 구석이 없어서가 아니었다. 사실상 매력적인 남자인 데다 오래전 에티오피아에 직접 설립한 자선단체 일에 여가시간을 모두 쏟아붓기도 했다. 하지만 같은 판사로서 런시는 그녀를 곤혹스럽게 만들었다. 사 년 전 런시가 재판을 맡은 살인사건은 지금 생각해도 끔찍했고, 피오나는 그 사건에 관해 침묵하는 것이 너무나 고통스러웠다. 하지만 당연하게 침묵을 지켜야 했다. 이곳은 멋진 소세계, 하나의 마을이므로. 서로의 실수를 일상적으로 용서해주는 곳, 판결이 항소법원에서 사정없이 뒤집히면서 잘못된 법리 적용을 이유로 질책당하는 일이 누구에게나 가끔씩 일어나는 곳이므로. 하지만 그렇다 해도 그 건은 현대에 들어 가장 심각한 오판 가운데 하나였다. 그리고 셔우드! 그는 숫자에 둔한 전문가 증인의 말을 평소와 달리 곧이곧대로 믿어버렸고, 그리하여 슬픔에 빠진 죄 없는 여자를 자기 자식들을 죽인 죄로 감방에 집어넣어 많은 이들을 충격과 회의에 빠뜨렸다. 여자는 감방에서 동료 재소자들에게 괴롭힘과 폭행을 당했고 타블로이드 신문에서 악마로 묘사되면서 첫 번째 항소에서도 졌다. 그리고 당연한 그랬어야 하지만, 마침내 석방된 이후에는 술에 절어 살다가 결국 술 때문에 죽었다.

피오나는 이 비극을 초래한 이상한 논리를 생각하면 아직도 가끔 밤잠을 이루지 못했다. 법정에서 제시된 유아돌연사증후군의 발생 가능성은 구천 명 중 하나 확률이었다. 따라서 검찰 측 전문가는 동기간인 두 아이가 그로 인해 죽을 가능성은 그 수치를 제곱한 확률이라고 했다. 팔천백만 명 중 하나. 거의 불가능한 수치. 따라서 아이들의 죽음에 어머니가 관여했음이 틀림없다는 것. 법정 밖의 세상은 충격을 받았다. 그 병의 원인이 유전적인 것이라면 아이들은 원인을 공유했을 터였다. 환경적인 원인이라면 그 또한 공유했을 터였다. 원인이 둘 다라면 아이들은 그 두 가지를 다 공유했을 것이었다. 그러면 그에 비해, 안정된 중산층 가정에서 태어난 아기 둘이 모두 제 어머니에게 살해당할 가능성은 얼마나 될까? 하지만 분노한 확률이론가들, 통계학자들과 역학자들은 개입이 전혀 불가능했다. 정당한 법 절차에 환멸을 느낄 때마다 마사 롱먼 소송과 런시의 과실을 떠올리기만 하면 피오나는 가끔씩 뇌리를 스치는 생각에 확신이 들었다. 비록 자신이 그토록 사랑하는 법이지만 최악의 순간에 법은 당나귀*가 아니라 뱀이라는, 독사라는 생각. 그때는 잭도 쓸데없이 소송을

---

* 찰스 디킨스의 《올리버 트위스트》에서 인용한 말로, 상식에 반하는 어리석은 법이나 규정을 빗댈 때 쓰인다.

관심 있게 지켜보았고, 그러다가 내키기만 하면 혹은 부부간에 무슨 문제가 있기라도 하면 아내의 직업을, 그리고 아내가 그런 곳에 발을 담그고 있다는 사실을 요란스럽게 개탄했다. 마치 그 판결문을 쓴 사람이 그녀이기라도 한 것처럼.

하지만 롱먼의 첫 항소마저 기각되었는데 그 누가 법관들을 옹호할 수 있겠는가? 재판은 시작부터 엉터리였다. 나중에 밝혀진 사실이지만, 이상하게도 병리학자는 둘째아이에게서 급성세균감염이 발견되었다는 결정적인 증거를 법정에 제출하지 않았다. 경찰과 검찰청은 이해하기 힘들 정도로 유죄 판결에 열을 올렸고 의료계는 업계 전문가의 증언으로 인해 망신을 당했다. 전체 시스템이, 부주의한 폭도 같은 전문가들이 상냥했던 한 여자를, 인정받던 건축가 한 사람을 박해와 절망과 죽음으로 몰아넣었다. 의료 전문가 증인 다수가 아기들의 사망 원인에 대해 상충하는 증거를 제출했을 때, 법은 우둔하게도 회의론과 불확실성은 제쳐두고 유죄 판결을 택했다. 런시가 무척 친절한 사람이라는 사실에는 누구나 동의했고, 기록이 보여주듯 그는 열심히 일하는 훌륭한 판사였다. 그래도 피오나는 당시의 병리학자와 의사 모두가 직업 일선에 복귀했다는 소식을 들었을 때 참아내기가 힘들었다. 그 재판을 생각하면 속이 울렁거렸다.

런시가 손을 들어 인사하자 그녀는 어쩔 수 없이 멈춰 서서 상냥하게 굴 수밖에 없었다.

"피오나."

"안녕하세요, 셔우드."

"스티븐 세들리의 새 책에서 기막힌 대화 한 구절을 읽었어요. 당신이 딱 좋아할 얘기예요. 매사추세츠 주에서 열린 재판인데, 좀 끈질긴 반대심문자가 병리학자에게 물어요. 부검을 시작하기 전에 환자가 죽었다고 완전히 확신하느냐고. 병리학자는 완전히 확신한다고 대답하죠. 어, 그래도 어떻게 그렇게까지 확신하시죠? 그러니까, 병리학자가 말해요. 그 사람 뇌가 제 책상 위의 병에 담겨 있거든요. 하지만 반대심문자가 그러는 거예요. 그래도 환자가 여전히 살아 있을 수도 있지 않나요? 그러자 대답이 이거예요. 어디선가 변호사로 살아 있을 가능성은 있지요."

런시는 자기 이야기에 폭소를 터트리면서도 눈은 피오나에게 고정한 채 그녀도 자기만큼 재미있어하는지를 살피고 있었다. 피오나는 최선을 다했다. 법조계에서 가장 인기 있는 농담은 바로 법조계를 비웃는 농담이었다.

마침내, 피오나는 미지근해진 커피를 들고 책상에 앉아 관할권에서 벗어난 아이 문제를 생각했다. 그녀는 사무실 저편에서 폴링이 무슨 말인가 하려고 목청을 가다듬다가 마음을 바꿔 물러가는 것을 모르는 척했다. 그 뒤로 애써 의견서에 주의를 집중하고 속도를 내어 읽기 시작하자 언제쯤인가 걱정거리 역시 물러갔다.

열시 정각이 되자 법정에 모인 사람들은 판사 앞에 기립했다. 피오나는 절망에 빠진 어머니 쪽 변호사의 말을 들었다. 헤이그 협약을 통해 아이를 되찾는 절차를 밟는 중이었다. 모로코인 남편의 변호사가 자리에서 일어나 자기 의뢰인이 법정에서 한 서약에 모호한 부분이 있음을 설득하려 하자 피오나는 말을 잘랐다.

"저는 의뢰인 대신 변호사라도 얼굴을 붉힐 줄 알았는데요, 솜스 씨."

문제는 전문적이고 흥미로웠다. 변호사 뒤에 반쯤 가려진 어머니의 마른 체구는 논쟁이 난해해질수록 조금씩 쪼그라드는 것 같았다. 이번 기일이 끝나면 피오나는 그 여자를 다시 볼 수 없을 터였다. 이 서글픈 사건은 모로코 법정에 회부될 것이었다.

다음으로는 이혼 심리 중인 아내를 대리하여 긴급 양육비 지급청구 건이 있었다. 판사는 변론을 듣고 질문을 하고 청구를 승인했다. 점심시간이 되자 혼자 있고 싶었다. 책상에 앉아 점심을 먹을 수 있도록 폴링이 샌드위치와 초콜릿을 가져왔다. 핸드폰은 서류 밑에 가려져 있었다. 피오나는 결국 항복하고 문자나 부재중 전화가 와 있는지 살펴보았다. 아무것도 없었다. 실망할 일도 안심할 일도 아니라고 스스로에게 말했다. 차를 마신 다음에는 십 분 정도 짬을 내 신문을 읽었다. 대부분 시리아 소식. 보도 기사와 처참한 사진들. 민간인을 폭격한 정부, 도로 위의 난민, 세계 각국 외무부의 무력한 비난, 왼발이 잘린 채 침대에 누운 여덟 살배기 소년, 홀쭉한 턱에 누렇게 뜬 얼굴의 알아사드가 러시아 관리와 악수하는 모습, 신경가스에 대한 소문.

다른 지역에는 훨씬 심한 고난이 있었다. 하지만 피오나는 오후에 이 지역의 고난을 몇 건 더 다루었다. 부부가 함께 살던 집에 남편의 출입을 금지해달라는 일방당사자의 명령 신청은 기각할 생각이었다. 설명은 길게 이어졌고 부엉이처럼 생긴 변호사는 연신 불안하게 눈을 깜빡이며 더욱 심기를 불편하게 만들었다.

"왜 통지도 없이 이러는 거죠? 서류를 봐도 불가피하다는 생각은 안 드는군요. 상대방과 의사소통하려는 어떤 시도라도 해보셨나요? 제가 보기에는 전혀 안 한 것 같네요. 남편 쪽이 의뢰인에게 서약할 의향이 있다면 이런 문제로 저를 귀

찮게 하시면 안 됩니다. 남편이 의향이 없다고 하면 출두 통지를 보내세요, 그때 당사자들의 설명을 듣겠습니다."

일동 기립 후에 그녀는 법정에서 걸어 나갔다. 그런 다음 다시 돌아와 전처 애인의 폭력성을 두려워하는 남자의 변호사가 신청한 금지조치 명령에 대한 찬반 논쟁을 들었다. 전처 애인의 전과를 놓고 긴 법적 공방이 있었으나 폭행이 아니라 사기 전과였으므로 결국 신청을 기각했다. 서약 정도면 족했다. 사무실에서 차 한 잔을 마시고 다시 법정으로 돌아온 피오나는 이혼 수속 중에 세 자녀의 여권을 법원에 위탁하길 원하는 어머니의 긴급청구 건을 재판했다. 처음에는 승인할 생각이었으나 뒤이어 악화될 여러 복잡한 사정을 들은 후에는 결국 기각했다.

네시 사십오분에 다시 사무실로. 피오나는 책상에 앉아 멍하니 책장을 쳐다보고 있었다. 폴링이 들어오자 흠칫 놀란 그녀는 자신이 잠시 졸았던 거라고 생각했다. 폴링은 여호와의 증인 사건에 대한 언론의 관심이 뜨거워졌다고 알려주었다. 내일 대부분의 조간신문이 그 이야기를 실을 것이다. 언론사 웹사이트에 소년과 가족의 사진이 올라와 있다. 부모가 직접 제보했을 수도 있고 급전에 목마른 친척이 그랬을 수도 있다. 서기는 피오나의 손에 해당 재판 관련 서류와 함께 갈색 봉투를 하나 넘겨주었다. 봉투를 열자 무언가가 짤랑거리는 이상한 소리가 났다. 앙심을 품은 고소인이 보낸 우편물 폭탄? 예전에 그런 일이 있었다. 재판 결과에 격분한 남편이 어설프게 조립한 기계장치를 보냈는데, 당시 함께 일하던 서기가 그것을 꺼냈고 터지지는 않았다. 그런데 이건, 그렇지, 새로운 열쇠. 그녀의 다른 삶, 완전히 탈바꿈할 생활로 가는 길을 열어줄 열쇠.

그리하여 삼십 분 뒤 피오나는 그 다른 삶을 향해 출발했고, 텅 빈 아파트로 들어가기 꺼려지는 마음에 빙 돌아가는 길을 택했다. 정문을 나서 스트랜드 스트리트를 따라 올드위치까지 서쪽으로 걸어간 다음 킹스웨이를 따라 북쪽으로 향했다. 하늘은 납빛에 빗줄기는 많이 가늘어졌고 월요일 퇴근길 인파는 평소보다 적었다. 낮은 하늘 아래로 또 한 번의 너무 길고 어둑한 여름밤이 펼쳐질 것 같았다. 칠흑 같은 어둠이 차라리 어울릴 텐데. 열쇠 가게 앞을 지날 때, 피오나는 빗방울이 떨어지는 광장 나무 밑에 잭과 자신이 마주 서서 출입을 막는 문제로 큰소리로 싸우는 모습, 그리고 그 소리를 다 들을 이웃의 직장동료들을 떠올리니 가슴이 벌렁거렸다. 누가 봐도 잘못한 사람은 자신일 터였다.

동쪽으로 방향을 튼 그녀는 런던 정경대를 지나 링컨즈인 필즈를 빙 둘러 하이홀번을 건넌 다음, 집에 도착하는 순간을 미루려고 다시 서쪽으로 돌아 빅토리아 중기에 장인의 공방들이 있던 좁은 거리를 따라 걸었다. 지금은 미용실과 임대 창고와 샌드위치 가게가 차지한 거리였다. 그녀는 레드라이언 스퀘어를 가로질러 공원 카페의 비에 젖은 알루미늄 의자와 테이블을 지나쳤고, 콘웨이홀 앞에서는 안으로 들어가려 기다리는 사람들 무리를 지나갔다. 흰머리에 말쑥한 차림, 근심이 깃든 얼굴, 어쩌면 퀘이커교도 같기도 한 그들은 현실의 상황에 항의하는 밤을 준비하는 것 같았다. 그래, 내게도 그런 밤이 기다리고 있지. 하지만 법률과 그 법률이 역사를 통해 쌓아올린 제도 안에 속한 사람은 현실 상황에 좀더 밀접하게 얽매여 있기 마련이다. 그런 사실에 반발하거나 그것을 부정하는 순간마저도. 그레이즈인 스퀘어 아파트 복도의 윤기 나는 호두나무 탁자 위에는 양각으로 인쇄된 초대장이 적어도 여섯 장은 놓여 있었다. 법학원, 대학교, 자선단체, 다양한 왕립협회, 저명한 지인들이 잭과 피오나 메이를 불러내고 있었다. 긴 세월에 걸쳐 그 자체로 아주 작은 기관이나 다름없는 의미가 된 이 부부에게 가장 좋은 옷을 입고 밖으로 나와 모임에 힘을 실어주고, 자정 무렵까지 먹고 마시고 이야기하다가 집으로 돌아가라는 것이었다.

피오나는 시어볼즈 로드를 따라 천천히 걸으며 여전히 귀가의 순간을 미룬 채 다시 한 번 스스로에게 질문을 던졌다. 자신이 잃은 것은 사랑이라기보다는 현대식의 체면은 아닌지. 두려워하는 것은 플로베르와 톨스토이의 소설에 나오는 경멸이나 배척이 아니라 그저 동정은 아닌지. 모두가 불쌍히 여기는 사람이 된다는 것은 사회적 죽음과 다를 바 없다. 19세기는 대부분의 여자들이 생각하는 것보다 훨씬 가까이에 있다. 진부한 상황에서 진부한 역할을 연기하는 모습을 들키는 것은 도덕적 판단착오보다는 저급한 취향의 문제에 가깝다. 안달을 내며 마지막 한 방을 노리는 남편, 품위를 지키는 용감한 아내, 멀찌감치 물러서 있는 애꿎은 젊은 여자. 피오나는 연기를 하던 시절은 사랑에 빠지기 직전 어느 여름의 잔디밭에서 이미 끝났다고 생각했었다.

막상 도착하고 보니 집으로 들어가기가 그다지 어렵지 않았다. 때로 피오나가 남편보다 먼저 귀가하는 때도 있었다. 그녀가 놀란 부분은 어둑한 현관에 들어서며 광택제의 라벤더 향을 맡는 순간 위로를 느꼈다는 사실, 그리고 자신이 아무것도 바뀐 게 없는 척, 혹은 이제 막 좋아지고 있는 척한다는 사실이었다. 불을 켜기 전에 가방을 내려놓고 귀를 기울였다. 여름치고는 쌀쌀한 날씨 때문에 중앙난방을 가동한 모양이었다. 라디에이터가 식으면서 불규칙하게 탁탁거리는 소리가 났다. 아래층 아파트에서 희미하게 관현악 곡이 들려왔다. 말러였다. langsam und ruhig.* 그보다 덜 희미하게 노래지빠귀가 과시하듯 되풀이하는 장식적인 노랫소리가 굴뚝 연통을 타고 또렷이 흘러 들어왔다. 그녀는 방방마다 돌아다니면서 불을 모두 켰다. 아직 일곱시 반도 안 됐지만 상관없었다. 가방을 가지러 현관으로 다시 나왔다가 자물쇠 수리업자가 다녀간 흔적이 없음을 깨달았다. 대팻밥조차 없었다. 자물쇠통만 바꿨는데 그런 게 남을 리 없지, 그리고 그걸 신경 쓸 이유는 뭐람? 하지만 흔적이 남지 않았다는 사실이 잭의 부재를 일깨워주며 기분은 살짝 가라앉았다. 피오나는 그에 대응하기 위해 부엌으로 서류를 가져가 다음 날 재판 관련 내용을 대충 훑어보며 찻물이 끓기를 기다렸다.

그녀는 전화를 걸 만한 친구 세 명을 떠올렸지만 이런 처지를 설명해서 돌이킬 수 없는 현실로 만들어버리는 자신의 목소리를 차마 듣지 못할 것 같았다. 동정이나 조언을 구하기에는 너무 이른 시기, 가까운 친구들이 잭을 비난하는 말을 듣기에는 너무 이른 시기였다. 그래서 멍하니 무감각

---

*독일어로 '느리고 고요하게'라는 뜻.

한 상태에 빠져 저녁을 보냈다. 빵과 치즈와 올리브를 곁들여 화이트와인 한 잔을 마셨고, 오랜 시간을 하염없이 피아노 앞에 앉아 보냈다. 가장 먼저 저항하는 마음으로 그때의 바흐 파르티타를 연주했다. 가끔씩 변호사 마크 버너와 함께 가곡 공연을 하기도 했는데 오후에 보니 그가 내일 있을 여호와의 증인 재판에서 병원 측 변호를 맡고 있었다. 다음 연주회는 몇 달 뒤 크리스마스 직전에 그레이즈인의 그레이트홀에서 있을 예정이었다. 아직 곡목은 정하지 않았지만 피오나는 두 사람이 같이했던 앙코르 곡 중 몇 곡을 테너 파트를 상상하며 연달아 연주했다. 특히 오래 연주한 것은 슈베르트의 애절한 〈거리의 악사〉였다. 아무도 돌아보지 않는 가난하고 비참한 손풍금 연주자. 그렇게 집중하다보니 생각을 멈출 수 있었고 시간의 흐름도 잊게 되었다. 마침내 피아노 의자에서 일어났을 때는 무릎에 고관절까지 뻣뻣했다. 욕실에 들어가 수면제 반쪽을 깨물어 삼키고, 거칠게 조각난 나머지 반쪽을 손바닥에 놓고 바라보다가 그것도 마저 삼켰다.

이십 분 뒤 피오나는 침대 한쪽 자기 자리에 누워 눈을 감은 채, 라디오 뉴스와 해상기상 예보와 국가 연주와 〈월드서비스〉*를 들었다. 망각의 시간을 기다리는 동안 뉴스를 다시, 어쩌면 세 번째로 들었고, 다음으로 그날 일어난 만행에 대해 논평하는 차분한 목소리들을 들었다. 파키스탄과 이라크에서는 사람들이 붐비는 공공장소에서 자살폭탄 테러가 일어났고, 시리아에서는 아파트 밀집 지역이 폭격을 당했으며, 이슬람 세계가 그 자신과 벌이는 전쟁은 찌그러진 차량과 부서진 돌무더기, 갈가리 찢겨 장터 여기저기에 흩어진 몸뚱이, 충격과 슬픔으로 울부짖는 보통사람들을 수단으로 삼아 진행되고 있었다. 목소리들은 다음으로 지난주 미국의 드론이 와지리스탄** 상공에서 폭격을 퍼부어 결혼식장을 피바다로 만든 사건에 대해 논평했다. 밤이 깊도록 흘러나오는 그 이성적인 목소리들을 들으며 피오나는 몸을 웅크리고 뒤숭숭한 잠을 청했다.

❖

아침은 수백 번의 다른 아침들과 똑같이 흘러갔다. 재판 청구가 있었고 의견서를 숙지했고 변론을 들었고 판결을 내렸고 영장을 발부했다. 사무실과 법정을 오갔고 도중에 만난 동료들과 잠시 유쾌한 대화를 나누기도 했다. 서기가 피곤한

---

*BBC의 라디오 국제방송.
**아프가니스탄 국경에 접한 파키스탄 서북부 지역.

목소리로 '전원 기립'을 외치면 최초 변론을 시작하는 변호사에게 짧게 목례를 했고, 양측 변호사들은 가끔 객쩍은 농담을 하는 그녀에게 가식을 숨기려는 노력도 없이 아첨 섞인 반응을 보였다. 소송 당사자들은 이혼 부부일 경우에는(이 화요일 아침에는 모두가 이혼 부부였지만) 서로 멀찌감치 떨어져 각자의 변호사 뒤에 앉아 웃을 기분이 아님을 여실히 드러내고 있었다.

그렇다면 그녀의 기분은? 감정을 점검하고 이름 붙이는 데 상당히 능숙하다고 자부하는 피오나는 오늘 중요한 변화를 감지했다. 돌이켜 생각해보니 어제는 충격에 빠져 모든 것을 수용하는 비현실적인 마음상태였다는 판단이 들었다. 최악의 경우에 가족과 친구들의 동정을 견뎌야 하고 사교상의 심각한 불편을, 가령 양각으로 인쇄된 초대장을 받고 거절의 답을 보내며 난처함이 드러나지 않기를 바라는 일 등을 어느 정도 감수해야 한다고 각오했던 것이다. 오늘 아침 잠에서 깨어 차가운 침대 왼편을 확인하고 신체 일부가 절단된 듯한 느낌을 받았을 때, 그녀는 처음으로 버림받은 사람의 상투적인 고통을 실감했다. 잭의 가장 좋았던 모습이 생각났고 그를 간절히 원했다. 털이 많고 뼈대가 굵은 정강이. 알람시계가 첫 번째 공격을 개시하면 반쯤 잠든 상태로 부드러운 발

바닥을 그 정강이에 대고 쓸어내리던 기억. 그리고 몸을 굴려 팔을 벌린 남편에게 안긴 채 따뜻한 이불 밑에서 그의 가슴에 얼굴을 묻고 시계가 두 번째 알람을 울릴 때까지 졸면서 기다리던 기억. 침대에서 나와 어른의 갑옷을 입기 전 맨살로 아이처럼 자신을 내맡기던 그 시간이 그녀에겐 삶의 필수영역이었다는, 그러나 이제는 그곳에서 추방되었다는 생각이 잠에서 깨자마자 머리를 비집고 들어왔다. 욕실에 서서 잠옷을 벗으려니 전신거울에 비친 자신이 우스워 보였다. 기적적으로 어떤 곳은 쪼그라들고 어떤 곳은 둔하게 불어난 모습. 육중한 하체. 우스꽝스러운 소포상자. 취급주의. 이쪽을 위로 드시오. 누군들 왜 나를 떠나고 싶지 않겠는가?

씻고 옷을 입고 커피를 마시고 파출부 아주머니에게 쪽지를 남겨 새 열쇠를 쓸 수 있도록 조치하는 일이 쓰라린 감정을 통제해주었다. 그렇게 아침을 시작하고 이메일과 문자와 우편에서 남편을 찾아보다 아무 수확도 없이 서류와 우산과 핸드폰을 챙겨 일터로 걸어갔다. 가혹하기만 한 그의 침묵에 피오나는 충격을 받았다. 멜러니, 그 통계전문가의 집이 머스웰 힐 근처 어디라는 사실 말고는 아는 게 없었다. 불가능하진 않겠지. 그 여자를 추적하는 건. 학교로 가서 잭을 찾아볼 수도 있을 테고. 하지만 학과 복도에서 애인과 팔짱을 끼고 걸어오는 남편을 마주친다면 얼마나 모욕적일까? 혼자 있는 그이를 만나더라도 마찬가지. 돌아와달라는 무의미하고 수치스러운 간청 말고 무슨 제안을 할 수 있단 말인가? 가정을 저버린 잘못을 인정하라고 요구할 수도 있겠지만, 그러면 그이는 이미 알고 있고 듣고 싶지 않은 얘기를 하겠지. 그러니 책이나 갈아입을 셔츠나 테니스채가 그를 잠긴 아파트로 불러들일 때까지 기다려야 한다. 그러면 나를 찾는 것은 그의 일이 될 테고, 우리가 만나면 나는 내 자리에서 품위를 잃지 않고 대화할 수 있겠지. 최소한 겉보기에는.

분명히 드러나진 않았겠지만 화요일 목록에 적힌 일과를 시작할 때 피오나의 기분은 무겁게 가라앉아 있었다. 오전의 마지막 재판은 복잡한 상법 논쟁 때문에 지연되었다. 이혼 수속 중인 남편은 아내에게 지급 명령을 받은 삼백만 파운드가 자신이 마음대로 사용할 수 있는 돈이 아니라고 주장했다. 회사 재산이라는 것이었다. 진상은 너무 느리게 밝혀졌고 그에 따르면 남편은 만드는 물건도, 하는 일도 없는 회사의 유일한 이사이자 하나뿐인 직원이었다. 세금 관계의 편의를 위해 만든 유령회사였다. 피오나는 아내에게 유리한 판결을 내렸다. 오후는 여호와의 증인 소송에 관한 병원의 긴급 청구 건에 전부 할애했다. 다시 사무실로 돌아온 그녀는 책상에서 샌드위치와 사과를 먹으며 의견서를 통독했다. 그동안 동료들은 링컨즈인에서 호화로운 점심을 먹고 있었다. 사십 분 후, 제8호 법정으로 향하던 피오나의 머릿속에 정신을 번쩍 들게 하는 한 가지 생각이 떠올랐다. 삶과 죽음의 문제가 여기에 있다.

법정에 들어서자 전원이 기립했고, 피오나는 자리에 앉아 당사자들이 착석하는 모습을 바라보았다. 팔꿈치 쪽에 미색 종이가 얇게 쌓여 있어서 옆에 펜을 내려놓았다. 그런데 바로 그때, 깨끗한 종이를 본 순간 자신이 처한 상황의 마지막 흔적, 그 얼룩이 완전히 사라져버렸다. 자신에게 더 이상 사적인 삶은 없었다. 완전히 몰두할 준비가 된 것이었다.

피오나의 눈앞에 소송 당사자들이 세 그룹으로 정렬해 있었다. 병원 측으로 친구인 마크 버너 QC와 자문역 사무변호사 두 명이 나와 있었다. 애덤 헨리와 후견인인 카프카스 공무원 측으로는 그녀가 알지 못하는 나이 든 법정변호사 존 토비와 자문역의 사무변호사 한 명이 배석해 있었다. 부모측으로는 레슬리 그리브 QC와 두 명의 사무변호사가 있었다. 그들 옆에 헨리 부부가 앉아 있었다. 그을린 피부에 강단 있는 외모의 케빈 헨리는 고급스러운 양복과 넥타이 차림이었고 그 자신이 성공한 법관처럼 보였다. 헨리 부인은 뼈대가 굵은 체격이었고 커다란 붉은 테 안경 때문에 눈이 점처럼 작아 보였다. 그녀는 몸을 곧추세운 채로 단단히 팔짱을 끼고 앉아 있었다. 부모 양쪽 다 특별히 주눅 든 모습은 아니었다. 법정 바깥 복도에는 곧 기자들이 몰려들 터였고 밖에서 대기하다가 판사의 허락이 떨어지면 입장해 판결을 들을 예정이었다.

피오나는 재판을 시작했다. "우리가 여기 모인 이유는 지극히 긴박한 사안을 논의하기 위해서라는 걸 여러분 모두 알고 계실 겁니다. 시간이 가장 중요합니다. 모두 그 점을 양지하고 핵심만 간단히 발언해주시길 바랍니다. 버너 씨."

그녀가 고개를 끄덕이자 변호사가 일어섰다. 버너는 매끈한 대머리에다 몸집은 크지만 발이 앙증맞게 작아서(235밀리미터라는 소문이 있었다) 사람들은 등 뒤에서 그의 발을 가지고 놀리기도 했다. 그의 목소리는 풍부한 성량의 멋진 테너였는데, 작년 그레이즈인에서 열렬한 괴테 애호가인 대법관의 은퇴 만찬 때 공연한 슈베르트의 〈마왕〉은 두 사람이 함께한 최고의 무대였다.

"실제로 간단히 말씀드리겠습니다, 판사님. 말씀하신 대로 상황이 긴박하니까요. 이 건의 청구인인 원즈워스의 이디스 캐벌 종합병원은 서류에 A라고 명시된 소년을 치료하기 위해 본 법정의 허가를 구하려 합니다. 18세가 되기까지 3개월이 채 남지 않은 이 소년은 지난 5월 14일 복부에 날카로운 통증을 느꼈습니다. 학교 크리켓 팀에서 첫 타석에 들어설 준비를 하기 위해 보호대를 착용할 때였죠. 그 뒤로 이틀간 통증이 심해져 참기 힘든 지경에 이르렀습니다. 진료를 담당한 가정의는 전문지식과 경험이 풍부했음에도 원인을 알 수 없어 큰 병원으로……"

"서류는 저도 읽었습니다, 버너 씨."

변호사가 말을 이어갔다. "그러면 판사님, 애덤이 백혈병에 걸렸다는 사실은 관련 당사자 모두가 받아들인 것으로 보겠습니다. 병원은 네 가지 약제를 사용하는 일반적인 방식으로 애덤을 치료하고자 하는데요, 이는 혈액질환 전문의들이 보편적으로 인정하고 시행하는 치료법이죠. 설명을 좀 드리자면……"

"그럴 필요 없습니다, 버너 씨."

"감사합니다, 판사님."

버너는 신속한 진행으로 통상의 치료 과정을 개략적으로 설명했고, 이번에는 그녀도 개입하지 않았다. 네 가지 약제 가운데 두 가지는 백혈병세포를 직접 공략하지만 다른 두 가지는 작용 과정에서, 특히 골수에 악영향을 끼쳐 신체 면역

체계를 파괴하고 적혈구와 백혈구 및 혈소판 생성 능력을 저하시킨다. 결과적으로 치료 과정에서 대개 수혈이 필요한 것이다. 하지만 이 건에서 병원은 수혈을 제지당했다. 애덤과 그의 부모가 여호와의 증인이고 혈액제제를 몸 안으로 받아들이는 것은 그 신앙에 위배되는 일이기 때문이다. 그 부분만 제외하면 소년과 부모는 병원이 제시하는 모든 치료법을 받아들이는 데 동의했다.

"제시된 치료법은 어떤 것인가요?"

"판사님, 병원은 가족의 의사를 존중해 백혈병세포에 특정한 약제를 투여하고 있지만 그것만으로는 부족하다고 합니다. 이 시점에서 혈액질환 전문의인 해당 병원의 고문의사를 부르도록 하겠습니다."

"좋습니다."

로드니 카터 씨가 증인석에 올라 선서를 했다. 구부정하게 큰 키, 엄한 인상, 숱 많은 흰 눈썹, 그리고 그 아래 맹렬한 멸시의 시선. 옅은 회색 스리피스 양복 윗주머니에는 푸른색 실크 손수건이 꽂혀 있었다. 의사는 그냥 아이 목덜미를 붙잡고 끌고 가 즉시 수혈을 해야 하는 마당에 이런 재판 절차가 다 무슨 황당한 짓이냐고 묻는 듯한 얼굴이었다.

카터의 자격요건과 경력, 직위 등을 확인하는 일반적인 질문이 뒤따랐다. 피오나가 가볍게 목청을 가다듬자 버너는 낌새를 알아채고 진행을 서둘렀다. 그는 판사의 이해를 돕기 위해 환자 상태를 간략히 설명해달라고 했다.

"매우 좋지 않습니다."

변호사는 다시 상세한 설명을 요청했다.

카터는 숨을 들이쉬고 주변을 둘러보다가 소년의 부모를 발견하고는 눈길을 돌렸다. 의사는 말했다. 환자는 쇠약한 상태다. 그리고 예상한 대로 호흡부전의 초기 징후를 보이고 있다. 자신에게 치료에 대한 재량이 완전히 주어진다면 환자가 확실한 차도를 보일 가능성은 팔십에서 구십 퍼센트는 될 것이다. 지금과 같은 과정에서는 그 가능성이 훨씬 낮다.

버너는 애덤의 혈액과 관련한 특정 자료도 요구했다.

카터는 입원 당시 아이의 헤모글로빈 수치가 데시리터당 8.3그램이라고 했다. 정상치는 12.5 내외. 수치는 꾸준히 하락했다. 사흘 전에는 6.4였고 오늘 아침에는 4.5였다. 만일 3까지 계속 떨어진다면 상황은 극도로 위험해진다.

마크 버너는 다른 질문을 하려 했으나 카터는 무시하고 하던 말을 이어갔다.

"백혈구 수치는 보통 5에서 9 사이입니다. 지금은 1.7이고요. 혈소판의 경우에는……"

피오나가 끼어들었다. "혈소판의 기능을 설명해주시겠습니까?"

"혈액이 응고되는 데 필요합니다, 판사님."

고문의사는 설명했다. 혈소판의 정상 수치는 250인데 소년의 수치는 34다. 20 아래로 내려가면 자발성출혈이 예상된다. 이때 카터 씨는 변호사 옆으로 고개를 살짝 돌렸고, 그래서 마치 소년의 부모에게 말을 거는 것처럼 보였다. "최근의 검사 결과를 보면," 그는 엄숙하게 말했다. "새로운 혈액이 생성되지 않는 것으로 보입니다. 건강한 청소년에게 기대되는 혈액세포 생산량은 하루에 오천억 개 정도입니다."

"그러면 카터 씨, 수혈을 할 수 있다면 어떻게 되죠?"

"생존 가능성이 아주 높아집니다. 처음부터 수혈했을 경우보다는 낮겠지만요."

버너는 잠시 말을 멈췄다. 다시 입을 열었을 때는 마치 애덤 헨리가 자기 말을 엿들을 가능성이라도 있는 것처럼 목소리를 낮춰 극적으로 말했다. "수혈을 받지 않으면 무슨 일이 일어나는지 환자와 얘기해보셨습니까?"

"개략적으로 얘기했습니다. 아이는 자기가 죽을 수도 있다는 사실을 알고 있습니다."

"죽음의 방식은 모르고 있지요. 본 법정에 개략적인 설명

94

을 좀 해주시겠습니까?"

"원하신다면."

버너와 카터는 아이 부모에게 처참한 실상을 드러내 보이기로 공모한 듯했다. 합리적인 접근법이었으므로 피오나는 개입하지 않았다.

카터가 천천히 말했다. "고통스러울 겁니다. 환자 자신만이 아니라 치료하는 의료진도 마찬가지겠지요. 의료진 중에는 분노하는 사람들도 있습니다. 혈액주머니 매달기는요, 미국인들은 그렇게 말한다지요, 병원에서는 하루 종일 일상적으로 하는 일입니다. 도대체 왜 환자를 잃을 위험을 감수해야 하는지 우리 직원들은 전혀 이해를 못 하고 있습니다. 상태가 나빠지면서 나타나는 특징은 호흡과의 싸움입니다. 환자로서는 두려운 싸움이고, 결국에는 지게 될 싸움이지요. 천천히 익사하는 기분일 겁니다. 그 전에 내출혈이 일어날 수도 있어요. 신부전의 가능성도 있고요. 어떤 환자들은 시력을 잃기도 합니다. 또는 뇌졸중을 일으키고 합병증으로 무수한 신경질환을 앓을지도 모릅니다. 사례마다 다르죠. 유일하게 확신할 수 있는 건 끔찍한 죽음이 되리라는 사실뿐입니다."

"감사합니다, 카터 씨."

부모 측 변호사인 레슬리 그리브가 반대심문을 위해 일어섰다. 피오나는 그리브를 소문으로 들어 알고 있었지만 이전에 같은 법정에 섰었는지는 기억나지 않았다. 법정 주변에서는 본 적이 있었다. 약간 멋 부린 외모에 가운데가르마를 탄 은발, 높은 광대뼈, 가늘고 긴 코와 오만하게 들린 콧구멍. 풀어진 듯 자유로운 팔다리 움직임은 엄숙한 동료들의 억제된 몸가짐과 유쾌한 대조를 이루었다. 그 당당함과 명랑함의 효과는 그리브의 눈이 가진 문제로 인해 더 복잡해졌는데, 살짝 사시인 눈이 늘 다른 곳을 보는 듯하기 때문이었다. 그리고 이런 장애가 그에게 더 몰입하게끔 만들었다. 반대심문의 증인들은 때로 갈피를 잡지 못했고, 당장 이 의사의 까칠함도 그 때문일 수 있었다.

그리브가 말했다. "카터 씨, 의료 선택의 자유는 성인의 기본적 인권이라는 점, 인정하십니까?"

"인정합니다."

"그리고 동의 없는 치료는 신체침해에 준하는, 또는 실제로 폭행에 준하는 행위일 것입니다."

"동의합니다."

"그리고 애덤은 성년에 아주 가깝습니다. 이런 경우 법이 정의하는 기준대로라면 말이지요."

카터가 말했다. "바로 내일 아침에 열여덟 살이 된다 해도 오늘은 아직 법률상 성인이 아닙니다."

격앙된 목소리였다. 그리브는 태연했다. "애덤은 거의 성인이 다 되었습니다. 애덤이 총명하고 확실하게 자기 견해를 표현한 것도 사실 아닌가요?"

이 말에 고문의사는 구부정한 자세를 바로잡아 이삼 센티미터쯤 몸을 더 세웠다. "그 아이의 견해는 부모의 견해입니다. 자기 생각이 아니에요. 애덤은 사이비 종교집단의 교리를 근거로 수혈에 반대하고 있고, 그러다 무의미한 순교자가 될 수도 있단 말입니다."

"사이비 종교집단이라니 말씀이 과하십니다, 카터 씨." 그리브는 조용히 말했다. "증인은 종교가 있습니까?"

"성공회 신자입니다."

"성공회는 사이비 종교집단입니까?"

피오나가 메모를 멈추고 고개를 들었다. 그리브는 그녀의 신호를 받아들였고 입술을 오므려 잠시 말없이 길게 숨을 들이쉬었다. 의사가 증인석에서 내려가려는 듯했지만 변호사는 아직 심문을 끝낸 것이 아니었다.

"카터 씨, 세계보건기구 추산에 따르면 수혈로 인한 에이즈 발병률이 십오에서 이십 퍼센트에 이른다는 사실을 알고 있습니까?"

"우리 병원에는 그런 사례가 없습니다."

"많은 나라에서 혈우병 환자들이 대규모 에이즈 감염이라는 비극을 겪어왔습니다. 그렇지 않습니까?"

"그건 상당히 오래전 일이고 지금은 그런 일이 없습니다."

"그리고 수혈로 인해 발병하는 다른 전염병도 있습니다. 그렇지 않습니까? 간염, 라임병, 말라리아, 매독, 샤가스병, 대숙주성이식편병, 수혈관련 폐질환. 게다가 신종 크로이츠 펠트야콥병까지."

"모두 극히 드뭅니다."

"하지만 그렇게 알려져 있지요. 그리고 또 혈액형이 맞지 않아 일어나는 용혈반응도 있습니다."

"역시 드뭅니다."

"정말인가요? 제가 본 글을 읽어드리지요, 카터 씨.《혈액 보존을 위한 설명서》라는 매우 권위 있는 책의 구절입니다. '혈액 샘플 채취에서 환자 수혈까지는 적어도 스물일곱 단계를 거치며 각 단계마다 오류의 가능성은 존재한다.'"

"우리 의료진은 고도로 훈련된 전문가들입니다. 일처리도 세심합니다. 최근 몇 년 동안 용혈반응은 단 한 건도 없었던 것으로 기억합니다."

"이 모든 위험요소를 감안했을 때, 이성적인 사람이라면 충분히 주저할 만하지 않을까요, 카터 씨? 그 사람이 증인 표현대로 사이비 종교단체의 일원이 아니라도 말입니다."

"요즘의 혈액제제는 최고 수준의 검사 기준을 적용하고 있습니다."

"그렇다 해도 수혈에 동의하기 전에 망설이는 것이 완전히 비이성적인 태도는 아니겠지요."

카터는 잠시 생각에 잠겼다. "망설일 수 있겠지요. 처음엔 말입니다. 하지만 애덤과 같은 경우에 수혈 거부는 비이성적입니다."

"망설임이 자연스럽다고 하셨습니다. 그러면 감염과 오류의 가능성을 모두 감안한다면, 자신의 동의를 구하라는 환자의 주장 또한 분명 불합리한 것은 아닐 테지요."

고문의사는 자신이 화를 억누르고 있다는 사실을 감추지 않았다. "그건 말장난입니다. 수혈 허가를 받지 못하면 이 환자는 회복이 불가능합니다. 가장 잘된 경우라 해도 시력을 잃을 수 있어요."

그리브가 말했다. "위험성을 감안하자면 증인의 전문분야에서 수혈이 무분별하게 유행하는 것은 아닐까요? 증거에 근거한 처치는 아니잖습니까, 카터 씨. 과거에 성행한 방혈과 다를 바 없지요. 물론 피를 빼는 것이 아니라 넣는다는 점은 제외하고요. 외과수술에서는 피를 이백 밀리리터 정도만 잃어도 일상적으로 수혈을 하지요, 안 그렇습니까? 하지만 육백 밀리리터 가까이 헌혈하고도 바로 직장으로 돌아가 일하는 사람들은 아무 문제가 없지 않습니까?"

"제가 다른 이들의 임상적 판단을 논할 입장은 아닙니다. 저로서는 수술로 쇠약해진 환자는 하느님께서 각자의 몫으로 할당해주신 피를 전부 지녀야 한다는 것이 일반적인 견해라고 봅니다."

"요즘 여호와의 증인 환자들은 소위 무혈수술이라는 방법으로 치료받는 일이 많다지요? 수혈이 필요 없는 거죠.《미국 이비인후과 학회지》에서 인용을 좀 하겠습니다. '무혈수술은 모범적 의료행위로 인정되고 있으며, 미래에는 분명 표준 치료법으로 정착될 것이다.'"

고문의사는 그리브의 말을 일축했다. "지금 우리는 수술 얘기를 하는 게 아닙니다. 이 환자에게 수혈이 필요한 이유는 치료 과정에서 스스로 피를 만들지 못하기 때문이에요. 그런 단순한 문제입니다."

"감사합니다, 카터 씨."

그리브가 자리에 앉자, 애덤 헨리 측 변호사인 존 토비가 숨을 몰아쉬며 일어나 고문의사에게 반대심문을 했다. 그는 은색 손잡이가 달린 지팡이에 기대서 있는 것처럼 보였다.

"물론 애덤과 단둘이 대화해보셨겠지요."

"했습니다."

"그 아이의 지능에 어떤 인상을 받으셨습니까?"

"굉장히 총명했습니다."

"의사 표현이 분명한 아이입니까?"

"네."

"그 아이의 판단력과 인지력이 건강상태 때문에 흐려졌나 요?"

"아직은 아닙니다."

"수혈이 필요하다고 설명하고 제안을 해보셨습니까?"

"했습니다."

"반응은 어땠습니까?"

"종교를 이유로 확고히 거부했습니다."

"애덤의 나이를 햇수와 달수까지 정확히 알고 계신가요?"

"열일곱 살 구 개월입니다."

"감사합니다, 카터 씨."

버너가 재심문을 위해 일어섰다.

"카터 씨, 혈액질환 전문의로 얼마나 오래 일하셨는지 경력을 다시 한 번 말씀해주시겠습니까?"

"이십칠 년입니다."

"수혈 부작용으로 인한 위험도는 어떻습니까?"

"매우 낮습니다. 이 경우 수혈을 못 해서 일어날 수 있는 확실한 피해에 비하면 아무것도 아닌 수치지요."

버너는 더 이상 질문이 없다는 신호를 보냈다.

피오나가 말했다. "카터 씨, 이 문제를 해결할 시간이 얼마나 있다고 보시나요?"

"내일까지 수혈을 못 하면 매우 위험한 상태로 접어들 겁니다."

버너가 자리에 앉았다. 피오나는 의사에게 감사의 말을 했고, 아마도 속으로 화가 났을 그는 판사석을 향해 무뚝뚝하게 목례한 뒤 증인석에서 내려갔다. 그리브가 일어서며 소년의 아버지를 바로 부르겠다고 했다. 증인석에 오른 헨리는 신세계역 성경*에 선서할 수 있는지 물었다. 서기는 킹제임스 성경밖에 없다고 대답했다. 헨리는 고개를 끄덕였고 그성경에 선서한 다음 그리브를 지긋이 쳐다보았다.

케빈 헨리는 168센티미터 정도 되는 키에 몸은 공중곡예사처럼 유연하고 강했다. 굴착기를 다루는 사람이라지만 고급

---

* 여호와의 증인이 독자적으로 번역해 사용하는 성경.

회색 양복과 연녹색 실크 넥타이 차림 또한 마찬가지로 편안해 보였다. 레슬리 그리브가 질문을 통해 그려 보이려는 그림은 일찍이 어려움을 겪었으나 결국 사랑과 행복이 넘치는 안정된 가정을 꾸린 한 인간의 모습이었다. 누가 그 사실을 의심할 수 있겠는가? 헨리 부부는 십칠 년 전 열아홉이라는 어린 나이에 결혼했다. 케빈이 인부로 일하던 신혼시절은 그리 평탄하지 않았다. 그는 '약간 거친 남자'였고 술을 너무 많이 마셨으며, 비록 폭력은 쓰지 않았다 해도 아내인 나오미를 함부로 대했다. 결국 지나치게 잦은 지각으로 직장에서도 해고당했다. 집세는 밀리고 아기는 밤새 울고 부부는 싸우고 이웃들은 항의했다. 헨리 부부는 급기야 스트리섬에 있는 방 하나짜리 아파트에서 퇴거당할 위협까지 받게 되었다.

구원은 어느 날 오후, 집으로 나오미를 찾아온 예의 바른 미국인 청년 두 사람의 모습으로 나타났다. 그들은 다음 날 다시 집을 방문해 케빈과 이야기를 나눴는데, 처음 그의 반응은 적대적이었다. 그러다 결국 부부는 가까이에 있는 왕국회관*을 찾아갔고 친절한 환대를 받았다. 그 뒤로 좋은 사람들을 만나 친구를 사귄 경험, 회중**의 현명한 장로들과의 대

---

*여호와의 증인이 종교 모임을 위해 사용하는 건물.
**여호와의 증인이 예배 모임의 단위로서 개별 교회를 일컫는 말.

화, 처음엔 좀 어려웠지만 매진하게 된 성경 공부 등을 통해 천천히 질서와 평화가 그들의 삶에 자리를 잡았다. 케빈과 나오미는 진리 안에 살기 시작했다. 하느님이 인류를 위해 마련한 미래에 대해 배웠고, 전도로써 그 의무를 이행했다. 그리고 지상낙원이 있다는 것과 증인들이 '다른 양'이라고 부르는 이 축복받은 집단에 속하면 그곳에 들 수 있다는 사실도 알게 되었다.

부부는 이제 삶과 생명의 소중함을 이해했다. 그들이 좋은 부모가 되자 아들도 평온을 찾았다. 케빈은 정부가 지원하는 교육과정을 이수해 중장비 운전을 배웠다. 얼마 지나지 않아 자격증을 땄고 일자리도 구했다. 감사를 드리기 위해 애덤과 함께 왕국회관으로 가는 길에 부부는 서로에게 다시 찾아온 사랑을 고백했다. 그들은 길거리에서 손을 잡았다. 이전에는 한 번도 그래본 적이 없었다. 그 후로 오랫동안 부부는 진리 안에서 살았고, 여호와의 증인 친구들과 서로 돕는 긴밀한 관계망을 형성해 진리 안에서 애덤을 키웠다. 오 년 뒤에 케빈은 자기 회사를 차렸다. 굴착기와 덤프트럭 몇 대와 크레인 한 대를 보유하고 직원 아홉 명을 고용했다. 그리고 이제 하느님은 아들에게 백혈병을 내렸고, 케빈과 나오미는 가장 중대한 믿음의 시험에 직면해 있었다.

변호사의 유도성 질문에 케빈 헨리는 매번 숙고를 거쳐 대답을 내놓았다. 그는 정중했으나 흔히 사람들이 법정에 대해 품는 경외감은 느끼지 못하는 듯했다. 초기에 겪은 실패를 있는 그대로 이야기했고, 아내와 손잡은 순간을 회상할 때도 쑥스럽지 않은 듯했으며, 법정의 증인석에서도 주저 없이 사랑이라는 단어를 입에 올렸다. 그리브에게 질문을 받으면 고개를 돌려 피오나를 똑바로 쳐다보고 직접 대답하는 경우가 많았다. 피오나는 반사적으로 그의 말투에서 출신지를 유추해보았다. 런던 토박이 말투도 살짝 느껴졌고 좀 덜하지만 웨스트컨트리 흔적도 묻어났다. 자기 능력을 당연시하고 지시 내리는 데 익숙한 남자의 확신에 찬 목소리였다. 비슷한 말투로 머릿속에 떠오르는 사람은 영국인 재즈 연주자 몇 명, 알고 지내는 테니스 코치, 그리고 예전에 재판한 적 있는 하사관들, 고위 경찰들, 응급구조원들과 유전의 현장감독 등이 있었다. 세상을 직접 경영하지는 않지만 돌아가게 만드는 남자들.

그리브는 오 분간의 역사 서술이 끝났음을 알리는 의미로 잠시 말을 멈췄다가 다시 부드럽게 물었다. "헨리 씨, 애덤이 왜 수혈을 거부하는지 법정에서 말씀해주시겠습니까?"

헨리는 처음 그 질문을 받는 사람처럼 머뭇거렸다. 그러고는 그리브에게서 시선을 돌려 피오나를 보며 직접 대답했다. "이해하셔야 하는 것은," 그가 말했다. "피는 인간의 근본이라는 사실입니다. 그건 영혼입니다. 생명 그 자체예요. 그리고 생명과 마찬가지로 피도 성스러운 것입니다." 대답을 끝낸 듯싶던 그가 재빨리 다음 말을 덧붙였다. "피는 살아 있는 모든 영혼이 감사해야 마땅한 생명의 선물입니다." 헨리는 자신이 신봉하는 가치를 주장하는 것이 아니라 사실을 진술하는 듯이 보였다. 마치 엔지니어가 다리의 구조를 설명하는 것처럼.

그리브는 잠시 뜸을 들이며 아직 제대로 된 대답이 나오지 않았음을 침묵으로 알렸다. 하지만 할 말을 다 마친 케빈 헨리는 앞만 바라보고 있었다.

그리브가 유도했다. "피가 선물이라면 애덤은 왜 의사들이 주는 피를 거부하는 겁니까?"

"자신의 피에 다른 동물이나 다른 인간의 피를 섞는 것은 오염이자 타락입니다. 조물주의 경이로운 선물을 거부하는 행위입니다. 그래서 하느님께서 창세기와 레위기와 사도행전에서 이를 특별히 금지하신 것이지요."

그리브는 고개를 끄덕였다. 헨리가 간단하게 덧붙였다. "성경은 하느님의 말씀입니다. 그 말씀에 순종해야 함을 애덤은 잘 알고 있습니다."

"헨리 씨와 부인은 아들을 사랑하십니까?"

"네, 우리는 아들을 사랑합니다." 그는 조용히 대답한 뒤 피오나를 도전적으로 바라보았다.

"그런데 수혈을 거부해서 아들이 사망할 수도 있다면요?"

다시 케빈 헨리는 앞쪽의 목재 패널로 장식된 벽을 뚫어져라 쳐다보았다. 입을 열었을 때 그의 목소리는 긴장되어 있었다. "그 아이는 앞으로 도래할 지상낙원에서 제자리를 찾을 것입니다."

"그러면 증인과 부인은요. 어떤 마음일까요?"

나오미 헨리는 여전히 꼿꼿이 앉아 있었고 안경 너머의 표정을 읽을 수가 없었다. 시선은 증인석에 있는 남편 쪽이 아니라 변호사를 향해 있었다. 그녀의 눈은 안경 렌즈 뒤에서 조그맣게 줄어들어 피오나가 앉은 곳에서는 눈을 떴는지조차 알 수가 없었다.

케빈 헨리가 말했다. "제 아들은 진실하고 옳은 일, 주님께서 명령하신 일을 한 것이겠죠."

다시 한 번 그리브는 잠시 기다렸고, 그런 다음 말꼬리를 내리며 말했다. "비통한 마음이겠지요. 그렇죠, 헨리 씨?"

변호사의 쥐어짜낸 듯한 자상한 말투에 아버지는 말을 잇지 못하고 그저 고개만 끄덕였다. 피오나는 감정을 추스르느라 그의 목 주위 근육이 떨리는 것을 보았다.

변호사가 말했다. "수혈 거부는 애덤의 결정입니까? 아니면 정말로 증인의 결정입니까?"

"우리가 원한다 해도 그 애 마음을 돌리진 못할 겁니다."

그리브는 몇 분 동안 계속 그 방향으로 질문을 던지며 소년이 부당한 외압을 받지 않았음을 증명하려 했다. 헨리의 증언에 따르면 장로 두 명이 간간이 병실을 방문했고, 아버지에게 동석해달라고 청하지는 않았다. 하지만 나중에 병원 복도에서 장로들은 소년이 자기 상황을 잘 이해하고 있고 성경 지식도 해박해서 큰 감명을 받았다고 말해주었다. 그들은 소년이 자신의 마음을 잘 읽고 있다는 사실, 그리고 죽음을 각오하듯 삶도 진리 안에서 살고 있다는 사실에 만족을 표했다.

피오나는 버너가 이의제기를 하려는 것을 알아차렸다. 하지만 자신이 전문진술(傳聞陳述)이라는 이유로 헨리의 증언을 배척하면서 굳이 시간을 허비하지 않을 것임을 그는 알고 있었다.

레슬리 그리브에게서 나온 마지막 일련의 질문들은 아버지로 하여금 아들이 얼마나 정서적으로 성숙한 아이인지 상세히 설명할 수 있게 하려는 유도장치였다. 헨리는 아들에 대해 자랑스럽게 이야기했으며 말투로 봐서는 곧 아들을 잃을 거라 생각하는 사람 같지 않았다.

세시 반이 되어서야 마크 버너가 반대심문을 위해 일어섰다. 그는 헨리 부부의 아픈 아들에 대해 안타까움을 표하며 완전한 회복을 기원했다. 적어도 피오나가 보기에 그 행동은 버너가 앞으로 거친 심문이 이어질 것임을 확실하게 예고하는 것이었다. 케빈 헨리는 고개를 숙였다.

"간단한 문제 하나만 정리하고 시작하겠습니다, 헨리 씨. 증인이 언급한 성경의 각 권들, 즉 창세기와 레위기와 사도행전은 피를 먹는 것을 금하며, 어떤 구절에서는 피를 멀리하라고 권하고 있습니다. 신세계역 성경의 창세기를 예로 들자면 '고기를 그 생명, 즉 피가 있는 채로 먹어서는 안 된다'라고 했습니다."

"맞습니다."

"그럼 수혈에 대해선 아무 얘기도 없는 거죠."

헨리는 참을성 있게 대답했다. "그리스어나 히브리어본을 보시면 원문에 '몸 안으로 받아들이다'의 뜻이 포함된 걸 아실 수 있습니다."

"좋습니다. 하지만 그런 철기시대 문서가 쓰인 시기에는 수혈이 존재하지도 않았습니다. 어떻게 없는 걸 금지할 수 있을까요?"

케빈 헨리는 고개를 저었다. 그의 목소리에서 측은함 또는 너그러운 관용이 묻어났다. "하느님의 생각 속에는 확실히 존재했어요. 성경이 하느님의 말씀이라는 사실을 이해하셔야 합니다. 하느님께서는 직접 선택한 예언자들에게 당신의 뜻을 적게 하셨습니다. 그게 어떤 시대인지는 상관이 없어요. 석기든 청동기든 뭐든 말입니다."

"물론 그랬겠지요, 헨리 씨. 하지만 정확히 그 시점에서 수혈에 대한 견해에 의문을 제기하는 여호와의 증인들이 많습니다. 신앙을 거부하지 않고도 혈액제제를, 혹은 일부 특정한 혈액제제를 받아들이기로 결심한 사람들입니다. 어린 애덤에게도 다른 대안이 열려 있지 않을까요? 그리고 증인이 그런 대안을 받아들이도록 아들을 설득해 아이의 생명을 구할 수도 있는 것 아닙니까?"

헨리는 다시 몸을 돌려 피오나를 쳐다보았다. "통치체*의 가르침에서 벗어난 극소수가 있습니다만 우리 회중에는 그런 사람이 전혀 없는 것으로 알고 있습니다. 그리고 우리 장로님들도 그 점에 대해서는 명확하게 견해를 밝히셨습니다."

---

*여호와의 증인의 최고 기관. 회중을 대표하는 장로들로 구성된다.

천장 조명이 버너의 매끈한 두피를 밝게 비추고 있었다. 으름장 놓는 반대심문자 흉내라도 내듯 버너는 오른손으로 자신의 옷깃을 거머쥐었다. "그 엄격한 장로들이 날마다 아드님 병실을 찾고 있습니다. 아닌가요? 그 사람들은 아이가 마음을 바꾸지 않도록 하는 데 여념이 없겠지요."

처음으로 케빈 헨리가 격앙된 기색을 드러냈다. 버너와 정면으로 맞설 태세였고, 증인석 가장자리를 붙잡고 몸을 앞으로 기울인 모습이 마치 뛰쳐나가려는 그를 보이지 않는 끈이 겨우 붙들고 있는 듯했다. 하지만 그의 말투는 침착했다. "친절하고 품위 있는 분들입니다. 다른 교회에서도 사제들이 병원을 다니며 환자를 방문하지요. 우리 장로님들은 제 아들에게 조언을 하고 위로를 해주십니다. 그런 게 아니라면 아이가 저한테 말을 했겠지요."

"애덤이 수혈을 받겠다고 동의하면, 신자들이 쓰는 말로 제명이 되는 거죠? 다시 말해 공동체에서 퇴출당하는 거 아닌가요?"

"이탈한다고 말해요. 하지만 그런 일은 없을 겁니다. 제 아들은 마음을 바꾸지 않을 거예요."

"애덤은 사실상 아직 아이입니다, 헨리 씨. 아버지의 보호 아래 있는 아이예요. 그래서 제가 바꾸고 싶은 것은 헨리 씨의 마음입니다. 아이는 기피를 두려워하고 있습니다. 기피, 그게 신자들이 쓰는 말이죠? 아버지와 장로들이 원하는 대로 하지 않으면 기피당할까봐 두려운 겁니다. 끔찍한 죽음이 아니라 삶을 원한다는 이유로 자신이 아는 유일한 세상이 등을 돌리는 상황인 거죠. 그것이 어린 소년에게 자유로운 선택일까요?"

케빈 헨리는 잠시 말을 멈추고 생각에 잠겼다. 처음으로 그는 아내 쪽을 돌아보았다. "변호사님이 제 아들과 오 분만 함께 있어 보시면 그 아이가 자신을 잘 알고 있고 신념에 근거한 판단을 내릴 능력도 있다는 사실을 아시게 될 겁니다."

"제 생각엔 두려움에 떠는 위독한 소년이 필사적으로 부모의 인정을 구하는 모습을 보게 될 것 같습니다만. 헨리 씨, 원한다면 수혈을 받을 자유가 있다고 말씀해보셨나요? 수혈을 받더라도 여전히 아들을 사랑할 거라고 말입니다."

"사랑한다고 했습니다."

"그것뿐인가요?"

"그걸로 충분해요."

"여호와의 증인이 수혈을 거부하도록 명령받은 때가 언제인지 아십니까?"

"창세기에 적혀 있어요. 천지창조까지 거슬러 올라가는 일입니다."

"1945년의 일이에요, 헨리 씨. 그 전까지 수혈은 아무런 문제가 없었습니다. 지금 시대에 브루클린에 있는 위원회*가 아들의 운명을 결정짓는 이 상황이 마음에 드십니까?"

케빈 헨리는 목소리를 낮췄다. 어쩌면 화제에 경의를 표하느라 그랬을 수도 있고, 아니면 어려운 문제에 대처하느라 그랬을 수도 있었다. 또 한 번 그는 대답하는 대상에 피오나를 포함시키며 목소리에 온기를 담아 말했다. "성령이 기름 부음을 받은 대표들을 인도합니다. 그분들을 우린 주님의 종이라고 불러요, 판사님. 성령은 그분들이 아직 아무도 이해하지 못한 심오한 진리에 다가갈 수 있도록 도와줍니다." 그는 다시 버너를 향해 무덤덤하게 말했다. "통치체는 여호와께서 우리와 의사소통하시는 경로입니다. 그분의 목소리지요. 통치체의 가르침에 변화가 있다면 그 이유는 하느님께서 당신의 목적을 서서히 드러내시기 때문입니다."

"그 목소리는 반대의견을 잘 허용하지 않는군요. 여기 《파수대》**에 쓰여 있기를, 독립적인 사고는 사탄이 1914년 10월에 반란을 일으키면서 조장한 것이다, 그리고 신자들은 그런

---

* 여호와의 증인의 세계 본부가 뉴욕 브루클린에 위치해 있다.
** 여호와의 증인에서 발행하는 성경 관련 출판물.

사고를 피해야 한다고 합니다. 애덤에게 이런 이야기를 해주십니까, 헨리 씨? 사탄에게 영향을 받지 않도록 조심해야 한다고요?"

"우리는 반대의견이나 싸움을 피하고 모두가 하나로 뭉치기를 원합니다." 헨리의 자신감은 점점 커져갔다. 그는 변호사와 사적인 대화를 나누는 것 같다. "아마 변호사님은 더 높은 권위에 복종한다는 것이 어떤 의미인지 모르실 겁니다. 우리가 자유의지에 따라 그렇게 한다는 사실을 이해하셔야 해요."

마크 버너의 얼굴에 한쪽으로 치우친 미소가 떠올랐다. 어쩌면 적수에 대한 감탄인지도 몰랐다. "바로 직전에 증인은 존경하는 재판장님께 이십대 시절의 삶이 엉망이었다고 했습니다. 본인이 약간 거친 남자였다고 말씀하셨지요. 그러면 헨리 씨, 애덤의 나이와 비슷했던 그 시절에 증인이 자신의 마음을 잘 알았다고 하긴 힘들겠군요."

"애덤은 일생을 진리 안에서 살았습니다. 저는 그런 특권을 누리지 못했고요."

"그리고 기억을 되살리자면, 증인께서는 삶과 생명의 소중함을 깨달았다고 말씀하셨죠. 그건 다른 사람들의 생명을 뜻하나요, 아니면 본인의 생명만을 뜻하나요?"

"모든 생명은 주님의 선물입니다. 거두는 것도 주님의 뜻이지요."

"말은 쉬워요, 헨리 씨. 자기 생명이 아닐 때는요."

"자기 아들의 생명일 때는 훨씬 더 어려운 겁니다."

"애덤은 시를 쓰지요. 그걸 좋게 보십니까?"

"아이 생명과 특별히 관련 있어 보이진 않는데요."

"그 때문에 아이와 의견 대립이 있었지요, 아닙니까?"

"진지한 대화를 나눈 겁니다."

"자위는 죄입니까, 헨리 씨?"

"네."

"낙태도요? 동성애도요?"

"네."

"그리고 애덤에게도 그렇게 믿도록 가르치셨죠?"

"그 아이도 진실이라는 걸 알고 있습니다."

"감사합니다, 헨리 씨."

존 토비가 살짝 숨을 몰아쉬며 일어나서는 피오나에게 시간이 부족하니 자신은 헨리에게 질문을 하지 않고 사회복지사인 카프카스 공무원을 부르겠다고 했다. 연갈색머리에 체구가 자그마한 머리나 그린은 짧고 정확한 문장을 사용하는 사람이었다. 오후의 이즈음 시간에 도움이 되는 특징이었다.

그녀는 애덤이 굉장히 총명한 소년이라고 했다. 또한 성경에 대해서나 이런 논쟁에 대해서도 잘 알고 있으며, 신앙을 위해 죽을 각오가 되어 있다는 말도 했다고 전했다.

애덤은 이렇게 말했다. (이 시점에 머리나 그린은 판사의 허락을 받아 공책에 써놓은 소년의 말을 읽었다.) "저는 자주적인 인간이며 부모님에게서 독립된 존재입니다. 제 부모님의 생각이 어떠하든, 그것과 관계없이 저는 스스로 결정을 내립니다."

피오나는 법정이 어떤 조치를 취해야 할지 그린 부인의 의견을 물었다. 그녀는 자신의 견해는 단순하다고 말하면서 법의 세세한 부분은 잘 모른다고 양해를 구했다. 그린 부인은 녀석이 똑똑하고 의사표현도 분명하지만, 그래도 아직 너무 어리다고 말했다. "아이가 종교 때문에 자기 목숨을 버리는 일이 있어선 안 되죠."

버너와 그리브 모두 반대심문은 하지 않았다.

<hr />

최종진술을 듣기 전에 피오나는 잠깐의 휴식을 허락했다. 법정에 모인 사람들 모두 기립했고, 그녀는 재빨리 사무실로

돌아가 책상에서 물 한 잔을 마시고 이메일과 문자를 점검했다. 이메일도 문자도 많았지만 잭에게서 온 것은 없었다. 다시 한 번 찾아보았다. 이제는 슬픔이나 분노를 느끼는 대신 어두운 공동(空洞)이 떠올랐다. 공허함이 뒤편으로 흘러가며 과거를 무화시킬 것 같았다. 또 다른 단계였다. 가장 내밀하게 알던 사람이 이렇게 잔인할 수 있다는 것이 도저히 가능한 일 같지가 않았다.

몇 분 후, 법정으로 돌아가며 피오나는 위안을 느꼈다. 자리에서 일어선 버너가 '길릭 권한'으로 쟁점을 옮기는 것은 당연한 수순이었다. 길릭 권한은 가족법과 소아의학 두 분야 모두 기준으로 삼는 개념이었다. 스카먼 판사가 공식화한 그것을 버너가 인용하고 있었다. 아동, 즉 16세 미만의 개인이 '제시된 내용을 완전히 이해할 정도로 충분한 이해력과 지능을 갖춘 경우' 자신에게 쓰일 치료법에 동의할 수 있다는 내용이었다. 버너는 애덤 헨리의 의사에 반해 그를 치료하려는 병원 측 주장에 힘을 실어주기 위해 길릭을 언급했는데, 이는 그리브가 애덤의 부모를 대변하며 이 개념을 끌어들일 것을 예상해 선수를 치려는 의도였다. 먼저 치고 들어가 우위를 차지하기. 그는 간결한 문장으로 신속하게 그 일을 해냈고 부드러운 테너 음성은 괴테의 비극시를 노래할 때만큼이나 또렷하고 명확했다.

버너의 논지는 이러했다. 수혈을 하지 않는 것 또한 자체로 하나의 치료법이며 그것은 기정사실이다. 애덤을 돌보는 의료진 모두 아이의 총명함이나 특출한 말재간, 호기심, 독서에 대한 열의를 의심하지 않는다. 애덤은 전국에 배포되는 큰 신문사가 주최한 시 백일장에서 수상했다. 호라티우스 송가의 긴 구절도 암송하고 있다. 애덤은 진정 뛰어난 아이이다. 법정은 이미 고문의사를 통해 아이가 총명하며 의사표현도 분명하다는 점을 확인했다. 하지만 가장 중요한 사실은, 의사가 말했듯이 애덤이 수혈을 받지 않을 경우 일어날 일에 대해 매우 막연한 개념을 가지고 있다는 것이다. 소년은 자기 앞에 놓인 죽음을 대략적으로, 조금은 낭만적으로 생각하고 있다. 따라서 아이는 스카먼 판사가 제시한 조건을 충족했다고 볼 수 없다. 애덤은 '제시된 내용을 완전히 이해'하지 못했음이 분명하다. 의료진이 그 내용을 소년에게 설명하고 싶지 않은 것은 당연하다. 최고 보직의 의료 전문가로서 상황판단을 가장 잘할 수 있는 위치에 있는 고문의사가 내린 결론 역시 명확하다. 애덤에게는 길릭 권한이 없다. 둘째로, 소년에게 길릭 권한이 적용되어 치료법에 동의할 권리가 있다 해도 그것은 생명을 구하는 치료법을 거부할 권리와는 완전히 다르다. 그에 대한 법률 규정은 명확하다. 애덤은 18세가 될 때까지 이 문제에 있어 자율권이 없다.

버너는 변론을 이어갔다. 셋째로, 수혈에 따르는 감염 위험은 분명 미미하다. 반면 수혈하지 않을 경우의 결과는 확실하고 끔찍하며 아마도 치명적일 것이다. 넷째, 애덤이 부모와 똑같은 특정 종교를 가진 건 우연이 아니다. 그는 부모를 사랑하는 헌신적인 아들이며 부모가 진심을 다해 깊이 믿는 종교 안에서 자랐다. 애덤이 혈액제제에 보이는 매우 특이한 견해는 의사가 단언했듯이 본인의 견해가 아니다. 우리에게는 저마다 열일곱 살 시절엔 신봉했으나 지금은 말하기도 난처한 믿음이 몇 가지씩은 있다.

버너는 빠른 속도로 변론을 요약했다. 애덤은 18세가 되지 않았고, 수혈을 받지 않을 경우 닥칠 고난을 이해하지 못하며, 성장기의 배경이 된 특정 종파에 지나친 영향을 받고 있고, 그것을 저버릴 경우 감당해야 할 부정적 결과를 인지하고 있다. 여호와의 증인의 견해는 현대의 합리적인 부모의 견해와는 상당히 동떨어져 있다.

마크 버너가 자리에 앉기 위해 돌아섰을 때 레슬리 그리브는 이미 일어서 있었다. 그는 피오나의 왼편 1미터 정도 떨어진 곳에서 변론의 서두를 열었으며, 그 또한 스카먼 판사의 다음과 같은 선언으로 주의를 환기시키길 원했다. "환자의 자기결정권은 관습법이 보호하는 기본적 인권으로 볼 수 있다." 그래서 본 법정은 명백하게 지능과 통찰력을 지닌 개인이 내린 치료 결정에 개입할 때는 극도로 신중해야 한다. 애덤의 18세 생일까지 남은 두세 달을 핑계 삼을 일이 아니다. 개인의 기본적 인권에 그만큼 중대한 영향을 끼치는 문제를 다루며 숫자의 마법에 기대는 것은 부적절한 태도이다. 자신의 의사를 여러 번에 걸쳐 지속적으로 표명해온 이 환자의 나이는 17세보다는 18세에 훨씬 가깝다.

그리브는 눈을 감고 기억을 되살려 1969년 제정된 개정가족법 제8조를 인용했다. "16세 이상 미성년자에게 동의 없이 외과, 내과, 치과 치료를 시행하는 것은 신체침해에 준하는 행위이며 치료 동의는 성인의 경우와 동일한 효력을 지닌다."

그리브는 애덤을 만나는 사람들은 모두 아이의 조숙함과 성숙함에 깊은 인상을 받는다고 말했다. "판사님께서도 흥미롭게 생각하실 텐데요, 애덤은 간호사들에게 자작시를 낭송해주기도 했답니다. 반응은 대단했고요." 그리브는 변론을 이어갔다. 애덤은 17세 청소년 대다수보다 훨씬 사려 깊다. 몇 달만 일찍 태어나 기본적인 권리를 보장받을 수 있는 상황이라면 지금 어떤 입장을 취할지 본 법정은 참작할 필요가 있다. 애덤은 사랑이 충만한 부모의 전적인 지지를 받으며 치료에 대한 거부의사를 확실히 표명했고, 거부의 근거가 되는 종교 원칙도 상세히 설명했다.

그리브는 잠시 멈추고 생각에 잠긴 듯하더니 고문의사가 법정을 나갈 때 이용한 문 쪽을 손짓하며 말을 이어갔다. 카터 씨가 치료 철회 의사를 경멸하는 것은 충분히 이해할 만하다. 그런 태도는 그처럼 저명한 의사에게서 기대할 수 있는 직업적 헌신을 증명한다. 하지만 그 직업정신이 애덤의 길릭 권한에 대한 판단을 흐리고 있다. 궁극적으로 이것은 의학에 관한 문제가 아니다. 이는 법과 도덕에 관한 문제다. 이는 한 젊은이의 양도할 수 없는 권리와 관련된 문제다. 애덤은 자신의 결정이 초래할 결과를 완벽히 이해하고 있다. 그것이 때 이른 죽음이라는 것을 알고 있다. 그는 여러 번 자신의 생각을 분명히 밝혔다. 죽음의 정확한 방식을 모른다는 주장은 핵심 논점에서 벗어나 있다. 길릭 권한이 있다고 판단되는 사람도 그에 대해 완전히 알지는 못한다. 사실 그 누구도 모른다. 우리는 모두 언젠가 죽는다는 것을 알고 있지만 어떻게 죽는지 아는 사람은 아무도 없다. 그리고 카터 씨도 인정했듯이 애덤을 치료하는 의료진은 그에게 죽음의 방식을 알려주길 원하지 않는다. 그 젊은이의 길릭 권한의 근거는 다른 곳에서, 즉 치료를 거부하면 죽게 된다는 사실에 대한 본인의 명백한 이해에서 찾아야 한다. 그리고 물론 길릭 권한과 관련하여 그의 나이는 논점과 하등 관계가 없다.

그때까지 피오나는 종이 세 장을 빽빽하게 메모로 채워 넣었다. 그중 한 장에 줄을 바꿔 '시?'라고 쓰여 있었다. 연이은 논쟁의 와중에 밝게 빛나는 이미지 하나가 떠올랐다. 베개에 기대앉아 피곤에 찌든 간호사에게 시를 읽어주는 십대 소년과, 다른 곳에서 호출이 오는데도 마음이 약해 차마 가야 한다는 말을 못 하는 간호사의 이미지.

그녀도 애덤 헨리의 나이 때에 시를 썼다. 혼자라도 소리 내어 읽을 엄두는 내지 못했지만. 대담하게 각운을 무시하고 쓴 사행시들이 떠올랐다. 익사를 주제로 한 시도 한 편 있었다. 강변 잡초 사이에 누워 멋지게 가라앉는 장면은 학교에서 테이트 미술관 견학을 갔을 때 넋을 잃고 바라본 밀레이의 〈오필리아〉에서 영감을 얻은 별난 환상이었을 것이다. 그 대담한 시가 적힌 바스러져가는 공책 표지에는 피오나가 자주색 잉크로 원하는 머리모양을 끼적인 그림도 있었다. 그녀가 기억하기로 그 공책은 판지상자 맨 아래쪽에 담겨 창문도 없는 손님용 침실 구석 어딘가에 처박힌 채로 집에 보관되어 있었다. 그곳을 여전히 집이라 부를 수 있다면.

그리브는 애덤이 거의 18세가 다 되었기 때문에 나이 자체는 별 차이가 없다고 결론을 맺었다. 아이가 스카먼 판사가 명시한 조건을 충족하고 길릭 권한을 가진다는 것이었다. 변호사는 밸컴 판사의 판결을 인용했다. "아동이 성년에 가까워지면서 의학적 치료 행위에 관한 독자적 결정 능력은 점차로 강화된다. 충분한 연령과 이해력에 이른 아동이 정보에 근거한 결정을 내리면 법정은 이를 존중하는 것이 보통 그아동의 최선의 이익에 부합한다." 법정은 신앙의 표현을 존중한다는 의미가 아니면 특정 종교에 어떠한 견해를 가져서는 안 된다. 또한 법정은 치료 거부에 관한 개인의 기본권을 훼손하게 되는 곤란한 상황에 휘말려서도 안 된다.

마침내 토비의 차례가 돌아왔고 변론은 간단했다. 그는 지팡이에 의지해 몸을 밀어 올려 자리에서 일어섰다. 소년과 그 후견인인 머리나 그린을 대변하는 변호사로서 신중하게 중립을 유지하는 태도였다. 양측 동료들이 논쟁을 잘 펼쳐주었고 관련 법조항은 모두 다뤄졌다. 애덤의 지능은 문제가 되지 않는다. 그는 성경을 소속 종파가 받아들이고 전파하는 내용 그대로 완전히 이해하고 있다. 18세에 근접했음을 고려하는 것도 중요하지만 그래도 아직 미성년자라는 사실은 남는다. 따라서 본인의 의사에 얼마만큼의 비중을 두어야 할지 결정하는 것은 전적으로 판사의 재량이다.

변호사가 자리에 앉은 뒤 피오나가 메모를 뚫어져라 바라보며 생각을 정리하는 동안 법정에는 침묵이 흘렀다. 토비의 변론은 그 생각들을 하나의 결정으로 모아주는 데 도움이 되었다. 피오나는 그를 향해 말했다. "본 소송의 특이한 상황을 감안하여 저는 애덤 헨리의 말을 직접 듣기로 결정했습니다. 저는 그 아이가 성경을 얼마나 깊이 이해하는지 알려는 것이 아니라 자신의 상황을 얼마나 이해하고 있는지, 그리고 제가 병원의 청구를 기각하는 판결을 내릴 경우 일어날 일을 제대로 인지하고 있는지를 알아보려 합니다. 또한 애덤은 인간미 없는 관료체제가 자신을 좌지우지하는 것이 아님을 알아야 합니다. 본인의 최선의 이익에 부합하도록 결정을 내리는 사람이 저라는 것을 제가 애덤에게 직접 설명하겠습니다."

아울러 피오나는 당장 그린 부인과 함께 워즈워스의 병원으로 갈 것이며 그린 부인의 입회하에 애덤 헨리를 병실에서 만나겠다고 말했다. 따라서 심리는 미뤄졌고, 피오나는 병원에서 돌아온 후 공개법정에서 판결을 내리기로 했다.

3

극심한 교통정체로 택시가 워털루 다리에 멈춰 섰을 때, 피오나는 자신의 이 행동이 파탄 직전에 이른 한 여자가 감상에 빠져 저지르는 직업적 판단착오인지, 아니면 세속 법정이 한 소년을 그가 믿는 종파의 신앙에서 구해내기 위해 혹은 다시 그 품으로 인계하기 위해 시도하는 긴밀한 개입인지 판단해보려 했다. 둘 다일 수는 없었다. 그녀는 왼편으로 고개를 돌려 강 하류 세인트폴 대성당 쪽을 바라보며 잠시 그 고민을 접어두었다. 강물은 빠른 속도로 흘러갔다. 근처의 다리에서 시*를 쓴 워즈워스가 옳았다. 좌우 어디를 보아도 세계

---

* 윌리엄 워즈워스의 〈웨스트민스터 다리 위에서〉.

최고의 도시 풍경이었다. 끊임없이 내리는 빗속에서마저도. 옆자리에는 머리나 그린이 앉아 있었다. 재판소를 나설 때의 두서없는 잡담을 제외하면 두 사람은 거의 말을 하지 않았다. 거리를 유지하는 편이 적절했다. 그린은 오른편으로 펼쳐지는 상류 풍경을 전혀 의식하지 못했는지 아니면 너무 익숙해서인지 핸드폰에 몰입해 전형적인 현대인처럼 화면을 읽다가 손가락으로 두드리다가 얼굴을 찡그리길 반복하고 있었다.

마침내 사우스뱅크에 이르러 상류 쪽으로 방향을 바꾼 택시는 걷는 것이나 다름없는 속도로 움직였고 램버스 궁전까지 가는 데만 거의 십오 분이나 걸렸다. 피오나는 핸드폰을 꺼두고 있었다. 그것만이 오 분마다 문자와 이메일을 확인하고픈 강박을 막는 유일한 방법이었다. 문자를 하나 쓰기는 했지만 보내지는 않았다. 당신이 이럴 수는 없어! 하지만 잭은 이럴 수 있는 사람이었고 느낌표가 모든 것을 말해주고 있었다. 그녀가 바보라는 사실을. 피오나가 가끔 정조(情調)라 부르며 즐겨 점검하는 자신의 내면상태는 완전히 새로운 것이었다. 쓸쓸함과 울분의 혼합. 또는 갈망과 분노의 혼합. 피오나는 그가 돌아오길 원했고, 그를 다시는 보지 않기를 원했다. 수치심도 거기에 섞여 있었다. 하지만 내가 도대체 뭘 어쨌단 말인가? 일에 파묻혀 살아서 남편을 등한시해서 길었던 어느 소송 때문에 산란한 마음을 추스르지 못해서? 하지만 잭 역시 자기 일이 있었고 온갖 감정 변화도 보였다. 그녀는 모욕을 당했고, 그 사실을 누구에게도 알리고 싶지 않았으며, 모든 것이 다 괜찮은 척할 생각이었다. 비밀로 인해 더럽혀진 기분이 들었다. 바로 이런 건가, 이게 수치심인가? 분별 있는 친구들이 이 일을 알게 된다면 그중 누군가는 잭에게 전화해 설명을 요구하라고 재촉할 것이 분명했다. 그건 안 돼. 최악의 말을 듣는 생각을 하면 아직도 움찔했다. 이 상황에서 떠올리는 온갖 상념은 이미 여러 번 곱씹었던 것이지만, 그런데도 피오나는 또다시 같은 상념을 반복하고 있었다. 쳇바퀴처럼 돌고 도는 생각에서 그녀를 구원해줄 방법은 잠, 오로지 약의 힘을 빌린 잠뿐이었다. 잠, 아니면 이런 변칙적인 외출.

마침내 워즈워스 로드에 들어선 택시가 시속 30킬로미터 정도 속도로 나아갔다. 말이 전속력으로 달릴 때의 빠르기쯤 될까. 오른편으로 오래된 극장을 개조해 만든 스쿼시장이 보였다. 오래전 잭은 그곳에서 지구력의 한계까지 경기를 펼친 결과 런던지구 토너먼트에서 십일 위를 차지했다. 그리고 충실한 젊은 아내였던 피오나는 조금은 지루한 마음으로 유리

칸막이가 둘러쳐진 코트에서 멀찌감치 떨어져 앉아 변호를 맡은 강간 소송 관련기록을 간간이 들여다보았다. 결국 지게 될 소송이었다. 팔 년형을 선고받은 의뢰인은 분노했다. 무죄가 거의 확실해 보이던 사람이었다. 당연한 일이지만 그는 피오나를 용서하지 않았다.

지저분한 거리가 뒤죽박죽 끝없이 얽혀 있는 템스 강 남쪽의 런던. 런던 북부 사람답게 피오나는 이 지역을 무시했고 잘 알지도 못했다. 이미 오래전 도시화에 잠식당해 황폐해진 마을들, 우중충한 상점들, 먼지 쌓인 에드워드 시대 주택과 브루탈리즘 양식*의 아파트 건물 사이에 박혀 마약조직의 은신처가 되고 있는 수상한 차고들. 여기에는 이 장소들에 의미를 부여하고 관계를 맺어줄 지하철역도 하나 없었다. 생소한 관심사를 좇아 보도를 표류하는 군중은 자신과는 다른 머나먼 도시에 속한 사람들인 듯했다. 판자를 덧대 문을 막은 전자제품 상점 위로 빛바랜 채 걸려 있는 농담 같은 간판마저 없었다면 지금 택시가 클래펌 정션**을 지나고 있다는 사실을 어떻게 알았겠는가? 왜 이런 곳에 삶을 꾸린단 말인가?

---

* 1950~1970년대 유행한 건축양식으로서 미적요소보다는 기능적인 측면에 중심을 두고 콘크리트 같은 재료나 배관 등을 그대로 노출한다.
** 런던에서 가장 복잡한 지상철역이며 주변은 대표적인 서민 거주 지역이다.

인간에 대한 혐오가 밀려오는 느낌이 들어 그녀는 애써 임무를 기억해냈다. 나는 중병에 걸린 소년을 만나러 가고 있다.

　피오나는 병원을 좋아했다. 열세 살 때 자전거를 타고 전속력으로 학교로 달려가다 배수구 덮개 틈에 바퀴가 걸려 그대로 튕겨나간 적이 있었다. 가벼운 뇌진탕에 소변에 피가 섞여 나왔고 그녀는 검사를 받기 위해 병원에 입원했다. 소아병동에는 남은 병실이 없었다. 스페인으로 수학여행을 다녀온 아이들이 원인 모를 위장 바이러스에 집단으로 감염되어 버스 한 대를 가득 채울 정도로 많았기 때문이다. 피오나는 성인 병실에 입원해 일주일 동안 머무르며 그다지 힘들지 않은 검사를 받았다. 때는 1960년대 중반이었고, 당시의 시대정신은 병원의 경직된 위계질서에 의문을 품거나 부정하거나 하지 않았다. 높은 천장의 빅토리아 양식 병동은 청결하며 질서가 있었고, 무서운 병동 수녀는 가장 나이 어린 환자를 감싸고돌았다. 나이든 여자들도(지금 생각해보면 그중 몇 명은 분명 삼십대밖에 안 되었을 텐데) 피오나를 예뻐하며 잘 보살펴주었다. 어린 환자는 그녀들이 무슨 병을 앓는지는 생각해보지도 않고 하루하루 귀염을 받는 새로운 생활에 흠뻑 빠져들었다. 집과 학교를 오가는 예전의 일상은 멀어졌다. 친절한 아주머니 한두 명이 밤사이 침대에서 사라졌을 때도 별다른 생각은 들지 않았다. 피오나는 자궁절제술과 암과 죽음으로부터 보호받으며 공포도 고통도 없는 멋진 일주일을 보냈다.

오후에는 학교가 파한 뒤 친구들이 찾아왔고 아이들은 어른들처럼 자기들끼리 문병을 왔다는 사실에 경이로워했다. 놀라움이 사라지고 나면 피오나의 침대를 둘러싼 여자아이들 서넛은 별것도 아닌 일에, 가령 얼굴을 찌푸린 채 성큼성큼 걷는 간호사를 본다든가 이가 없는 노부인이 지나치게 진지하게 인사를 건넨다든가 병실 반대편 끝 스크린 뒤의 환자가 요란스레 앓는 소리를 낸다든가 하면 웃음을 참느라 끅끅대며 몸을 흔들었다.

점심시간 전후로 피오나는 주간휴게실에 앉아 연습장을 무릎에 올려놓고 미래를 계획했다. 콘서트 피아니스트, 수의사, 언론인, 가수. 그녀는 가능한 삶 각각에 플로차트를 그려보았다. 큰 줄기에서 나온 곁가지는 대학, 씩씩하고 다부진 남편과 공상을 좋아하는 아이들, 양떼 목장, 명망을 누리는 삶으로 뻗어나갔다. 당시에는 법조계 쪽은 고려하지 않았다.

퇴원하던 날 피오나는 교복 차림으로 어깨에 책가방을 메고 병동을 돌면서 어머니가 지켜보는 가운데 눈물 어린 작별인사를 하고 계속 연락하겠다고 약속했다. 그 후로 수십 년 동안 건강 운이 좋았고 문병할 때 말고는 병원에 갈 일도 없었다. 하지만 그때의 기억은 그녀에게 영원한 흔적을 남겼다. 병원을 떠올릴 때면 엉뚱하게도 다정함, 특별한 관심, 최악의 상황을 막아주는 피난처 같은 것이 연상되었고, 가족과 친구들이 겪는 어떤 고통과 공포를 보아도 그 습관은 사라지지 않았다. 그래서 지금도 이디스 캐블 원즈워스 병원의 이십육 층 건물이 공원 너머 안개에 젖은 참나무 사이로 솟아오르는 모습을 보자 부적절하게도 잠시 즐거운 기대감마저 들었다.

피오나와 사회복지사가 덜컥거리는 와이퍼 너머로 앞을 바라보고 있을 때, 택시는 주차 가능 대수가 육백십오 대임을 알리는 파란 네온사인 쪽으로 다가갔다. 풀이 덮인 오르막에 일본인이 설계한 원통형 유리탑이 석기시대 구릉요새처럼 서 있었다. 태평했던 신노동당 시절 비싸게 빌린 돈으로 지은 건물로서 외과수술복 같은 녹색 외장에 꼭대기층은 여름 하늘의 낮은 구름에 가려져 있었다.

정문을 향해 걸어가던 두 사람 앞으로 주차된 차 밑에서 고양이 한 마리가 나와 쏜살같이 달려갔다. 다시 말문을 연 머리나 그린은 자기가 키우는 고양이, 이웃 개들을 모두 쫓아낸 씩씩한 브리티시쇼트헤어에 대해 자세히 이야기했다. 피오나는 임대주택에서 다섯 살이 안 된 아이 셋을 키우며 경찰 남편과 살고 있는 성긴 연갈색머리의 이 진지한 젊은 여자가 좋아지기 시작했다. 고양이는 핵심이 아니었다. 머리나는 편견을 심어줄 만한 화제는 피했지만 두 사람이 곧 당면하게 될 공통의 관심사를 예민하게 의식하고 있었다.

피오나는 좀더 자유로웠다. "자기 권리를 지켜낸 고양이라. 그 얘기를 어린 애덤한테 해주면 좋을 텐데요."

머리나는 재빨리 '했어요, 사실은' 하고 말하더니 입을 다물었다.

그들은 건물 꼭대기 유리지붕까지 완전히 트여 있는 아트리움으로 들어갔다. 중앙홀에는 커피숍과 샌드위치 가게가 경쟁하듯 내놓은 말끔한 의자와 테이블 사이로 다소 부실해 보이는 토착종 나무들이 기대에 찬 가지를 위로 뻗고 있었다. 곡선형 벽을 따라 더 위쪽, 그리고 좀더 위쪽에도 돌출된 캔틸레버* 콘크리트 화단 위로 나무들이 솟아 있었다. 가장 멀리 있는 식물은 90미터 정도 위에서 유리지붕을 배경으로 그림자만 보이는 관목들이었다. 두 여자는 옅은 색 쪽마루가 깔린 홀을 가로질러 안내소와 환아들의 미술작품 전시 공간을 지나쳤다. 직선으로 길게 뻗은 에스컬레이터를 타고 올라

---

* 한쪽 끝은 벽체에 고정되고 다른 쪽 끝은 공중에 떠 있는 들보.

간 중이층에는 서점과 꽃집, 신문가판대, 기념품 가게, 비즈니스 센터가 분수를 주변으로 늘어서 있었다. 산뜻하고 부드러운 뉴에이지 음악이 졸졸거리는 물소리와 합쳐졌다. 이 공간의 본보기가 된 것은 역시 현대의 공항이었다. 비록 그 종착지는 달랐지만. 아직까지 질병의 흔적도 거의 없었고 의료기기도 전혀 보이지 않았다. 환자들은 방문객과 의료진 사이에 고르게 퍼져 있었다. 환자복을 입고 한량처럼 돌아다니는 사람들도 여기저기 있었다. 피오나와 머리나는 모터웨이체*로 쓰인 표지를 따라갔다. 소아종양학과, 핵의학과, 정맥절개 처치실. 깨끗하게 닦인 넓은 복도로 꺾어 들어가 엘리베이터들이 길게 늘어선 곳까지 가서 말없이 구층으로 올라간 다음, 그곳에서 똑같이 생긴 복도를 왼쪽으로 세 번 꺾어 집중치료실로 향했다. 그리고 나무를 타고 수풀을 통과하는 쾌활한 원숭이들이 그려진 벽화를 지나갔다. 마침내 정체된 공기에서 병원 냄새가 나기 시작했다. 한참 전에 치운 음식 냄새, 소독약 냄새, 그리고 그보다 좀더 희미하게 들큼한 어떤 것의 냄새. 과일도 아니고 꽃도 아닌 어떤 것.

간호사실은 반원형으로 둘러선 문들을 보호하듯 바라보는

---

* 영국에서 고속도로 표지판용으로 개발된 서체.

자리에 있었고 안을 들여다볼 수 있는 창문이 모든 문에 달려 있었다. 낮게 윙윙거리는 전자기기 외에는 아무 소리도 들리지 않았으며 자연광도 부족해서 주위는 마치 한밤중처럼 느껴졌다. 간호사실 창구에 있던 젊은 간호사 두 명이 머리나를 보더니 소리 지르며 하이파이브로 인사를 건넸다. 나중에 알게 된 바로는 한 사람은 필리핀 출신, 다른 한 사람은 카리브 해 지역 출신이었다. 사회복지사는 갑자기 다른 사람으로 돌변해서 피부만 흴 뿐 행동은 활기찬 흑인 여자나 다름없었다. 그녀는 뒤로 돌아서서 젊은 간호사들에게 '진짜로 높으신 분'이라며 판사를 소개했다. 피오나는 손을 내밀었다. 겸연쩍어 차마 하이파이브를 하지 못하는 그녀를 간호사들도 이해하는 것 같았다. 그들은 피오나의 손을 따뜻하게 맞잡았다. 창구에서 신속하게 의논한 결과, 사회복지사가 안으로 들어가 애덤에게 상황을 설명하는 동안 피오나는 밖에 남아 있기로 했다.

머리나가 오른쪽 끝 방으로 사라지자 피오나는 간호사들에게로 몸을 돌려 그들의 어린 환자에 대해 물었다.

"얘가 바이올린을 배우거든요." 젊은 필리핀 간호사가 말했다. "저희가 그래서 아주 돌겠어요!"

그녀의 친구가 무릎을 과장되게 탁 쳤다. "저 안에서 켤면

조 먹을 딴다니까요."

간호사들은 서로를 쳐다보며 웃음을 터트렸다가 환자들을 생각해 다시 소리를 낮췄다. 둘이서 속닥거리는 익숙한 농담임이 분명했다. 피오나는 기다렸다. 마음이 편안해졌지만 오래 지속될 상태는 아님을 알고 있었다.

마침내 피오나가 말했다. "수혈 문제는 어떤가요?"

웃음은 완전히 사라졌다. 카리브 해 출신 간호사가 말했다. "날마다 그 앨 위해 기도해요. 애덤한테 이렇게 말하죠. '하느님은 네가 꼭 그래야 한다고 하시진 않아, 애야. 어쨌든 그분은 널 사랑하신단다. 하느님은 네가 살기를 바라셔.'"

그녀의 친구가 구슬프게 말했다. "애덤은 벌써 마음을 정했어요. 칭찬해줘야 해요. 자기 원칙을 위해 사는 거잖아요."

"사는 게 아니라 죽는 거잖아! 걘 아무것도 몰라. 뭐가 뭔지도 모르는 꼬맹이 강아지라고."

피오나가 말했다. "하느님께서 네가 살기를 원하신다고 하면 그 앤 뭐라고 하나요?"

"아무 말도 안 해요. 그냥, 내가 왜 저 사람 말을 들어야 해? 이러는 거 같아요."

바로 그때 머리나가 문을 열고 손을 들어 보이더니 다시 안으로 들어갔다.

피오나가 말했다. "그럼, 고마워요."

버저가 울리자 필리핀 간호사가 다른 병실 쪽으로 급히 달려갔다.

"들어가세요, 판사님." 그녀의 친구가 말했다. "그리고 제발 저 애 맘을 좀 돌려놓으세요. 정말 사랑스러운 아이예요."

피오나가 애덤 헨리의 병실에 들어선 순간을 명확하게 떠올리지 못한다면 그것은 갈피를 잡을 수 없게 만드는 대비 때문일 터였다. 눈에 들어오는 것들이 너무 많았다. 침대 주변만 환하게 밝았고 나머지는 반쯤 어둠에 잠겨 있었다. 병실 한 귀퉁이 의자에 머리나가 잡지를 들고 막 자리를 잡은 참이었는데, 이런 어둠 속에서 글자를 읽을 수 있을 것 같지 않았다. 침대 주변의 생명유지장치와 모니터링 장비, 높은 받침대, 연결선들과 밝게 빛나는 스크린은 한순간도 방심하지 않고 지켜보는 존재가 있음을, 침묵이 있음을 알리고 있었다. 하지만 피오나가 병실에 들어서는 순간, 소년은 이미 그녀에게 말을 걸고 있었고 그곳에 침묵은 없었다. 그 순간은 그녀 없이 펼쳐졌고 혹은 폭발했고, 피오나는 멍한 상태로 뒤처져 있었다. 철제 등받이에 베개를 여러 개 받치고 똑바로 기대앉은 소년은 연극 무대의 스포트라이트 조명 아래 있는 듯했다. 이불 위에는 책과 소책자들, 바이올린 활, 노트북 컴퓨터, 헤드폰, 오렌지 껍질, 사탕 껍데기, 티슈 상자, 양말 한 짝, 공책, 그리고 글씨가 빡빡한 유선공책 낱장들이 불빛 아래는 물론이고 불빛 바깥의 그림자에까지 사방에 널려 있었다. 십대아이 특유의 너저분함은 가족 모임에서 늘 보던 익숙한 것이었다.

갸름한 얼굴, 송장처럼 창백하지만 아름다운 모습. 멍든 것 같은 초승달모양의 자주색 그늘이 눈 밑에서 아래로 내려가며 섬세하게 하얗게 옅어졌고 강렬한 불빛을 받은 도톰한 입술 역시 자주색을 띠고 있었다. 커다란 눈은 보라색이었다. 한쪽 볼에는 점이 하나 있었는데 일부러 그려 넣은 애교점처럼 인위적으로 느껴졌다. 가냘픈 몸집에 환자복 속의 두 팔은 막대기처럼 밖으로 뻗어 나와 있었다. 소년은 숨을 혈떡이며 진심을 다해 말하고 있었지만, 피오나는 처음 얼마 동안은 아무것도 알아듣지 못했다. 이윽고 압축공기가 새는 듯한 소리와 함께 등 뒤에서 병실 문이 닫히고 나서야 그녀는 소년의 이야기를 알아들을 수 있었다. 판사님이 찾아올 것을 처음부터 알았는데 정말 이상하지 않느냐고, 자신에게 그런 재주가, 미래를 보는 감이 있는 것 같다고, 학교에서 종교학을 배우며 읽은 시에서 미래와 현재와 과거는 모두 하나라고 했는데 그것은 성경 말씀과도 같다고 소년은 말하고 있었다.

우리 화학 선생님은 상대성이론으로 시간이 환상이라는 사실이 증명되었다고 하셨어요. 그런데 하느님과 시와 과학이 모두 같은 이야기를 한다면 그건 진실일 수밖에 없지 않을까요? 어떻게 생각하세요?

애덤은 베개에 등을 대고 뒤로 기대 호흡을 가다듬었다. 침대 발치에 서 있던 피오나는 플라스틱 의자가 놓인 침대 옆으로 다가가 손을 내밀며 이름을 말했다. 아이의 손은 차갑고 축축했다. 그녀는 의자에 앉아 무슨 말이 더 나오기를 기다렸지만 애덤은 머리를 젖혀 천장을 쳐다보며 계속 숨을 고르고 있었다. 대답을 기다리는 것이었다. 등 뒤의 기계 하나에서 식식거리는 소리가 났고, 가청 영역의 경계 즈음에서 소리를 죽인 빠른 신호음이 울렸다. 환자가 편안하도록 소리를 낮춘 심장 모니터가 그의 흥분을 드러내고 있었다.

피오나는 몸을 숙여 그 말이 맞는 것 같다고 했다. 법정에서의 경험으로 미루어보자면, 서로 대화를 나눈 적 없는 증인들이 어떤 사건을 두고 모두 같은 말을 한다면 그것은 진실일 가능성이 크다고.

그리고 덧붙였다. "하지만 항상 그런 건 아니야. 집단 망상일 수도 있어. 서로 모르는 사람들이 똑같이 잘못된 생각에 사로잡힐 수도 있거든. 법정에서는 분명히 그런 일도 일어나지."

"예를 들면요?"

애덤은 여전히 호흡을 고르는 중이었고 그 짧은 말을 하는 데도 애를 써야 했다. 시선은 여전히 피오나를 비켜나 위쪽을 향했고 그동안 그녀는 들려줄 만한 사례를 생각했다.

"오래전 이 나라에서는 정부 당국이 부모들한테서 아이들을 떼어놓고 사탄 의식 학대라는 죄목으로 기소한 사건이 있었어. 부모들이 비밀스럽게 사탄숭배 의식을 했고 자기 아이들에게 끔찍한 짓을 저질렀다는 이유였지. 모두가 벌떼처럼 몰려들어 부모들을 비난했단다. 경찰, 사회복지사, 검찰, 신문, 심지어 판사들까지도. 하지만 결국은 아무 일도 없었다는 게 밝혀졌어. 비밀 의식도, 사탄도, 학대도. 아무것도 없었거든. 그냥 환상이었어. 그 모든 전문가와 중요인사들이 똑같은 망상에, 꿈에 사로잡혀 버렸던 거야. 결국 모두 정신을 차리고 엄청나게 창피해했지. 어쨌든 당연히 창피해해야 하는 일이기도 했고. 그리고 아주 천천히 아이들을 각자의 집으로 돌려보냈어."

피오나는 마치 꿈속에 있는 것처럼 이야기했다. 기분 좋은 평온함이 느껴졌다. 대화를 점검하고 있을 머리나가 당혹스러울 거라는 생각은 들었지만. 저 판사가 도대체 뭘 하는 거지? 만나자마자 아이한테 아동학대 얘기를 해? 종교가, 저

아이의 종교가 집단 망상이란 말을 하고 싶은 건가? 머리나는 잠깐 부드러운 잡담을 나눈 뒤에 본격적인 대화의 서두로 '내가 여기에 왜 왔는지 너도 알 거야' 정도의 말이 나오리라 예상했을 것이다. 하지만 피오나는 아이가 자기 동료라도 되는 것처럼 기억에서 사라진 1980년대의 제도적 스캔들에 대해 자유연상을 하듯 이야기하고 있었다. 머리나가 어떻게 생각할지는 그다지 신경 쓰이지 않았다. 그녀는 자기 방식대로 이 일을 처리할 것이었다.

애덤은 이야기를 들으며 가만히 누워 있었다. 그러다 마침내 베개에 기댄 머리를 돌려 그녀의 눈을 쳐다보았다. 근엄한 태도를 보일 기회를 이미 너무 많이 놓쳤다는 생각이 든 피오나는 시선마저 피하지는 말아야겠다고 생각했다. 호흡은 어느 정도 진정되었지만 아이의 어둡고 엄숙한 표정은 속을 읽을 수가 없었다. 그건 상관없었다. 하루 종일 이보다 더 평온한 순간은 없었으니까. 별로 대단한 주장도 아니었다. 평온이랄 것까지는 없다면 느긋함 정도라 해도 좋았다. 처리를 기다리는 사건의 압박, 긴급을 요하는 결정, 촌각을 다투는 병의 진행에 대한 고문의사의 소견 등은 그녀가 외부공기를 차단한 반그늘의 병실에 앉아 소년을 바라보며 그의 말을 기다리는 이 순간만큼은 저만치 뒤로 물러나 있었다. 이곳에

오기로 한 결정은 옳았다.

상대의 눈을 삼십 초 이상 똑바로 들여다보는 것은 무례한 행동일 수 있었다. 하지만 그동안 피오나는 침대 옆 의자에 앉아 있는 자신이 아이의 눈에 어떻게 보일지 단숨에 그려볼 수 있었다. 그의 눈에 그녀는 나름의 견해를 가진 또 한 명의 어른일 터였다. 특히 나이 든 여자 특유의 부자연스러움으로 더욱 위축되어 있는 어른.

애덤은 시선을 돌리며 곧바로 말을 시작했다. "사탄의 특징은 놀라울 정도로 뛰어난 수법을 쓴다는 거예요. 사탄이 어쩌니, 학대가 어쩌니, 그런 멍청한 생각을 사람들의 정신에 심어놓고는 다들 그걸 비난하도록 내버려두는 거죠. 그래서 결국 모두가 사탄은 존재하지 않는다고 생각하게 되면 그때 거칠 것 없이 별의별 악행을 다 저지르는 거예요."

변칙적인 면담의 시작을 알리는 또 하나의 신호. 상대방의 영역으로 화제가 흘러가게끔 내버려둔 것. 여호와의 증인이 만든 세계에서 사탄은 상당히 생기 넘치는 캐릭터였다. 대충 훑어본 배경자료에 따르면 사탄은 1914년 10월에 세상의 종말을 준비하기 위해 지상에 내려왔고 악을 실현하는 도구로 각국 정부와 가톨릭교회와 유엔 등을 활용하는데, 특히 유엔은 아마겟돈*에 대비해야 할 시기에 국가 간 결속을 도모하는 역할을 맡게 한다고 했다.

"사탄이 거칠 것 없이 널 백혈병으로 죽게 만들겠구나?"

피오나는 자신의 말이 너무 직설적인가 생각했지만, 사춘기 아이답게 애덤은 별로 개의치 않는 듯한 태도였다. 센 척하는 것이었다. "그래요. 바로 그런 일들이죠."

"그럼 넌 사탄이 그러도록 내버려둘 거니?"

애덤은 등받이를 밀어 몸을 일으키더니 생각에 잠긴 듯 턱을 문질렀다. 허세 부리는 교수나 텔레비전에 나오는 전문가를 흉내 내며. 아이는 그녀를 조롱하고 있었다.

"음, 물으시니 하는 말인데요, 전 하느님의 계명에 순종함으로써 사탄을 뭉개버릴 생각이에요."

"그럼 네 대답은 '예'인 거야?"

애덤은 그 말을 무시하고 잠시 뜸을 들인 뒤 물었다. "제 생각을 바꾸려고 오신 거예요? 제 생각을 바로잡으려고요?"

"절대로 아니야."

"아, 그렇군요! 저도 그렇게 생각해요!" 애덤은 갑자기 짓궂게 이죽거리는 아이로 돌변하며 비록 힘없는 동작이었지

---

* 요한계시록에 언급된 세계종말의 전쟁. 악마가 거느린 지상의 왕들과 신이 벌이는 최후의 결전을 말하며, 여호와의 증인은 이후 지상에 정치세력이 사라지고 천년왕국이 들어선다고 믿는다.

만 이불 속에서 무릎을 세워 안았다. 그러고는 새삼 열을 올려 빈정거리는 투로 이야기했다. "제발요, 선생님, 저를 바른 길로 인도해주세요."

"내가 여기 온 이유를 말해줄게, 애덤. 난 네가 자신의 행동을 제대로 이해하는지 확인하고 싶단다. 어떤 사람들은 이런 결정을 하기엔 네가 너무 어리다고 생각해. 부모님이나 장로들이 영향을 준다고도 생각하지. 그리고 또 어떤 사람들은 네가 굉장히 영리하고 능력이 뛰어나니까 너한테 결정을 맡겨야 한다고 생각해."

강한 불빛 속에서 너무도 생생한 아이의 모습이 드러났다. 환자복 목선에서 구불거리는 지저분한 검은머리, 피오나의 얼굴을 이리저리 훑으며 기만이나 거짓의 낌새는 없는지 기민하게 살피는 짙은 색 큰 눈. 이부자리에서는 탤컴파우더* 인지 비누 냄새인지가 났고 입에서는 희미하게 금속성 냄새가 풍겼다. 약을 밥 먹듯 하는 아이.

"음." 애덤이 열의를 보이며 말했다. "지금까지 어떤 인상을 받으셨어요? 저는 어떤 것 같나요?"

아이는 피오나를 잘 다뤘다. 그녀를 다른 영역으로, 자신

---

* 활석가루에 향료를 섞은 분. 주로 땀띠약으로 쓰인다.

이 그녀 주위를 돌며 맘껏 춤출 수 있는 더 거친 영역으로 끌어들이며 다시 부적절하거나 흥미로운 말을 뱉게끔 유인하는 것이었다. 피오나는 지적으로 조숙한 이 어린 친구가 그저 자극이 부족해 지루해한다는, 그래서 자기 생명을 위태롭게 만듦으로써 매혹적인 드라마를 연출한다는 생각이 들었다. 자신이 모든 장면의 주인공이 되어 중요한 어른들, 간청하는 어른들을 침대 주위로 줄줄이 끌어들이는 드라마. 그게 정말이라면 이 아이가 더욱더 좋았다. 중병도 아이의 활기를 꺼뜨리지는 못한 것이다.

그래, 네가 어떤 것 같으냐고? "아주 좋아, 지금까진." 피오나는 모험인 것을 알면서도 이렇게 말했다. "자기 생각을 잘 아는 사람이라는 인상을 받았어."

"감사해요." 애덤이 비꼬듯 다정한 목소리로 말했다.

"하지만 단지 인상에 불과할지도 모르지."

"전 사람들한테 좋은 인상을 주는 게 좋아요."

아이의 태도, 아이의 유머는 높은 지능에 때로 동반되는 경박함처럼 느껴지기도 했다. 그리고 그것은 자기보호의 수단이었다. 무척 겁을 먹은 것이 분명했다. 이제 그녀가 기선을 제압할 때였다.

"자기 생각을 잘 아는 친구니까, 현실적인 논의로 들어가도 되겠지?"

"어서 말씀하시죠."

"고문의사 선생님은 수혈로 혈구 수치를 높이면 너를 치료하는 데 매우 효과적인 약제를 두 가지 더 추가할 수 있고, 그러면 완전히, 그리고 상당히 빨리 회복할 수 있다고 말씀하셨어."

"네."

"그리고 수혈하지 않으면 넌 죽을 수도 있어. 그건 이해하고 있지?"

"넵."

"그리고 다른 가능성도 있어. 네가 그것까지 고려해봤는지 확인해야 해. 죽음이 아니라 불완전한 회복 말이야, 애덤. 시력을 잃을 수도 있고 뇌손상을 입을 수도 있고 신장이 망가질 수도 있어. 네가 눈이 멀거나 바보가 되거나 여생을 투석기에 의존해서 사는 걸 하느님이 기뻐하실까?"

그 질문은 경계를, 법적인 경계를 넘어선 것이었다. 피오나는 머리나가 앉은 그늘진 구석을 흘끗 보았다. 그녀는 공책을 잡지로 받치고 촉감만을 이용해 글을 쓰고 있었다. 고개는 들지 않았다.

애덤은 피오나의 머리 위 허공을 노려보았다. 그러고는 축

축한 쩝 소리와 함께 백태가 낀 혀로 입술을 적셨다. 이제는
말투가 부루퉁했다.

"하느님을 믿지도 않으면서 그분이 뭘 기뻐하시고 뭘 싫어
하시는지 함부로 말씀하시면 안 되죠."

"믿지 않는다곤 안 했어. 네가 신중하게 고려했는지 알고
싶은 거란다. 남은 평생을 정신적으로나 신체적으로, 또는 양
쪽으로 모두 아프거나 장애를 겪으며 살 가능성이 있다는 사
실을 말이야."

"그건 싫어요. 그건 정말 싫어." 애덤은 재빨리 고개를 돌
리며 순식간에 맺힌 눈물을 감추려 했다. "하지만 그런 일이
일어나면 받아들여야겠죠."

속이 상한 아이는 고개를 돌려 시선을 피했고 자신의 거만
함이 얼마나 쉽게 꺾이는지 그녀가 알아버렸다는 사실에 창
피해했다. 살짝 틀어진 소년의 팔꿈치가 뾰족하고 연약해 보
였다. 엉뚱하게도 피오나는 음식 조리법이 떠올랐다. 버터와
사철쑥과 레몬을 넣고 구운 닭고기, 토마토와 마늘을 넣고
구운 가지, 올리브오일에 담백하게 구운 감자. 이 아이를 집
으로 데려가 제대로 좀 먹이자.

두 사람의 대화는 효율적으로 진전되어 새로운 국면에 접
어들었다. 그녀가 여세를 이어가기 위해 막 다른 질문을 하

려는데 카리브 해 출신 간호사가 들어와 문을 활짝 열었다. 문밖에는 마치 피오나의 상상 속 요리가 불러낸 것처럼 애덤보다 조금 나이 들어 보이는 갈색 면재킷 차림의 젊은 남자가 무광 스테인리스 식판이 실린 손수레와 함께 서 있었다.

"저녁식사를 돌려보내도 돼." 간호사가 말했다. "하지만 딱 삼십 분 동안만이야."

"참을 수 있으면." 피오나가 애덤에게 말했다.

"참을 수 있어요."

피오나는 의자에서 일어나 간호사가 환자와 기기들을 점검할 수 있도록 자리를 만들어주었다. 아이의 기분을 알아차린 간호사는 젖은 눈가를 보았는지 손으로 볼을 닦아주더니 병실에서 나가기 전에 요란스럽게 속삭였다. "이분이 하시는 말씀 주의 깊게 잘 들어야 해."

잠깐의 중단으로 병실 분위기가 바뀌었다. 의자에 다시 앉은 피오나는 의도했던 질문으로 돌아가지 않았다. 대신 침대 위 잔해들 사이에 있는 종이를 고갯짓으로 가리켰다. "시를 쓴다고 들었어."

그러면서도 그녀는 애덤이 그 말을 너무 개인적이거나 어린애 취급하는 화제로 받아들여 대꾸하지 않으리라 예상했지만, 아이는 다른 생각을 하게 되어 안심한 듯 경계심이라고는 없는 솔직한 태도를 보였다. 참으로 기분이 빨리 바뀌는 아이였다.

"막 하나를 끝냈어요. 원하시면 읽어드릴게요. 정말 짧아요. 근데 잠깐만 기다리세요." 애덤은 몸을 돌려 그녀를 똑바로 쳐다보았다. 시작하기 전에 아이는 마른 입술을 적셨다. 다시 그 유백색 혀로. 다른 맥락에서라면 아름답다거나 미적인 측면에서 신선하다고 느꼈을 수도 있었다.

애덤이 비밀스러운 어투로 물었다. "법정에서 판사님을 뭐라고 불러요? '유어 아너(your honour)'라고 하나요?"

"보통 '마이 레이디(my lady)'라고 하지."

"마이 레이디? 우와 멋지다! 저도 그렇게 불러도 돼요?"

"그냥 피오나라고 하면 돼."

"하지만 마이 레이디라고 부르고 싶어요. 그렇게 하게 해주세요."

"알았다. 시는 어떻게 됐니?"

애덤은 베개에 기대 호흡을 가다듬었고, 그녀는 기다렸다. 마침내 무릎 근처의 종이로 손을 뻗은 아이는 힘없는 기침을 한바탕 쏟아냈다. 기침이 멈춘 후의 목소리는 가늘고 거칠었다. 피오나를 부르는 새로운 호칭에는 전혀 비꼬는 투가 없었다.

"마이 레이디, 이상한 건요, 제가 병에 걸리고 나서 쓴 시가 제일 좋았다는 거예요. 이유가 뭘까요?"

"네가 말해보렴."

애덤은 어깨를 으쓱했다. "전 한밤중에 시를 쓰는 게 좋아요. 건물 전체가 멈춰 서고 들리는 거라곤 이 이상하고 깊은 윙윙 소리뿐이죠. 낮에는 들리지 않는 소리예요. 들어보세요."

두 사람은 귀를 기울였다. 바깥은 해가 지려면 아직 네 시간이나 더 남았고 교통정체가 절정에 이르렀을 참이었다. 병실 안은 한밤중이었다. 하지만 피오나는 윙윙 소리를 들을 수 없었다. 그녀는 소년의 본질을 드러내는 특성이 천진함임을, 생기 있고 쉽게 들뜨는 그런 천진함임을 깨닫고 있었다. 어린아이 같은 솔직함은 아마도 아이가 속한 종파의 폐쇄성과 관련이 있을 듯했다. 그녀가 읽은 바로는, 여호와의 증인 회중은 아이들을 외부인으로부터 가능한 한 멀리 떨어져 지내게 한다고 했다. 근본주의 정통파 유대인과 비슷한 점이었다. 피오나의 집안 십대들은 남자애 여자애 할 것 없이 너무 일찍부터 뭐든 안다는 듯 강한 척하는 모습으로 자신들을 보호했다. 그 아이들의 과장된 허세는 나름의 매력도 있었고 성인기로 넘어가는 가교 역할로써도 필요했다. 세상의 때가 묻지 않은 애덤은 사랑스럽기는 했으나 쉽게 상처받을 터였다. 소년의 연약함이 피오나의 마음을 움직였다. 종잇장을 뚫어져라 바라보는 모습 역시 감동적이었다. 아마도 그녀의 귀에 자기 시가 어떻게 들릴지 미리 들어보려는 것 같았다. 피오나는 애덤이 집에서 무척 사랑받는 아이일 거라 판단했다.

그는 피오나를 흘낏 쳐다보고 숨을 들이쉰 다음 시를 읽기 시작했다.

나의 운이 가장 어두운 구덩이 속으로 가라앉은 것은
사탄이 망치로 내 영혼을 내리쳤을 때.
대장장이 같은 사탄의 길고 느린 망치질에
나는 점점 낮아졌다.

하지만 사탄은 망치질로 금박을 만들었고
그것은 하느님의 사랑을 세상 구석까지 비추었다.
길은 금빛으로 포장되고
나는 구원받았다.

피오나는 더 이어질까 싶어 기다렸지만, 애덤은 종이를 내려놓고 뒤로 기대더니 천장을 쳐다보며 말했다.

"장로님들 중에 크로스비라는 분이 계시는데요, 그분이 그러셨어요. 저한테 최악의 일이 일어나도 사람들 모두에게 굉장히 좋은 영향을 미칠 거라고. 그 뒤에 이 시를 썼어요."

피오나는 중얼거리듯 말했다. "그런 말을 하셨니?"

"우리 교회를 사랑으로 가득 채울 거래요."

피오나는 시의 의미를 요약해 애덤에게 들려주었다. "그래서 사탄이 망치로 널 부수러 오는데 네 영혼을 두들기다 뜻하지 않게 금박으로 펴게 되고, 그 금박이 하느님의 사랑을 모두에게 비춰준다는 거지. 그리고 그 때문에 넌 구원을 받으니 네가 죽더라도 그다지 상관이 없다는 뜻이고."

"마이 레이디, 정확히 맞히셨어요." 아이는 흥분한 나머지 소리를 지르다시피 했다. 그러고는 다시 호흡을 고르기 위해 잠시 쉬어야만 했다. "간호사 누나들은 이해하지 못한 것 같아요. 도나만 빼고. 방금 여기 왔던 누나요. 크로스비 장로님은 이 시를 《파수대》에 실을 수 있도록 해보시겠대요."

"그거 참 굉장하네. 시인으로 앞날이 창창할 수도 있겠구나."

말뜻을 알아들은 애덤이 미소를 지었다.

"부모님은 네 시에 대해 어떻게 생각하시니?"

"엄마는 정말 좋아하세요. 아빠는 괜찮다고 생각은 하시는데, 시 쓰는 데 기운을 다 써버리면 건강을 회복하기 힘들다고 하시죠." 애덤은 다시 그녀 쪽으로 몸을 돌렸다. "하지만 마이 레이디는 어떻게 생각하실까요? 시 제목은 '망치'예요."

소년의 표정에 떠오른 갈망, 피오나에게 인정받고 싶다는 열망이 어찌나 강한지 피오나는 잠시 머뭇거렸다. 그러다가 말했다. "내 생각에는 진정한 시적 천재성이, 그러니까, 아주 약간 보이는 것 같구나."

애덤은 표정 변화 없이 계속 응시하며 다른 말이 더 나오기를 기다렸다. 피오나는 직전까지도 자신이 하려는 말이 무엇인지 알고 있다고 생각했으나 바로 그 순간 머리가 텅 비는 느낌이 들었다. 아이를 실망시키고 싶지 않았고 시를 논하는 일도 익숙하지 않았다.

애덤이 말했다. "왜 그렇게 말씀하세요?"

그녀도 알지 못했다. 지금 당장은. 도나가 다시 와서 장비와 환자 주변에서 부산스럽게 굴면 좋을 것 같았다. 그래서 그동안 자신은 열리지 않는 창문가로 가서 윈즈워스 공원을 내려다보며 무슨 말을 할지 생각할 수 있었으면 했다. 하지만 간호사는 앞으로 십오 분 동안은 오지 않을 터였다. 피오나는 일단 말을 시작하면 무슨 생각을 했는지 알게 될 것이라 기대했다. 학창시절과 비슷했다. 그 시절에는 대개의 경우 어떻게든 빠져나가곤 했다.

"시의 형태, 형식, 짧은 두 행씩 연결되면서 이루는 균형,

그러니까 너는 낮아졌다가 구원을 받아. 두 번째가 첫 번째를 극복하는 거지. 그게 좋아. 그리고 대장장이 같은 망치질 ……."

"길고 느린."

"음, 길고 느린, 좋아. 그리고 굉장히 압축적이잖아. 최고의 시들이 대개 그렇지." 피오나는 자신감이 되돌아오는 것을 느꼈다. "내 생각엔 역경을 헤치고 힘든 시간이 지나면 어떤 좋은 일이 생길 수도 있다고 말하는 시 같은데. 맞니?"

"네."

"그리고 하느님을 믿어야만 이 시를 이해하거나 좋아할 수 있는 건 아닌 것 같아."

애덤은 잠시 생각하더니 말했다. "믿어야 할 것 같은데요."

피오나가 말했다. "넌 시련을 겪어야만 좋은 시인이 된다고 생각하니?"

"위대한 시인은 모두 시련을 겪는다고 생각해요."

"그렇구나."

피오나는 옷소매를 매만지는 척하며 시계를 드러낸 다음 손을 허벅지로 내려 티 나지 않게 시간을 확인했다. 곧 대기 중인 법정으로 돌아가 판결을 내려야 했다.

하지만 애덤이 눈치를 챘다. "아직은 가지 마세요." 그가 속삭이며 말했다. "저녁밥 나올 때까지만 기다려주세요."

"좋아. 애덤, 말해봐. 부모님은 어떻게 생각하시지?"

"엄마는 잘 대처하고 계세요. 그냥 다 받아들인다고 해야 하나? 하느님께 맡기는 거죠. 그리고 굉장히 현실적인 분이어서 필요한 준비는 다 하고 의사랑 상담도 하고 이 방도 구해주셨어요. 여기가 다른 방보다 더 크거든요. 또 바이올린도 구해주셨고요. 근데 아빠는 뭐랄까, 허물어지는 것 같아요. 예전엔 흙 파는 기계 같은 것들을 책임지고 일을 해결하고 그러시던 분인데."

"그럼 수혈 거부는?"

"그게 왜요?"

"부모님은 거기에 대해 너한테 뭐라고 하시니?"

"말할 게 별로 없어요. 우린 뭐가 옳은지 아니까."

눈을 똑바로 보며 말하는 애덤의 목소리에 딱히 도전적인 기미는 없었고 피오나 또한 그 말을 전적으로 믿었다. 애덤과 그의 부모, 회중과 장로들은 자신들에게 무엇이 옳은지 알고 있었다. 불쾌하게 머리가 멍하고 텅 비어버린 느낌, 모든 의미가 사라져버린 듯한 느낌이 들었다. 이 아이가 죽건 살건 사실 별 상관없다는 불경한 생각이 떠올랐다. 모든 게 그다지 달라지지 않을 것이다. 깊은 슬픔과 어쩌면 쓰라린 후회와 정겨운 추억을 뒤로하고 삶은 다시 계속되겠지. 아이를 사랑했던 사람들이 나이 들고 죽어가면서 슬픔도 후회도 추억도 점점 옅어지다가 결국엔 아무런 의미도 남지 않을 것이다. 종교나 도덕체계는(내 종교와 도덕체계도 마찬가지로) 멀리서 바라보는 산맥의 빽빽한 봉우리들 같아서, 어떤 것도 다른 것보다 더 눈에 띄게 높거나 더 중요하거나 더 진실하지 않다. 판단이 무슨 의미가 있겠는가?

피오나는 고개를 흔들어 그런 생각을 몰아냈다. 아까 도나가 들어오기 직전에 하려고 했던 질문이 아직 남아 있었다. 그 질문을 꺼내자 기분이 좀 나아졌다.

"네 아버지가 종교적인 논점을 몇 가지 설명하셨는데, 난 네가 직접 하는 말을 듣고 싶구나. 수혈을 안 받으려는 이유가 정확히 뭐지?"

"옳지 않기 때문이에요."

"계속해봐."

"그리고 하느님께서 옳지 않다고 말씀하셨고요."

"왜 그게 옳지 않지?"

"다른 옳지 않은 것들은 왜 그런가요? 우리가 그렇다는 사실을 알기 때문이죠. 고문, 살인, 거짓말, 도둑질. 나쁜 사람을 고문해서 좋은 정보를 얻을 수 있다 해도 우린 그게 옳지 않다는 걸 알아요. 우리가 아는 이유는 하느님께서 우리에게 가르침을 주셨기 때문이에요. 비록……"

"수혈이 고문하고 같은 건가?"

구석에 앉아 있던 머리나가 몸을 뒤척였다. 애덤은 한마디할 때마다 숨을 헐떡이며 설명을 해나갔다. 수혈과 고문은둘 다 옳지 않다는 점에서만 비슷하며 우리는 그것을 가슴으로 알고 있다고 했다. 또 레위기와 사도행전을 인용하며 영혼의 진수로서 피에 대해, 글자 그대로의 하느님 말씀에 대해, 오염에 대해 이야기했다. 애덤은 영리한 고등학생, 학교토론회의 스타처럼 자기 의견을 늘어놓았다. 제 말에 감동받은 듯 보랏빛 검은 눈이 빛났다. 피오나는 소년의 말에서 아버지가 사용한 것과 똑같은 어구를 확인했다. 하지만 애덤은기초적인 사실을 최초로 발견한 사람처럼, 교리를 받아들인사람이 아니라 만들어낸 사람처럼 이야기했다. 그녀는 충실하게, 열정적으로 재현한 설교를 듣는 셈이었다. 아이는 종파의 대변인임을 자임하며 자신과 자신이 속한 회중은 자명한진리로 아는 것들을 따르며 살고자 하니 사람들이 그들을 내버려두었으면 한다고 말했다.

피오나는 애덤의 말을 경청했고 눈을 바라보며 가끔씩 고개를 끄덕였다. 그리고 자연스럽게 이야기가 멈췄을 때 의자에서 일어서며 말했다. "이것만 확인하자, 애덤. 너를 위한 최선의 이익에 부합하는 것이 무엇인지, 최종 결정은 내가 내린다는 사실을 알고 있을 거야. 내가 만일 병원 쪽에 네 의사와 상관없이 수혈을 허가하는 판결을 내린다면, 너는 무슨 생각을 할까?"

몸을 일으켜 거칠게 숨을 쉬고 있던 애덤은 그 질문에 살짝 늘어지는 듯했지만 이내 미소를 띠었다. "마이 레이디가 간섭이 심한 참견쟁이라고 생각하겠죠."

예상치 못한 격의 없는 말투, 터무니없이 가벼운 응답, 고스란히 드러난 그녀의 놀란 표정으로 인해 두 사람은 웃음을 터트렸다. 마침 가방과 공책을 챙기던 머리나는 어리둥절한 표정을 지어 보였다.

피오나가 이번에는 숨기지 않고 시계를 확인했다. 그녀가 말했다. "네가 누구 못지않게 자기 생각을 잘 이해하고 있다는 걸 확실히 보여줬어."

애덤은 예의를 갖춰 엄숙하게 말했다. "감사합니다. 오늘밤에 부모님께 그렇게 말씀드릴게요. 하지만 가지 마세요. 저녁밥이 아직 안 나왔잖아요. 다른 시도 읽어드릴까요?"

"애덤, 난 법정으로 돌아가야 해." 하지만 피오나 역시 병과 상관없는 얘기로 화제를 돌리고 싶은 마음이 간절했다.

침대 위로 반쯤 그림자 속에 놓인 활이 보였다.

"가기 전에 잠시 바이올린을 좀 볼까?"

사물함 옆 침대 밑에 케이스가 떨어져 있었다. 그녀는 그것을 집어 아이 무릎에 놓아주었다.

"그냥 초보자들이 쓰는 학교 바이올린이에요." 말과는 달리 애덤은 대단히 조심스럽게 바이올린을 꺼내 보여주었고, 두 사람은 곡선을 살린 밤색 나무와 검은색 테두리, 그리고 정교한 스크롤*을 감탄하며 바라보았다.

피오나가 옻칠한 표면에 손을 대자 애덤도 가까이에 제 손을 올렸다. 그녀가 말했다. "바이올린은 아름다운 악기야. 어쩐지 볼 때마다 이 모양이 사람하고 닮았다는 생각이 들어."

애덤은 사물함에서 초급 바이올린 교본을 꺼내려 했다. 연주를 시킬 의도는 없었지만 막을 수가 없었다. 병과 순진한 열의가 소년을 어찌해볼 수 없게 만들었다.

"오늘까지 정확히 사 주 동안 배웠는데 열 곡 정도 연주할 수 있어요." 그런 자랑 때문에라도 아이를 막을 수가 없었다. 애덤은 조바심을 내며 악보를 넘겼다. 피오나는 머리나를 바라보며 어깨를 으쓱했다.

---

* 바이올린에서 나선형 장식이 조각된 끝부분.

"하지만 이건 그중에도 제일 어려운 거예요. 샤프가 두 개나 붙었거든요. D장조예요."

피오나는 악보를 거꾸로 보고 있었다. 그녀가 말했다. "B단조일 수도 있어."

애덤은 그녀의 말을 듣지 않았다. 벌써 똑바로 앉아 바이올린을 턱 밑에 끼우고 튜닝도 하지 않은 채 연주를 시작했다. 피오나도 잘 아는 슬프고 아름다운 선율, 아일랜드 전통 곡조였다. 예이츠의 시 〈버드나무 정원을 지나〉에 벤저민 브리튼이 곡을 붙인 것으로 예전에 마크 버너와 함께 연주한 적이 있었다. 두 사람의 앙코르곡 중 하나였다. 애덤은 그 곡을 비브라토*도 없이 찍찍 긁는 소리를 내며 연주했지만 음높이는 두세 군데만 빼면 정확한 편이었다. 그 우수에 젖은 곡조, 그리고 너무도 희망적이며 꾸밈없는 연주 방식이 피오나가 소년에 대해 이해하기 시작한 모든 것을 표현하고 있었다. 그녀는 시인이 쓴 후회의 말을 외웠다. 하지만 나는 젊고 어리석었기에…… 애덤의 연주를 듣고 있자니 당황스러운 가운데서도 마음에 동요가 일었다. 바이올린에, 아니 어떤 악기에라도 취미를 붙이는 것은 희망의 행위이며 미래를 암시했다.

---

* 음을 상하로 가늘게 떨어 아름답게 울리게 하는 기법.

159

연주가 끝나자 피오나와 머리나는 박수를 쳤고 애덤은 침대 위에서 어색한 인사를 했다.

"엄청난데!"

"환상적이야!"

"겨우 사 주 만에 이 정도라니!"

피오나는 감정을 억누르기 위해 기술적인 의견을 덧붙였다. "이 조성에서는 C음에 샤프가 붙는다는 걸 기억해."

"아, 네. 한 번에 너무 많은 걸 생각해야 해서요."

그때 그녀는 스스로도 예상 가능한 범위를 넘어선, 판사로서 권위를 해칠 수도 있는 위험한 제안을 하고 말았다. 그 상황, 그리고 세상과 단절된 영원한 황혼녘의 병실이 그런 분방함을 부추겼는지 몰랐다. 하지만 무엇보다 아이의 연주, 애를 쓰며 열중하는 모습, 능숙하지 못한 긁는 소리가 너무도 순수하게 드러내는 갈망에 피오나는 깊이 감동했고 그런 충동적인 제안을 하기에 이른 것이었다.

"그럼 다시 연주해봐. 이번엔 내가 노래를 따라 부를게."

머리나가 자리에서 일어나 미간을 찌푸리는 모습이 어쩌면 자신이 개입해야 하는 건 아닌지 생각하는 듯했다.

애덤이 말했다. "가사가 있는 줄은 몰랐어요."

"아, 있단다. 아름다운 가사가 두 절이나 있지."

감동적인 엄숙한 태도로 아이는 바이올린을 턱에 대고 피오나를 쳐다보았다. 애덤이 연주를 시작했을 때 그녀는 높은 음에 수월하게 맞춰 들어가는 자신의 목소리를 듣고 기분이 좋아졌다. 늘 목소리를 남몰래 자랑스러워했지만 과거에 단원으로 있던 그레이즈인 합창단 밖에서는 써볼 기회를 얻지 못했었다. 바이올리니스트가 이번에는 C샤프를 기억했다. 두 사람은 첫 번째 절에서는 소심하게, 마치 상대에게 미안해하는 듯싶더니 두 번째 절에서는 서로를 마주 보기까지 했다. 문간에 서서 아연히 바라보는 머리나는 완전히 잊어버린 채 피오나는 더 크게 노래했고, 애덤의 미숙한 활은 더 과감해졌으며, 두 사람은 지난날을 한탄하는 애절한 마음속으로 마음껏 빠져들었다.

강변의 들판에 내 사랑과 나는 서 있었지.
기울어진 내 어깨에 그녀가 눈처럼 흰 손을 얹었네.
강둑에 풀이 자라듯 인생을 편히 받아들이라고 그녀는 말했지.
하지만 나는 젊고 어리석었기에 이제야 눈물 흘리네.

연주가 끝나자 갈색 재킷을 입은 청년이 손수레를 방으로 밀고 들어왔고, 무광 스테인리스 식판 덮개가 흥겹게 쩔렁거렸다. 머리나는 간호사실로 가고 없었다.

애덤이 말했다. "'기울어진 내 어깨' 부분이 좋아요, 안 그래요? 한 번만 더 해요."

피오나는 고개를 저으며 아이에게서 바이올린을 받아 케이스에 넣었다. "인생을 편히 받아들이라고 그녀는 말했지." 피오나가 가사의 한 구절을 인용했다.

"정말 조금만 더 있다 가세요. 제발요."

"애덤, 이제 정말 가야 돼."

"그럼 이메일 주소라도 알려주세요."

"스트랜드 스트리트, 왕립재판소, 메이 판사. 그 정도면 찾을 수 있을 거야."

피오나는 잠깐 동안 애덤의 가늘고 차가운 손목에 자신의 손을 올려놓았다. 그런 다음 더 이상의 항의나 간청은 듣고 싶지 않은 마음으로, 뒤돌아보지 않고 문을 향해 걸어가며 등 뒤에서 힘없이 외치는 소년의 질문을 무시했다.

"또 오실 거예요?"

런던 중심부로 돌아가는 길은 훨씬 빨랐고 그사이 두 여자

는 아무 말도 하지 않았다. 머리나가 남편과 아이들과 긴 통화를 하는 동안 피오나는 판결문과 관련한 메모를 했다. 그녀는 정문을 통해 재판소로 들어간 즉시 나이절 폴링이 기다리는 사무실로 향했다. 그는 내일, 필요하다면 공고 후 한 시간 이내로 항소재판을 진행할 만반의 준비가 되어 있음을 확인해주었다. 또한 오늘밤 심리는 취재진을 모두 수용할 수 있도록 넓은 법정으로 옮겨 열릴 것이라고 했다.

판사가 입장하고 참석자들이 기립했을 때는 아홉시 십오분을 막 넘긴 시각이었다. 실내가 정숙해지자 피오나는 기자들 사이의 조바심을 감지했다. 신문사 입장에서는 편한 시간이 아니었다. 판사의 말이 아무리 간결하다 해도 기사는 잘해봐야 후속판에나 실릴 예정이었다. 피오나 바로 앞에는 변호사들과 머리나 그린이 앞선 재판에서와 배치는 동일하지만 서로 간의 간격은 좀더 넓게 자리를 잡고 있었는데, 헨리만이 자신의 변호사 뒤에서 아내 없이 홀로 앉아 있었다.

피오나는 자리에 앉자마자 의례적인 도입 발언을 시작했다.

"한 병원이 십대 소년 A를 그의 의사에 반하여 치료할 수 있도록 허가해달라는 긴급청구를 제기했습니다. 치료방법은 병원이 의학적으로 적절하다고 판단하는 통상적인 시술이며, 소년의 경우에는 수혈이 포함됩니다. 병원은 특정사안명령에 따르는 구제책을 찾고자 합니다. 이 청구는 사십팔 시간 전에 일방 당사자로부터 제기되었고, 당직 판사로서 저는 병원의 서약을 조건으로 청구를 승인했습니다. 저는 지금 막 병원에서 A를 만나고 돌아오는 길이며, 동행한 사람은 카프카스에서 나온 머리나 그린 부인입니다. A와는 한 시간 동안 면담했습니다. 한눈에도 환자가 극도로 위중한 상태임을 알 수 있었습니다. 그러나 환자의 지적 능력은 전혀 손상되지 않았으며, 제게 자신의 의사를 대단히 명확하게 밝힐 수 있었습니다. 치료를 담당한 고문의사는 본 법정에서 내일이면 A의 상태가 생사를 다투는 문제가 될 것이라 예상했고, 그런 이유로 저는 화요일 밤 이런 늦은 시간에 판결을 내리게 된 것입니다."

피오나는 여러 변호사와 그들의 사무변호사, 머리나 그린, 병원 등을 호명하며 긴급하고 어려운 사안을 결정하는 데 도움을 준 것에 대해 감사를 표했다.

"소년의 부모는 침착하게 믿고 따르는 종교적 신념에 근거하여 병원의 청구를 반대하고 있습니다. 두 사람의 아들 역시 청구에 반대하며 종교적 원칙을 깊이 이해하고 나이보다 상당히 성숙하여 자신의 의사를 명확히 개진하고 있습니다."

이제 그녀는 아이의 병력과 백혈병에 대해, 그리고 일반적으로 좋은 결과를 내는 승인받은 치료법에 대해 정리했다. 그러고는 통상적으로 투약하는 약제 두 종이 빈혈을 야기했고 이를 수혈을 통해 치료해야 한다고 설명했다. 피오나는 고문의사가 제출한 증거자료를 요약하고, 감소하는 헤모글로빈 수치와 이에 대처하지 못할 경우 나타날 심각한 예후를 특별히 언급했다. 피오나는 A가 호흡곤란을 겪고 있음을 직접 확인했다고 말하며 다음의 설명을 이어갔다.

본 청구에 대한 반대의견은 세 가지 주요 쟁점에 근거하고 있다. 첫째로 A가 3개월만 지나면 18세 생일을 맞을 것이고 매우 총명하여 자신의 결정이 초래할 결과를 이해하고 있어 길릭 권한을 인정받아야 한다는 점, 다시 말해 성인과 마찬가지로 자기결정권을 인정받을 만하다는 것이다. 둘째, 치료를 거부할 권리는 기본적 인권에 해당하며 따라서 법정은 이에 대한 개입에 극도로 신중해야 한다는 점이다. 셋째로 A의 종교적 신념이 진실하며 법정은 그 신념을 존중해야 한다는 점이다.

피오나는 세 가지 쟁점을 하나씩 차례로 언급했다. 그리고 관련 법령인 1969년 개정가족법 제8조를 환기해준 것에 대해 A의 부모 측 변호사에게 감사를 표했다. 그것은 16세 아동의 치료 동의는 '성인의 경우와 동일한 효력을 지닌다'는 조항이었다. 그녀는 스카먼 판사의 판결을 인용하며 길릭 권한의 조건을 정리했다. 그리고 권한을 인정받은 16세 미만의 아동이 경우에 따라 부모의 의사에 반하여 치료에 동의하는 것과, 18세 미만의 아동이 생명을 살리는 치료를 거부하는 것은 분명히 다르다는 사실을 지적했다. 그러면 판사는 이날 저녁의 만남을 통해 A가 본인과 부모의 바람을 인정받으면 어떤 결과가 초래될지 그 의미를 완전히 이해한다고 판단했는가?

"A가 비범한 아이임에는 의심의 여지가 없습니다. 오늘 저녁 간호사 한 명이 그랬듯이 사랑스러운 소년이라고까지 말할 수 있을 것 같습니다. 그리고 소년의 부모도 그 말에 동의하리라 확신합니다. A는 17세라는 나이를 뛰어넘는 탁월한 통찰력을 보였습니다. 하지만 앞으로 겪게 될 시련에 대해서나 고통과 무기력이 점점 심해질 때 맞닥뜨릴 공포에 대해서는 뚜렷한 이해가 부족하다고 느꼈습니다. 사실 이 소년은 시련을 낭만적으로 생각합니다. 그러나……"

피오나가 바로 뒷말을 잇지 않고 메모한 내용을 내려다보는 동안 법정에는 긴장된 침묵이 흘렀다.

"그러나 A가 자신의 상황을 완전히 이해하는지 아닌지는 제 판단에 궁극적으로 영향을 미치지 않습니다. 대신 위드 판사가 재직 당시 미성년자 E에 대해 내린 결정, 역시 여호와의 증인인 십대 청소년 관련 판결을 지침으로 삼겠습니다. 해당 판결문에서 워드 판사는 다음과 같이 논평했습니다. '그러므로 아동의 복지는 이번 판결에서 가장 중요한 고려사항이며, 나는 무엇이 E의 복지를 좌우할지 판단해야 한다.' 이 견해는 1989년 아동법의 금지 명령에 명확하게 구체화되어 있습니다. 1989년 아동법은 그 도입부에서 가장 중요한 것은 아동의 복지임을 주창했습니다. 저는 '복지'가 '안녕'과 '이익'을 포괄하는 개념이라고 생각합니다. 또한 저는 A의 의사를 고려할 의무도 있습니다. 이미 언급했듯이 A는 제게 본인의 의사를 뚜렷이 전달했고 A의 아버지 역시 본 법정에서 본인의 의사를 표명한 바 있습니다. 성경의 세 구절에 대한 특정한 해석에서 끌어온 종교적 교리에 의거하여 A는 생명을 구할 가능성이 큰 수혈을 거부하고 있습니다.

치료 거부는 성인의 기본적 권리입니다. 성인을 본인의 의지에 반하여 치료하는 것은 형사상 범죄로서 폭행에 해당하는 행위입니다. A는 스스로 의사결정을 내릴 수 있는 나이에 근접해 있습니다. 종교적 신념을 위해 죽음을 각오한다는 사실은 그 믿음이 얼마나 심오한지 증명합니다. 또한 그의 부모가 끔찍이 사랑하는 자식을 신앙을 위해 희생시킬 각오를

한다는 사실은 여호와의 증인이 고수하는 교리의 힘을 보여
줍니다."

다시 피오나는 말을 멈췄고 방청석의 청중은 기다렸다.

"바로 이 힘 때문에 저는 멈춰 서게 됩니다. 왜냐하면 A는
17세가 되도록 종교적, 철학적 사고라는 격변하는 영역에서
다른 표본을 접해본 경험이 거의 없기 때문입니다. 이 기독
교 종파는 신자들 간의 열린 논쟁이나 반대의견을 장려하는
문화가 아닙니다. 회중의 신자들은 자신들을 '다른 양'이라
부른다는데요, 적절한 명칭이라 말하는 사람도 있겠습니다.
저는 A의 정신, 견해가 온전히 자신의 것이라고 생각하지 않
습니다. A는 아동기 내내 강력한 하나의 세계관에 단색으로,
중단 없이 노출된 채 살아왔고, 그런 배경이 삶의 조건을 좌
우하지 않았을 수는 없습니다. 고통스럽고 불필요한 죽음을
감수하는 것, 그리하여 신앙을 위해 순교자가 되는 것이 A의
복지를 도모하는 길은 아닐 것입니다. 여호와의 증인은 다른
종교와 마찬가지로 사후세계의 개념이 명확하며 종말의 날
에 대한 예측, 즉 종말신학 역시 확고하고 매우 상세합니다.
본 법정은 내세에 관해 어떤 견해도 가지고 있지 않습니다.
어쨌든 A는 언젠가 스스로 내세를 찾거나 혹은 찾지 못하게
되거나 하겠지요. 한편 건강을 회복한다는 가정하에 A의 복

지에 더 도움이 되는 것은 시에 대한 사랑, 새롭게 발견한 바이올린에 대한 열정, 활발한 사고력 발휘와 장난기 많고 다정한 본성의 표현이며, 그리고 아이 앞에 펼쳐질 모든 삶과 사랑입니다. 요컨대 저는 A와 그의 부모, 회중의 장로들이 본 법정이 가장 중시하는 A의 복지에 해로운 결정을 내렸다고 판단합니다. A는 그런 결정으로부터 보호받아야 합니다. A는 그의 종교로부터, 그리고 자기 자신으로부터 보호받아야 합니다.

해결이 쉬운 문제는 아닙니다. 저는 판결을 내리는 데 있어서 A의 나이와, 마땅히 존중받아야 할 신앙과, 치료를 거부할 권리에 내포된 개인의 존엄성에 응분의 비중을 두었습니다. 본 판결에서 A의 존엄성보다 소중한 것은 A의 생명입니다.

그래서 저는 A와 그 부모가 제기한 반대의견을 기각하겠습니다. 본 판사의 지시와 선고는 다음과 같습니다. 첫 번째, 두 번째 피청구인인 A 부모의 수혈 동의, 그리고 세 번째 피청구인인 A 본인의 수혈 동의는 받지 않아도 좋습니다. 따라서 청구인인 병원이 A에게 필요하다고 판단되는 방법으로, 혈액과 그 제제의 투여가 수반된다는 이해하에, 수혈을 통해 치료하는 행위는 적법할 것입니다."

열한시가 다 되어서야 피오나는 재판소에서 나와 집을 향해 걷기 시작했다. 그 시간이면 링컨즈인의 문이 잠겨 있어 그곳을 가로질러 갈 수가 없었다. 챈서리 레인으로 올라가기 전에 플리트 스트리트를 잠시 걸어 24시간 편의점에 들러 음식을 샀다. 전날 밤 같으면 이것도 암울한 과제였겠지만 이제는 홀가분한 기분까지 들었다. 아마도 이틀간 제대로 된 식사를 못 했기 때문일 터였다. 조명이 너무 밝은 비좁은 가게 안에서 요란하게 포장된 상품들의 '폭발하는' 빨강과 자주, '눈부신 별빛' 노랑이 그녀의 맥박에 맞춰 매대 위에서 고동치고 있었다. 피오나는 냉동 생선파이를 사고 여러 가지 과일을 손에 들어보며 골랐다. 계산대 앞에서 돈을 꺼내려 더듬거리다 그녀는 바닥에 동전을 떨어뜨렸다. 계산대에서 일하던 날렵한 아시아계 청년이 굴러가는 동전을 발로 깔끔하게 막아내더니 그녀를 감싸주는 듯한 미소와 함께 손바닥에 동전을 올려주었다. 피오나는 자신이 청년의 눈에 어떻게 비칠지 상상해보았다. 청년은 그녀의 피로한 얼굴을 보면서 아마도 맞춤재킷의 고급스러움은 무시하거나 알아보지 못한 채로, 혼자 살고 혼자 밥을 먹으며 이제 뭐 하나 제대로 하는 게 없는 순진한 노파가 너무 야심한 시간에 밖으로 나와 돌아다닌다고 생각할 것 같았다.

하이홀본을 따라 걸으며 피오나는 〈버드나무 정원〉을 흥얼거렸다. 과일과 저녁거리가 든 딱딱하고 묵직한 포장재가 봉투 안에서 흔들거리며 다리에 닿는 느낌이 위로가 되어주었다. 전자레인지에서 파이가 데워지는 동안 잘 준비를 하고, 잠옷 가운 차림으로 TV의 24시간 뉴스를 보며 음식을 먹고 나면, 그 무엇도 잠을 방해할 수 없을 것 같았다. 약의 도움이 필요 없는 잠. 내일 일정 중에는 초호화판 이혼 소송이 있었다. 아주 유명한 기타리스트와 약간 유명한 아내. 감상적인 사랑 노래 가수인 아내는 뛰어난 사무변호사를 고용했고 남편이 가진 이천칠백만 파운드 중 상당액을 원했다. 오늘 일에 비하면 별 알맹이도 없는 재판이지만 언론의 관심은 마찬가지로 뜨거웠고 법 또한 마찬가지로 엄중할 터였다.

피오나는 그레이즈인으로, 그녀의 익숙한 안식처로 길을 꺾어 들어섰다. 안쪽으로 들어갈수록 도심의 교통 소음이 점점 잦아드는 것이 항상 좋았다. 외부인의 출입이 제한된 이유서 깊은 공동체는 법정변호사나 판사이면서 동시에 음악가, 와인 애호가, 작가 지망생, 플라이낚시꾼, 재담가이기도 한 이들의 성채였다. 온갖 뒷소문과 전문지식의 둥지였으며 프랜시스 베이컨의 이성적인 영혼이 깃든 멋진 정원이었다. 그녀는 이곳을 사랑했고 절대로 떠나고 싶지 않았다.

건물로 들어간 피오나는 타이머를 맞춰둔 조명이 켜져 있음을 확인하고 이층으로 올라갔다. 늘 그렇듯 거친 삐걱 소리를 내는 네 번째와 일곱 번째 계단을 지나 이층 계단참으로 이어지는 마지막 계단을 오르며, 그녀는 모든 것을 보았고 즉시 이해했다. 남편이 거기 있었다. 한 손에 책을 들고 막 일어서는 그의 뒤쪽 벽에는 의자 구실을 한 여행가방이 보였고, 바닥에 내려놓은 재킷 옆으로는 종이를 쏟아낸 서류가방이 입구가 열린 채 놓여 있었다. 잠긴 문 밖에서 기다리는 동안 일을 한 것이었다. 안 될 거야 없지. 잭은 흐트러지고 짜증난 모습이었다. 잠긴 문 밖에서 아주 오랫동안 기다렸을 테니까. 여행가방을 보니 분명 깨끗한 셔츠와 책만 가지러 온 것은 아니었다. 그리고 머릿속에 바로 떠오른 생각, 우울하고 이기적인 생각은 일인분 저녁식사를 나눠먹을 수밖에 없겠다는 것. 하지만 곧바로 그러지 않기로 마음먹었다. 차라리 안 먹는 편이 낫지.

피오나는 마지막 몇 계단을 올랐고 아무 말 없이 가방에서 열쇠를, 새 열쇠를 꺼냈고 잭의 곁을 빙 돌아 문까지 걸어갔다. 먼저 말문을 여는 사람은 그여야만 했다.

잭의 말투에는 짜증이 배어 있었다. "저녁 내내 전화했어."

문을 연 피오나는 뒤도 돌아보지 않고 안으로 들어갔고, 부엌으로 가 탁자에 물건들을 대충 내려놓은 다음 잠시 멈춰 서 있었다. 가슴이 너무 심하게 두근거렸다. 잭이 가방을 들여놓으며 신경질적으로 숨을 내쉬는 소리가 들렸다. 언쟁이 있을 거라면, 그녀는 원하지 않았지만, 당장은 싫었지만, 어쨌든 부엌은 너무 막힌 공간이었다. 피오나는 서류가방을 집어 들고 재빨리 거실로 가서 늘 앉는 긴 의자에 자리를 잡았다. 앉은 자리 근처에 서류를 몇 장 늘어놓은 건 자기보호의 한 방식이었다. 그마저 없다면 무엇을 어떻게 해야 할지 알 수 없을 것 같았다.

잭이 여행가방을 끌고 덜그럭거리며 복도를 지나 안방으로 들어가는 소리가 마치 어떤 게임의 첫 수처럼 느껴졌다. 또한 모욕으로도. 습관의 힘에 이끌려 그녀는 신발을 벗고 아무 서류나 되는대로 집어 들었다. 기타리스트에게는 마르베야*에 근사한 별장이 하나 있었다. 사랑 노래 가수는 그것을 가지고 싶어 했다. 하지만 별장은 기타리스트가 결혼 전에 취득한 재산으로서 전처에게 런던 중심부에 있는 본가를

---

* 스페인 남부 해안의 관광 도시.

비워주는 대가로 받은 것이다. 그리고 전처는 첫 남편과의 이혼 소송에서 그 별장을 손에 넣었다. 무관한 자산, 피오나는 무심결에 판결을 내렸다.

마룻바닥이 삐걱거리는 소리에 고개를 들었다. 잭이 문간에서 잠깐 멈칫하다 들어와 술을 따르러 가고 있었다. 청바지에 가슴까지 단추를 풀어헤친 흰 셔츠 차림이었다. 혹시 자기가 성적 매력을 풍기고 있다고 상상하는 걸까? 면도하지 않은 얼굴이 눈에 들어왔다. 거실 맞은편에서도 희끗희끗해지기 시작한 까칠한 수염이 눈에 띄었다. 애처로웠다. 남편도 자신도 다 애처로웠다. 잭은 잠자리에 들기 전에 스카치를 한 잔 따르더니 그녀 쪽으로 병을 들어 보였다. 피오나는 고개를 저었다. 그는 어깨를 으쓱하고는 거실을 가로질러 자기 의자 쪽으로 갔다. 그녀는 흥을 깨는 사람, 특별한 상황에 둔감한 사람인 것이다. 잭은 편안한 한숨을 내쉬며 의자에 앉았다. 남편 의자, 내 의자, 다시 결혼생활로 복귀. 피오나는 손에 든 서류를 바라보며 기타리스트가 어떤 세상을 원하는지 묘사하는 아내의 주장을 읽어보았지만 머리에 들어오지 않았다. 침묵이 흐르는 가운데 잭은 술을 마셨고, 그녀는 방 저편의, 딱 집어 어디라고 말하기 힘든 곳을 물끄러미 쳐다보았다.

그리고 그가 말했다. "있지, 피오나, 난 당신 사랑해."

몇 초가 흐르고 그녀가 말했다. "당신은 손님용 침실에서 잤으면 해."

잭은 동의의 뜻으로 머리를 숙였다. "가방 옮길게."

그는 일어서지 않았다. 두 사람 다 입 밖에 내지 않은 말들의 활력을 인지했고, 지금 그 보이지 않는 기운이 그들을 휘감고 있었다. 피오나는 그에게 아파트에서 나가라고 하지 않았다. 여기서 자는 데 암묵적으로 동의한 것이다. 잭은 통계 전문가에게 쫓겨났는지, 스스로 마음을 바꿨는지, 무덤으로 갈 때 여한이 없도록 충분히 열락에 빠져보기는 했는지 아직 말하지 않았다. 바뀐 자물쇠에 대해서도 아직 언급하지 않았다. 아마도 피오나가 왜 이렇게 늦게 들어왔는지 의심하고 있을 터였다. 그녀는 남편을 보는 것조차 힘들었다. 이제 요구되는 것은 싸움이겠지. 긴 시간 동안 몇 장(章)에 걸쳐 펼쳐질 싸움. 원한에 사무쳐 다른 일까지 들추는 때도 있을 테고, 그는 뉘우치는 마음을 불평으로 포장해 표현하기도 할 거야. 이 남자를 다시 침대에 들이기까지 몇 달이 걸릴지 모르는 데다, 둘 사이에는 다른 여자의 환영이 영원히 머물 거야. 하지만 예전에 함께했던 시간들이 있으니 되돌아가는 길을 어느 정도는 찾게 되겠지.

그러기 위해 얼마나 엄청난 노력이 필요할지 예측 가능한 과정들을 떠올려보니 피오나는 더욱 피곤해졌다. 그런데도 그녀는 거기 묶여 있었다. 조만간 출간하기로 계약한, 지루하지만 꼭 필요한 법 규정집에 묶여 있는 것과 마찬가지로. 마침내 피오나도 술을 한잔 마시고 싶다는 생각이 들었지만 그러면 축하 분위기가 날 것 같았다. 화해는 요원한 일처럼 느껴졌다. 무엇보다, 사랑한다는 남편의 말을 또 들을 자신이 없었다. 혼자 어둠 속에서 침대에 반듯이 누워 과일을 좀 먹다가 남은 건 그냥 바닥에 떨어뜨린 채 기절하듯 잠들고 싶었다. 누가 그걸 막는다고? 피오나는 자리에서 일어나 서류를 챙기기 시작했고, 바로 그때 그가 이야기를 시작했다.

폭포처럼 쏟아진 말은 반은 사과였고 반은 자기정당화였으며, 일부는 전에 들은 내용이었다. 언젠가는 죽는다는 깨달음, 오랜 세월 신의를 지켜왔다는 사실, 어떤 기분인지 알고 싶다는 억누를 수 없는 호기심. 그런데 그날 밤 집을 나가자마자, 멜러니의 집에 도착하자마자 실수라는 걸 깨달았어. 그 여자는 낯선 사람, 내가 이해하지 못하는 사람이었어. 그리고 침실에 들어갔는데……

피오나는 경고의 의미로 손을 들었다. 침실 이야기는 듣고 싶지 않았다. 그는 잠시 멈춰 생각하더니 다시 말을 이어갔

176

다. 내가 바보라는 걸 깨달았어. 성욕에 휩쓸리다니. 그날 밤 그 여자가 문을 열어줬을 때 바로 돌아 나왔어야 했는데, 당황스러워서 계속 밀고 나가야 할 것 같았어.

서류가방을 배에 대고 꽉 틀어쥔 채 방 한가운데 선 피오나는 남편을 쳐다보며 어떻게 말을 끊을까 생각하고 있었다. 놀랍게도 아직까지, 본격 부부생활 드라마의 첫 장면이 막 펼쳐진 이 순간에도 아까 불렀던 아일랜드 노래만이 계속 머릿속에 맴돌았다. 머릿속 노래는 잭이 쏟아내는 말의 리듬에 맞춰 속도를 높였고, 거리의 악사가 손풍금 손잡이를 돌려 연주하는 음악처럼 기계적이면서도 경쾌했다. 그녀의 감정은 혼란스럽고 피곤 때문에 흐릿했으며, 남편의 처량한 말들에 휩쓸린 이 상황에서는 어떻게 정의를 내리기도 힘들었다. 분노니 쓰라린 원망보다는 약하지만 단순한 체념보다는 강한 감정이었다.

남편은 정말이라고, 멜러니의 아파트에 일단 도착하고 나니 시작했던 걸 계속 밀고 나가야 한다는 멍청한 생각이 들었다고 말했다. "그리고 덫에 걸린 느낌이 강해질수록 모든 걸 위태롭게 만든 내가 얼마나 바보인지 절절히 깨달았어. 우리가 함께 만들었던 모든 것, 이 사랑이……"

"나 오늘 정말 바빴어." 피오나는 거실을 가로지르며 말했다. "당신 여행가방은 복도에 내놓을게."

그녀는 부엌에 들러 탁자에 놓인 봉투에서 사과와 바나나 한 개씩을 꺼냈다. 그것들을 손에 들고 침실로 향하노라니 상대적으로 행복했던 퇴근길의 산책이 떠올랐다. 어느 정도 편안해지기 시작했다고 느끼던 시간이다. 이제는 되살리기 힘들어진 느낌. 피오나는 문을 밀고 들어가 침대 옆에 새침하게 서 있는 바퀴 달린 여행가방을 보았다. 그리고 그때, 자신이 잭의 귀환에서 느끼는 감정이 무엇인지 분명하게 깨달았다. 정말 단순했다. 그건 실망이었다. 남편이 조금만 더 오래 나가 있었으면 했던 마음. 그 이상도 그 이하도 아닌, 단지 실망.

4

사실로 확인된 것은 아니지만 피오나가 받은 인상은 그랬다. 2012년 늦여름, 영국에서는 결혼이나 동거 관계에서 파탄과 곤경의 물살이 기이한 한사리처럼 불어나 가정을 통째로 휩쓸고 지나갔고, 소유물이건 희망찬 꿈이건 모두 산산이 부숴놓고 생존본능이 강하지 않은 사람들을 익사시켰다는 것. 사랑의 서약은 부정당하거나 고쳐 쓰였고, 한때 관대하던 동반자는 교활한 싸움꾼이 되어 비용 따위는 무시한 채 변호인 뒤에 웅크리고 앉아 있었다. 과거에는 관심도 없던 살림살이를 두고 격렬하게 쟁탈전을 치르고, 과거에는 쉬이 주고받던 신뢰가 신중하게 선택한 어휘로 작성하는 '합의'로 대체되었다. 소송 당사자의 머릿속에서 그들의 결혼은 항상 불운했던 것으로 그 역사가 새로 쓰이고, 사랑은 망상으로 재구성되었다. 그렇다면 아이들은? 게임의 점수판, 어머니가 이용하는 협상 카드이자 아버지의 금전적, 정서적 방치의 대상. 대개는 어머니가, 때로는 아버지가 실제의 학대 또는 상상 속의 학대 또는 냉소적으로 꾸며낸 학대 등을 이유로 상대를 비난할 핑곗거리. 아이들은 어리둥절한 얼굴로 매주 공동양육에 합의한 부모들의 집을 오갔고, 양측 사무변호사들은 새된 소리로 제자리에 놓여 있지 않은 아이의 외투나 필통에 대해 통보했고, 아버지를 한 달에 한두 번밖에 볼 수 없게 된 아이가 있는가 하면, 아예 새로운 결혼이라는 뜨거운 대장간 속으로 사라져 새로운 자식을 만들어내느라 여념이 없는 아버지를 다시는 볼 수 없게 된 아이도 있었다.

그렇다면 돈은? 여기 관련된 신조어는 반쪽진실과 특별 청원이었다. 탐욕스러운 남편 대 탐욕스러운 아내, 이들은 종전 후 국가들처럼 갖은 책략을 써가며 최종 철수 이전에 손에 넣을 수 있는 전리품은 있는 대로 죄다 거둬들이려 폐허를 헤집어놓았다. 해외계좌에 자금을 숨기는 남자, 안락한 삶을 영원히 보장받으려는 여자. 법원명령에도 불구하고 아이들이 아버지를 만나지 못하게 막는 어머니, 법원명령에도 불구하고 아이들의 양육 지원을 도외시하는 아버지. 아내와 아이를 때리는 남편, 거짓말을 달고 사는 독살스러운 아내, 한쪽 또는 양쪽 모두 술에 찌들었거나 약으로 정신이 혼미하거나 정신병적인 문제가 있는 부부. 그리고 다시 아이들로 돌아가자면, 부모 역할을 하기엔 부적절한 이들을 보살피도록 내몰리는 아이, 성적으로나 정신적으로 실제 학대당하는 아이와 법정 스크린에 중계되는 학대의 증거들. 그리고 가정법원이 아니라 형사법원에서 다뤄져 피오나의 손이 미치지 않는 사건들에서는, 아이를 고문하듯 괴롭히고 굶기고 때려죽이고 미신적 제의에 끌어들여 악귀를 내쫓는다며 몽둥이찜질을 하는 어른, 걸음마하는 아기의 뼈를 부러뜨리는 끔찍한 젊은 계부와 그 광경을 보고만 있던 순종적이고 아둔한 생모. 마약, 술, 끔찍하게 불결한 가정환경, 비명소리에만 선택적으로 귀머거리가 되는 무심한 이웃들, 그리고 부주의해서 또는 과중한 업무에 짓눌려 개입하지 못하는 사회복지사.

가사부의 일은 계속되었다. 그 많은 부부간의 갈등을 피오나가 맡게 된 것은 그저 재판 배정상의 운이었고, 자신이 그런 갈등을 겪고 있다는 것은 순전한 우연의 일치였다. 가사부 재판에서 사람들을 감옥에 보내는 일은 흔치 않았지만, 그럼에도 불구하고 피오나는 그들을 몽땅 감방에 처넣을 수 있지 않을까 하는 몽상에 젖을 때가 있었다. 아이들을 희생시켜 더 어린 아내를, 더 돈이 많고 덜 지루한 남편을, 교외의 다른 동네를, 새로운 섹스, 새로운 사랑, 새로운 세계관, 너무 늦기 전에 붙잡아야 할 근사한 새 출발의 기회를 원하는 이 소송 당사자 모두를. 단순한 쾌락을 좇는 사람들. 키치적 윤리의식의 소유자들. 자신에게 아이가 없다는 사실과 지금 남편과의 상황이 그런 백일몽을 꾸게 만들었을 것이고, 물론 실제로 진지하게 하는 생각도 아니었다. 그럼에도 사사로운 정신 영역 깊숙이에 자리한 감정은, 비록 법정에서 판결을 좌우하지는 않았지만, 가족을 갈라놓으면서도 최선의 대안을 찾기 위해 사심 없이 노력했다고 굳게 믿는 남녀들에 대한 청교도적인 경멸이었다. 이런 머릿속 실험에서 피오나는 아이 없는 부부 또한 제외시키지 않았고, 최소한 잭은 결코 봐주는 법이 없었다. 새로움을 찾느라 변질된 결혼생활을 병원 수술실에서처럼 꼼꼼히 세척하는 과정이랄까? 안 될 건 또 뭐란 말인가?

왜냐하면 잭이 돌아온 이후 그레이즈인의 가정생활은 조용하고도 껄끄러웠으니까. 물론 언쟁도 있었고 언쟁을 통해 쓰라린 심정을 쏟아내고 후련해지는 때도 있었다. 하지만 열두 시간 정도 지나면 그 감정들은 결혼서약의 순간만큼이나 불같이 되살아났으며, 변한 건 하나도 없었고 두 사람 사이의 공기는 '정화'되지 않았다. 피오나는 여전히 배신당한 사람이었다. 잭은 사과를 하면서도 그녀가 자신을 고립시켰다거나 냉정하다는 등 예전의 불평을 곁들였다. 어느 늦은 밤에는 피오나가 '재미없는' 사람이고 '유희의 기술을 잃었다'고 말하기까지 했다. 남편의 비난 중에서 유독 그 말이 듣기 힘들었던 까닭은 자신도 그게 사실임을 알았기 때문이지만 그렇다고 분노가 누그러지는 것은 아니었다.

어쨌든 잭은 더 이상 사랑한다는 말은 하지 않았다. 열흘 전 가장 최근에 벌였던 언쟁에서 두 사람은 전에 했던 모든 말, 모든 비난과 대꾸, 골똘히 생각하고 교묘하게 표현한 모든 공방들을 그대로 재현했고 잠시 뒤 서로에게, 또한 자기 자신에게 질린 채로 물러섰다. 그 후로는 아무 일도 일어나지 않았다. 두 사람은 제각기 하루하루를 보냈고, 같은 도시의 다른 지역에서 나름의 업무를 처리했으며, 집 안에서 함께 지내야 할 때는 사교 파티 댄서들처럼 서로의 주변을 우아하게 우회해 다녔다. 짧은 문장으로 대화했고, 의논할 집안일이 생기면 상대방에게 질세라 정중하게 굴었으며, 함께 식사하지 않으려 조심했고, 그리고 각기 다른 방에서 따로 일하면서 방사선처럼 벽을 통과해 전해지는 상대의 존재를 쓰라리게 느끼고 주의를 빼앗겼다. 부부동반 모임 초대는 서로

상의 없이 거절했다. 피오나가 취한 유일한 유화적 제스처는 남편에게 새 열쇠를 준 것뿐이었다.

잭이 얼버무리며 시무룩하게 하는 말들을 들으면 통계전문가의 침실에서 천국의 문을 통과한 것 같지는 않았다. 그렇다고 안심할 일은 아니었다. 다른 곳에서 운을 시험해볼수도 있고 어쩌면 이미 그렇게 하고 있는지도 몰랐다. 이번에는 정직이라는 우울한 속박에서 자유로운 모습으로. 그의 '지질학 강의'가 유용한 위장막 역할을 하는지도 몰랐다. 피오나는 잭이 멜러니와의 관계를 밀고 나가면 그를 떠나겠다고 다짐했던 일을 떠올렸다. 하지만 사실 그런 엄청난 해체 작업을 시작할 시간은 없었다. 아직도 결심이 서지 않았고 당장의 기분을 신뢰할 수도 없었다. 집을 나간 남편이 혼자 생각할 시간을 충분히 주지 않았기 때문에, 명확한 결론을 내려 결혼생활을 끝내거나 다시 일으키기 위해 건설적인 일을 해볼 여지도 없었다. 그래서 피오나는 늘 하던 대로 일에 파묻혀 남편과의 반쪽 인생이라는 우울한 드라마를 한 번에 하루씩만 살아내기로 했다.

잭의 조카가 주말에 여덟 살짜리 일란성 쌍둥이 딸들을 맡기고 가자 두 사람은 지내기가 훨씬 수월해졌고, 관심이 바깥으로 향하면서 아파트도 좀더 넓게 느껴졌다. 이틀 동안 잭은

184

거실 소파에서 잤지만 아이들은 그 이유를 묻지 않았다. 조카 손녀들은 허리를 꼿꼿이 세우는 구식 아이들이었는데, 근엄하면서도 살가운 태도를 보였지만 가끔씩 폭발하는 싸움까지 초월하지는 못했다. 피오나가 책을 읽는 중이면 (구분하기 그리 어렵지 않은) 쌍둥이들은 각기 따로 다가와 그녀의 무릎에 손을 올리고 비밀을 털어놓는 것처럼 갖은 일화와 생각과 상상들을 낭랑한 목소리로 풀어놓았다. 그러면 그녀도 자기이야기로 그 대화에 동참했다. 쌍둥이들과 지내는 동안 피오나는 아이들과 이야기를 나누다가 밀려드는 사랑으로 목이메고 눈이 따가워지는 경험을 두 번이나 했다. 그녀는 자신이 늙고 어리석게 느껴졌다. 잭이 아이들과 얼마나 잘 어울리는지 다시 확인하는 일도 괴로웠다. 예전에 처남의 세 아들에게 해줬던 것처럼 그는 허리가 삐끗할 위험을 감수해가며 두 아이를 등에 태워 요란하게 말놀이를 했다. 아이들은 사람 소리 같지 않은 비명을 지르며 좋아했다. 집에서는 원한을 품고 이혼한 아이들 엄마가 딸들을 공중에 거꾸로 던지며 놀아줄 리가 없었다. 잭은 아이들을 정원으로 데리고 나가 직접 고안한 희한한 크리켓 놀이를 가르쳐주었고, 밤이면 아이들이 잠들기 전에 코믹한 활기에 성대모사 실력까지 발휘해가며 우렁우렁 울리는 목소리로 오랫동안 이야기를 들려주었다.

하지만 일요일 저녁, 쌍둥이들이 돌아간 뒤로 집 안은 다시 좁아지고 공기는 정체되고, 잭은 설명도 없이 밖으로 나가버렸다. 분명히 적대적인 행동이었다. 밀회라도 하려는 건가, 피오나는 속으로 생각했지만 기분이 더 가라앉지 않도록 부러 바삐 몸을 놀려 손님용 침실을 치웠다. 봉제장난감을 원래 자리인 고리버들 바구니에 담고 침대 밑에서 유리구슬과 그리다 만 그림들을 꺼내다가 피오나는 아이들의 갑작스러운 부재가 가져온 아스라한 슬픔에, 절절한 그리움에 휩싸이고 말았다. 그런 기분은 월요일 아침까지 지속되다가 완전한 슬픔으로 부풀어 올라 출근길까지 그녀를 뒤따라왔다. 슬픔이 희미해지기 시작한 것은 책상에 앉아 이 주의 첫 재판을 준비할 때였다.

어느 순간 나이절 폴링이 가져다두었는지 바로 옆에 우편물 뭉치가 쌓여 있었다. 맨 위에 조그만 하늘색 봉투가 눈에 띄자 피오나는 서기를 다시 불러 편지를 열게 할까 생각했다. 욕을 쏟아내는 엉터리 글이나 폭력적인 협박 편지는 단한 통도 직접 읽고 싶지 않았다. 그녀는 다시 하던 일로 돌아갔지만 집중할 수가 없었다. 실용성이 떨어져 보이는 봉투, 정신없는 글씨체, 살짝 비뚤게 붙인 우표, 그런 편지는 너무나 많이 봐왔다. 하지만 우표의 소인을 확인하자 갑작스레 의구심이 들었고, 편지를 손에 올려 잠시 무게를 느껴보다 봉투를 열었다. 인사말을 본 순간 피오나는 자신의 생각이 맞았음을 알았다. 몇 주 동안 막연히 기다리던 것이었다. 머리나 그린과 이야기를 나눈 그녀는 애덤의 경과가 좋고, 퇴원한 다음 집에서 학교 공부를 따라가고 있으며, 몇 주 뒤면 학교로 돌아갈 거라는 사실을 알고 있었다.

하늘색 편지지가 세 장이었고 글은 다섯 페이지에 걸쳐 쓰여 있었다. 첫 번째 페이지에는 맨 위 가운뎃부분의 날짜 표시 위로 동그라미 안에 숫자 7이 적혀 있었다.

마이 레이디!
이게 제 일곱 번째 편지인데 이번에는 아마 정말로 부칠 것 같아요.

다음 단락의 첫 몇 단어는 줄이 그여 지워져 있었다.

정말 간단하고 짧은 편지가 될 거예요. 전 그냥 사건 하나만 설명해드리고 싶어요. 이제 그게 얼마나 중요한지 깨달았거든요. 그 사건이 모든 걸 바꿔놓았어요. 그동안 기다린 게 다행이에요. 다른 편지들은 안 보시는 편이 훨씬 낫거든요. 너무 창피해요! 하지만 그날 도나가 들어와서 판사님 결정을 알려 줬을 때 얼마나 욕을 했는지 생각하면 사실 그게 더 끔찍하죠. 전 판사님이 모든 걸 제 편에서 보셨다고 확신했어요. 제게 하신 말씀도 정확히 기억하고 있어요. 저 자신의 생각을 잘 아는 게 분명해 보인다고 하신 것과 제가 판사님께 감사하다고 말씀드린 일도 생각나요. 어쨌든 계속 그렇게 버럭버럭 소리를 지르고 있는데 그 끔찍한 고문의사가, 미스터 '로드니라고 부르렴' 카터 말이에요, 다른 의사들 대여섯 명과 함께 장비를 가지고 들어왔어요. 절 찍어 눌러야 한다고 생각했던 거죠. 그런데 전 힘도 없었을 뿐더러 화가 머리끝까지 나긴 했어도 판사님이 제게 뭘 원하셨는지 알 것 같았어요. 그래서 팔을 내밀었고 그 사람들은 일을 시작했죠. 다른 사람의 피가 내 피와 섞인다고 생각하니 얼마나 역겹던지 침대에 바로 토해버렸다니까요.

하지만 말씀드리려는 건 그런 얘기가 아니고, 바로 이거예요. 엄마는 차마 저를 볼 수가 없어서 병실 밖에 앉아 계셨는데요, 엄마가 우는 소리를 들으니까 정말 슬프더라고요. 아빠는 언제 오셨는지 모르겠는데요, 아마도 제가 한참 기절했었나봐요. 정신을 차려보니 부모님 다 침대 옆에 계셨는데 두 분다 너무 우셔서 더더욱 슬펐죠. 우리 모두 하느님 말씀을 거역했으니까요. 하지만 중요한 건 이거예요. 한참이 지나서야 제가 깨달은 거죠. 부모님은 기뻐서 우셨던 거예요! 정말 정말 행복해서, 저를 끌어안고 서로 부둥켜안고 하느님을 찬양하고 흐느껴 울고 그러셨다니까요. 기분이 너무 이상해서 하루 이틀 정도는 이해가 잘 안 됐어요. 심지어 떠올리지도 않았죠. 그러다가 생각해봤어요. 케이크를 먹고도 계속 가지고 있을 수는 없다. 이 속담을 전에는 이해하지 못했는데, 지금은 알겠어요. 우리 경우에는 케이크를 먹어버렸는데도 아직도 손에 케이크가 있는 거예요. 부모님은 하느님의 가르침을 따랐고, 장로님들 말에도 순종했고, 옳은 일은 모두 했으니까 지상낙원에 들어갈 수 있을 거예요. 게다가 동시에 아들도 살렸잖아요. 가족 누구도 회중에서 이탈하지 않았고 말이에요. 수혈을 받긴 했는데 우리 잘못은 아닌 거죠! 판사를 비난하고, 하느님을 믿지 않는 체제를 비난하고, 우리가 가끔 '세상'이라고 부르는 것을 비난하라는 거죠. 이런 구제방법이 있었다니! 아들이 죽어야 한다고 말했는데도 아들을 살릴 수 있었던 거예요. 그 아들이 바로 케이크인 거고요!

전 이걸 어떻게 받아들여야 할지 잘 이해가 안 돼요. 사기였을까요? 저한테는 전환점이 되어준 사건인데 말이에요. 긴 애기지만 짧게 할게요. 퇴원해서 집에 왔을 때, 저는 방에서 성경을 가지고 나와서 상징적인 의미로 현관 의자 위에 뒤집어 놓았어요. 그런 다음 부모님에게 이젠 왕국회관 근처에도 가지 않겠다고, 이탈자로 처리되어도 좋다고 말씀드렸죠. 부모님하고 엄청 심하게 싸웠어요. 크로스비 장로님이 설득하러 오기도 했고요. 가망 없었죠. 제가 계속 편지를 쓴 건 판사님과 얘기를 나눠야 했기 때문이에요. 판사님의 그 고요한 목소리를 들어야 해요. 판사님이 그 맑은 정신으로 저랑 이 문제를 의논해주셔야 해요. 판사님이 저를 뭔가 다른 것에, 정말 아름답고 깊은 어떤 것에 다가가게 해주셨다고 느끼는데, 그게 뭔지 정말이지 잘 모르겠어요. 판사님 종교가 뭔지는 말씀 안 해주셔서 모르지만 그때 제게 와서 옆에 앉아 계셨을 때, 그리고 〈버드나무 정원〉을 연주했을 때 정말 좋았어요. 아직도 그 시를 날마다 들여다봐요. '젊고 어리석은' 지금이 정말 좋아요. 그리고 판사님이 아니었다면 저는 지금 젊지도 어리석지도 않겠죠. 죽었을 테니까요! 판사님께 바보 같은 편지를 엄청 많이 썼고 날마다 생각했어요. 정말로 다시 만나 이야기를 나누고 싶어요. 우리 두 사람에 대해 공상도 많이 해요. 불가능한 멋진 상상 말이에요. 예를 들면, 함께 배를 타고 세계 일주를 하는 상상. 둘이서 나란히 붙은 선실에서 묵으면서 하루 종일 갑판을 오르락내리락하며 이야기를 나누는 거죠.

마이 레이디, 부디 제게 답장을 써주세요. 그냥 몇 마디라도 좋으니 이 편지를 읽었고, 제 편지를 받는 일이 싫지 않다고만 말씀해주세요.

그럼 이만

애덤 헨리 드림

추신: 제가 점점 건강해지고 있다는 걸 깜빡 잊고 말씀 안 드렸어요.

--- ◆ ---

피오나는 답장을 쓰지 않았다. 아니, 저녁에 거의 한 시간을 들여 쓴 편지를 부치지 않은 것이다. 네 번째와 마지막 글에서는 자신의 말투가 충분히 상냥하게 느껴졌다. 퇴원해서 나아지고 있다니 다행이다. 그날의 방문을 잘 기억해줘서 기쁘구나. 피오나는 부모님에게 다정하게 대하라는 조언도 했다. 사람은 청소년기가 되면 어렸을 때부터 지녀온 믿음에 의문을 갖는 것이 정상이야. 하지만 그럴 때에도 존중하는 태도를 버리면 안 되는 게 사람이기도 해. 그녀는 편지를 끝

맺으며 비록 사실은 아니지만 배를 타고 세계를 여행한다는 생각에 약간 솔깃했다고 했다. 그리고 자신이 어렸을 때도 비슷한 탈출을 꿈꾸었다고 덧붙였다. 그 역시 사실이 아니었다. 그녀는 열여섯에도 너무 야심이 컸고 에세이 과제에서 좋은 점수를 받으려는 열망이 너무 강해 도망 같은 것은 생각할 여유도 없었다. 청소년기에 뉴캐슬에 사는 사촌들에게 놀러 간 것이 유일한 모험이었다. 다음 날 그 짧은 편지를 읽었을 때 받은 느낌은 상냥함이 아닌 냉랭함이었다. 하나 마나 한 조언, 누구를 가리키는지 모를 '사람' 타령, 날조해낸 회상. 피오나는 애덤의 편지를 다시 읽고 그 무구함과 따뜻함에 다시 감동을 받았다. 아이를 실망시키느니 아무것도 보내지 않는 편이 나았다. 마음이 바뀌면 나중에 다시 쓸 수도 있을 테니까.

얼마 후면 피오나는 형사와 민사사건을 담당하는 다른 판사 한 명과 함께 잉글랜드 여러 도시와 아직도 순회재판이 열리는 오래된 마을들을 방문할 예정이었다. 순회법정이 없을 경우 런던 법정까지 와야 하는 사건들을 심리하는 것이었다. 특별히 관리받는 하숙에 머무르게 되는데, 대개 역사적으로나 건축학적으로 의미 있는 인상적인 시골 주택들이었고 경우에 따라 전설의 와인 저장고나 훌륭한 요리사가 상주하기도 했다. 주 장관이 베푸는 만찬에 참석하는 것 또한 관례였다. 그러면 피오나와 동료 판사는 그 답례로 숙소에서 만찬을 열어 지역의 유명인사와 흥미로운 인물(둘 사이에는 차이가 있었다)들을 초대하곤 했다. 자신의 집보다 침실도 으리으리하고 침대도 더 크고 이불도 더 고급이었다. 행복했던 시절의 피오나는 안정된 결혼생활을 하는 여자가 잠시 혼자 지내는 시간에서 느낄 법한 가책을 동반한 감각적인 쾌락을 즐겼었다. 하지만 이제는 집에서, 남편과 침묵 속에서 추는 엄숙한 파드되*에서 도망치기만 바랄 뿐이었다. 그리고 첫 번째로 머무르는 곳은 그녀가 잉글랜드에서 가장 좋아하는 도시였다.

9월 초의 어느 아침, 여행을 시작하기 일주일 전에 피오나는 두 번째 편지를 받았다. 이번에는 봉투를 열기도 전부터 걱정스러운 마음이 앞섰다. 푸른 봉투가 광고지와 전기요금 고지서 등과 함께 집 현관의 발 매트 위에 놓여 있었기 때문이다. 주소도 없고 그녀의 이름뿐이었다. 애덤 헨리가 스트랜드 스트리트나 캐리 스트리트에서 기다리다가 멀찍이서 자신을 따라오는 것은 너무도 쉬운 일일 터였다.

---

* 발레에서 두 사람이 추는 춤.

잭은 이미 출근한 뒤였다. 피오나는 부엌으로 편지를 가져 가 먹다 만 아침밥이 놓인 탁자에 앉았다.

마이 레이디

제가 전에 뭐라고 썼는지 복사해놓지 않아서 모르겠지만 답 장을 안 하신 건 괜찮아요. 판사님과 얘기해야 한다고 느끼 는 건 지금도 마찬가지예요. 제 소식을 알려드릴게요. 부모님 과는 엄청 싸우고 있고요, 학교에 돌아가서 환상적으로 좋고 요, 건강도 나아졌고 기분도 좋은데요, 그러다 슬퍼지고 또다 시 행복하고 그래요. 때로는 낯선 사람 피가 제 몸속에 흐른다 고 생각하면 다른 사람의 침을 마신 것처럼 구역질이 나요. 더 나쁜 점은 수혈이 그릇된 일이라는 생각을 떨칠 수가 없다는 거예요. 하지만 이제 더는 신경 안 써요. 판사님께 드리고 싶 은 질문이 너무나 많은데, 절 기억하실지도 잘 모르겠어요. 저 이후로도 판사님은 수십 건의 재판을 맡아서 다른 사람들 일 에 엄청 많은 선택을 하셔야 했겠죠. 질투 나요! 거리에서 판 사님과 얘기를 하고 싶었어요. 다가가서 어깨를 두드리고 싶 었지만 용기가 없어서 그러지 못했어요. 절 못 알아보실 수도 있다고 생각했거든요. 이 편지에도 답장 안 하셔도 돼요. (이 말은 답장하셨으면 좋겠다는 뜻.) 걱정 마세요. 판사님을 괴

194

롭힌다거나 하려는 생각은 없어요. 그저 제 머리 꼭대기가 폭발해버린 것 같을 뿐이에요. 별의별 생각들이 다 터져 나오고 있어요!

그럼 이만

애덤 헨리 드림

피오나는 그 즉시 머리나 그린에게 이메일을 보내, 재판의 후속조치로 언제 시간을 내어 소년을 방문하고 자신에게 보고해줄 수 있겠느냐고 물었다. 하루가 저물 무렵 답장이 도착했다. 머리나는 그날 오후 학교로 가서, 크리스마스 전에 치르는 시험을 준비하느라 보충수업을 받고 있는 애덤을 만나 삼십 분 동안 이야기를 나눴다고 했다. 애덤은 몸무게도 늘었고 혈색도 좋아졌다. 활발했고 심지어 '익살스럽고 장난스럽기까지' 했다. 집에서는 문제가 좀 있는데 대부분 부모와의 종교적 차이로 인한 것이며 자신이 생각하기로는 이상할 일도 아니다. 따로 만나본 교장은 애덤이 퇴원한 뒤로 열심히 노력해서 에세이 과제를 잘 따라가고 있다고 했다. 선생들은 애덤이 학교생활을 훌륭하게 해내고 있다고 생각했다. 수업시간에 참여도 잘하고 행동상의 문제도 없다. 전반적으로 아주 잘 지내고 있다. 이메일을 읽고 안심한 피오나는 답장을 쓰지 않기로 결정했다.

일주일 후 잉글랜드 북동부로 떠나는 날 아침, 피오나는 결혼생활의 단층을 따라 극도로 미세한 변화가 일어났음을 느꼈다. 대륙 이동처럼 거의 감지 불가능한 정도의 움직임이었다. 말로 표현한 사람도 없고, 인정한 사람도 없었다. 나중에 기차에 올라서 찬찬히 생각해보니 그 순간은 현실과 상상의 경계에 걸쳐 있는 것처럼 느껴졌다. 그런 기억을 신뢰할 수 있을까? 일곱시 반에 피오나가 부엌으로 들어갔을 때, 잭은 그녀에게 등을 보인 채 조리대 옆에 서서 분쇄기에 커피콩을 넣는 중이었다. 여행가방은 복도에 놓여 있었고, 피오나는 마지막 서류 몇 가지를 챙기는 데 정신이 팔려 있었다. 언제나처럼 그녀는 좁은 공간에 남편과 함께 있기가 꺼려졌다. 그래서 의자 등받이에 걸쳐둔 스카프를 집어 들고 부엌을 나가 거실에서 계속 서류를 찾았다.

몇 분 뒤 그녀는 부엌으로 돌아갔다. 잭이 전자레인지에서 우유 주전자를 꺼내고 있었다. 둘 다 원래 모닝커피에 까다로운 사람들이었고 세월이 흐르면서 취향이 하나로 합쳐진 경우였다. 그들은 상급 콜롬비아 커피를 진하게 내려 테두리가 얇은 기다란 흰 잔에 붓고 뜨겁지 않게 데운 우유를 넣어 마시길 좋아했다. 여전히 등을 돌린 채 커피에 우유를 붓던 잭이 뒤로 돌아 손에 든 잔을 아주 살짝 그녀를 향해 내밀었다. 표정만 봐서는 커피를 주겠다는 뜻인지 전혀 알 수가 없었고, 피오나도 고개를 젓거나 끄덕이지 않았다. 두 사람의 시선이 잠깐 마주쳤다. 잭은 소나무 탁자에 잔을 내려놓더니 그녀 쪽으로 이삼 센티미터 정도 밀었다. 그런 행동 자체에 큰 의미를 둘 이유는 없었다. 여태 긴장 속에서 서로를 피해 다니며 날선 정중함으로 상대를 대했고, 보다 이성적이고 앙심 같은 것은 품지 않는 사람으로, 비난의 여지가 없는 사람으로 보이려 경쟁하듯 애를 썼기 때문이다. 한 사람 분량이 좀 넘는 커피를 내렸다는 사실로 달라질 것은 없었다. 하지만 잭이 식탁에 잔을 내려놓는 방식, 다시 말해 자기가 목재에 딸그락하고 단호하게 부딪치는 소리부터 세심하고 조용한 잔의 이동까지, 그 방식에 무언가가 있었다. 또한 피오나가 잔을 받아든 방식에도 무언가가 있었다. 슬로모션처럼 부드럽게 잔을 들어 한 모금 마시고는 다른 아침과는 달리 부엌을, 적어도 곧바로 나가버리지 않은 그녀의 행동. 말 없는 몇 초가 흐르고 나자 두 사람은 딱 그만큼이 엄두를 내어 나아갈 수 있는 최대치라고 느꼈다. 그 순간에 너무 많은 의미가 담겨 있어서 더 이상을 시도했다가는 둘 다 뒤로 물러나 버릴 것만 같았다. 잭은 뒤로 돌아 자기 잔으로 손을 뻗었고,

피오나도 뒤로 돌아 침실로 들어가 뭔가를 가지고 나왔다. 그들은 평소보다 조금 천천히 돌아다녔다. 심지어 조금 머뭇거리기까지 하면서.

이른 오후에 피오나는 뉴캐슬에 도착했다. 개찰구에서 대기하던 운전기사가 그녀를 키사이드에 있는 법원으로 데려갔다. 나이절 폴링이 판사 출입구 옆에서 기다리다 그녀를 사무실로 안내했다. 오늘 아침에 먼저 자동차로 올라오면서 소송서류와 법복을(그의 표현대로라면 완전 복장) 가져온 것이었다. 피오나가 가사부뿐만 아니라 여왕좌부 재판에도 들어가야 하기 때문이었다.* 법원의 서기가 사무실로 와서 공식적인 환영 인사를 했고, 다음으로 일람표 담당관이 찾아와 향후 며칠간의 재판 일정을 함께 살펴보았다.

다른 소소한 일들을 처리하다보니 네시가 되어서야 법원을 나설 수 있었다. 일기예보에서는 남서부에서 북상한 폭풍우가 초저녁부터 몰아칠 예정이라고 했다. 피오나는 기사에게 기다리라고 하고 강가의 넓은 보도를 산책했다. 타인(Tyne) 다리 밑으로 샌드힐을 따라 새로 문을 연 노천카페

---

* 영국의 고등법원은 가사부 외에 재산권 관련 사안을 다루는 대법관부, 계약 및 불법행위를 다루는 여왕좌부로 구성된다. 판사는 배속된 재판부 외에 어느 부에도 참석이 가능하다.

와 고전적이고 견고한 상업용 건물들에 설치된 꽃장식을 지나쳤다. 계단을 올라 가스 성 꼭대기에 이르렀을 때는 잠시 멈춰 강 쪽을 돌아보았다. 주철을 아낌없이 사용하여 근육질의 양감을 자아내도록 얽어놓은 구조물, 탈산업화 시대의 강철과 유리 구조물, 낡은 창고에서 노쇠함을 털어내어 젊음의 분위기 물씬 풍기는 커피숍이나 술집으로 변모시킨 건물들이 피오나의 기호에 잘 맞았다. 뉴캐슬과의 역사가 있는 피오나는 이 도시에 오면 마음이 편했다. 십대시절에는 어머니의 반복되는 병치레 때문에 여러 번 이곳에 와서 제일 친한 사촌들과 어울려 지냈다. 치과의사였던 프레드 삼촌은 그녀가 아는 사람들 가운데 가장 부유했다. 시몬 숙모는 공립 중등학교에서 프랑스어를 가르쳤다. 유쾌하고 산만한 그 집에 머무르는 동안 피오나는 어머니가 숨 막힐 정도로 깔끔하게 관리하던 핀칠리*의 집에서 해방될 수 있었다. 사촌 둘은 쾌활하고 야단스러운 또래 여자아이들이었는데, 밤이면 피오나를 밖으로 끌고 나가 살 떨리는 임무를 수행하며 다녔다. 임무 중에는 술이 빠지지 않았고, 허리까지 치렁치렁한 머리에 콧수염을 길게 늘어뜨리고 몸과 마음을 음악에 다 바친

---

* 런던 북부의 주택가.

뮤지션 네 명이 늘 함께했다. 언뜻 방탕해 보이지만 알고 보면 친절한 사람들이었다. 그녀의 부모님이 학업에 충실하던 열여섯 살짜리 딸이 클럽 단골이 되어 체리브랜디와 럼앤드 코크를 마시고 첫 애인도 사귀었다는 사실을 알았다면 아연실색하며 무척 속상해했을 것이다. 피오나는 사촌들과 함께 밴드를 쫓아다니는 충실한 소녀 팬이 되었고, 장비도 부족하고 돈도 못 받는 블루스 밴드는 그녀를 초짜 로드매니저로 받아줘서 매번 고장 나는 녹슨 밴 뒷자리에 앰프와 드럼 키트를 옮기는 일을 돕게 해줬다. 기타 튜닝도 종종 했었다. 그런 해방감은 그녀가 이곳에 자주 오지 않았다는 사실, 머무르는 기간이 길어야 삼 주를 넘기지 않았다는 사실과 큰 관련이 있었다. (절대 가능한 일은 아니지만) 더 오래 있었다면 블루스를 노래할 기회까지 얻었을지 모르는 일이다. 어쩌면 밴드 리드싱어인 키스와 결혼했을지도 몰랐다. 팔이 앙상한 하모니카 연주자, 자신이 수줍게 좋아했던 그 남자와.

프레드 삼촌은 피오나가 열여덟 살 때 남부로 병원을 옮겼고, 키스와의 연애는 눈물과 부치지 않은 연애 시로 막을 내렸다. 그리고 다시는 그런 위험스럽고 떠들썩한 즐거움을 경험하지 못했고 그 시절은 피오나에게 뉴캐슬에 대한 감정과 함께 잊지 못할 추억으로 남았다. 직업에서의 야망의 터전인 런던에서는 그런 즐거움을 재현할 수 없었다. 그 후로도 오랫동안 피오나는 다양한 구실을 만들어 동북부로 돌아갔으며 그중 네 번이 순회재판 때문이었다. 시가지가 가까워지고 스티븐슨이 설계한 하이레벨 다리가 타인 강 위로 떠올라 시야에 들어올 때면 그녀는 언제나 기분이 들떴다. 또한 십대 시절로 돌아간 듯 흥분된 마음으로 뉴캐슬 중앙역에 도착해 웅장한 세 개의 아치형 지붕 아래로 부드럽게 휘어진 존 돕슨 작(作) 플랫폼에 발을 디딜 때, 그리고 토머스 프로서의 화려한 신고전주의 양식 출입구를 통해 역 바깥으로 나올 때도 마찬가지 기분이었다. 안달하는 사촌들을 녹색 재규어에 태우고 나타난 치과의사 삼촌은 기차역과 시내의 소중한 건축 유산들에 대해 설명해주었다. 기묘한 낙관주의와 긍지가 넘치는 발트 해 주변 도시국가로 여행을 떠나온 것 같았던 그 시절의 인상은 두고두고 사라지지 않았다. 싸늘한 공기와 넓게 퍼져나가는 잿빛 햇살, 친절하면서도 맵싸한 구석이 있는 이곳 주민들은 자의식이 강하거나 희극배우처럼 자기풍자적인 면이 있었다. 피오나는 그들 틈에 있으면 자신의 남부 억양이 갑갑하고 부자연스럽게 느껴졌다. 잭의 주장대로 지질학적 역사가 영국인의 다양한 성격과 운명을 결정한다면, 이 지역 사람들은 화강암이고 자신은 푸석푸석한 석회암

부스러기였다. 하지만 이 도시와 사촌들과 밴드와 첫 남자친구에게 소녀답게 매혹되었기 때문에 피오나는 자신이 변할 수 있다고, 더 참되고 더 현실적인 사람이 될 수 있다고, 조르디*가 될 수 있다고 믿었었다. 오랜 시간이 지난 후에도 그 시절의 그런 야심이 떠오를 때면 여전히 웃음이 배어나왔다. 하지만 이 도시로 돌아올 때마다 새로운 변신, 아직 발견하지 못한 다른 삶의 가능성에 대한 막연한 생각은 늘 그녀의 뇌리를 떠나지 않았다. 심지어 예순 생일을 눈앞에 둔 지금까지도.

------◆◆◆------

피오나는 1960년대식 벤틀리 내부에 기대앉아 있었다. 목적지는 대정원 안쪽 1.6킬로미터 지점의 리드먼홀. 이제 숙소 문을 통과해 대정원으로 들어가는 중이었다. 잠시 후 크리켓 구장을 지나쳤고, 다음으로는 벌써 거세진 바람에 흔들리는 너도밤나무가 늘어선 대로를, 그다음으로는 녹음이 무성한 호수를 지나갔다. 최근 지나치게 밝은 흰색으로 도색한 팔라디오 양식의 대저택에서는 방 열두 개와 고등법원 순

---

* 뉴캐슬과 인근 지역 주민들을 일컫는 말.

회판사 둘에게 숙식을 제공할 직원 아홉 명이 대기하고 있었다. 《페브스너》*는 오렌지 온실만 미적지근하게 칭찬했고 저택의 나머지 부분은 높이 평가하지 않았다. 리드먼홀이 비용 삭감의 칼날을 피할 수 있었던 이유는 단지 관료정책의 변칙 덕분이었고, 이제 그 게임도 거의 끝나가는 터라 사법부 관계자들이 이곳에 묵는 일은 올해가 마지막이 될 예정이었다. 이 저택은 유서 깊은 광산 회사의 지분을 소유한 한 지역 가문이 일 년에 몇 주 정도 임대해주는 곳으로, 대부분은 회의장이나 결혼식장으로 쓰이고 있었다. 뒤늦게 사람들이 깨달은 사실이지만 저택의 골프장과 테니스장, 온수 야외수영장은 일에 빠져 잠시 머무르는 판사들에게는 불필요한 호사였다. 내년부터는 지역의 택시 회사도 벤틀리 대신 널찍한 복스홀 자동차를 제공한다고 했다. 숙박은 뉴캐슬 중심부의 호텔에서 해결하게 될 터였다. 형사부 순회판사들은 무시무시한 친척을 거느린 지역 남자들에게 장기 징역을 선고하는 경우도 있으니 대저택에 칩거하는 쪽을 더 선호했다. 하지만 사사로운 이익을 채우려 한다는 오해 없이 리드먼홀 체류를 주장할 수 있는 사람은 아무도 없었다.

* 미술사가 니콜라우스 페브스너가 집필한 46권 분량의 《영국의 건물》 가이드북. 《페브스너》로 줄여 부르기도 한다.

폴링은 현관 쪽 자갈이 깔린 마당에서 가정부와 함께 피오나를 기다리고 있었다. 마지막 방문이니만큼 특별한 행사 분위기를 만들고 싶었던 듯했다. 과장된 몸짓으로 발뒤축을 구르면서 그는 차 뒷문으로 다가왔다. 늘 그렇듯 가정부는 새로운 사람이었다. 이번에는 젊은 폴란드 여자였는데, 스무 살은 넘겼을까 싶게 어려 보였지만 눈빛이 흔들림 없이 침착했고, 폴링이 미처 나서기도 전에 판사의 가장 큰 짐을 거뜬히 들어올렸다. 서기와 가정부는 나란히 앞장서서 이층으로 올라가 피오나가 자기 침실일 거라고 짐작한 방으로 안내했다. 방은 건물 정면 쪽에 위치해 있었고, 세 개의 커다란 창문 너머로 너도밤나무가 늘어선 대로와 잡초가 무성한 호수 일부가 보였다. 9미터나 되는 침실 옆에는 책상이 놓인 거실이 딸려 있었다. 하지만 욕실로 가기 위해서는 복도를 통과해 카펫이 깔린 계단 세 개를 내려가야 했다. 리드먼홀이 마지막으로 단장을 했던 시기는 화장실과 샤워실이 널리 퍼지기 전이었다.

목욕을 하고 돌아오자 폭풍우가 몰려오기 시작했다. 가운 차림으로 가운데 창문 앞에 선 피오나는 돌풍을 동반한 빗줄기가 높이 유령 같은 형체를 만들더니 순식간에 들판을 가로질러 단 몇 초 만에 사라지는 모습을 지켜보았다. 가까이에 있던 너도밤나무의 맨 윗가지가 꺾여 떨어지며 거꾸로 뒤집히더니 아래쪽가지에 걸려 빙글 돌다가, 다시 곤두박질치며 다른 가지와 얽히더니 불어온 바람에 풀려나 빠지직 소리와 함께 진입로 쪽으로 떨어졌다. 자갈밭에 쏟아지는 빗소리도 요란했지만 홈통을 타고 신음처럼 흘러내리는 물소리 또한 사나웠다. 피오나는 불을 켜고 옷을 갈아입었다. 거실에서 식전주로 셰리를 마시기로 한 시간에 벌써 십 분이나 늦었다.

짙은 색 양복에 넥타이를 맨 네 명의 남자가 진토닉을 한 잔씩 들고 담소를 나누다 피오나가 들어오자 안락의자에서 일어섰다. 빳빳한 흰색 재킷을 입은 웨이터가 그녀의 술을 섞는 동안 여왕좌부 소속으로 형사재판을 맡은 동료 판사 캐러독 볼이 사람들에게 피오나를 소개했다. 각각 법학교수, 광섬유 사업가, 정부를 위해 일하는 해안보존 전문가였다. 모두 어떤 식으로든 볼과 관련된 사람들이었다. 첫날 저녁식사 자리에 피오나가 초대한 손님은 없었다. 거친 날씨 이야기가 빠질 리 없었다. 그러다 옆길로 샌 대화는 쉰 이상의 영국인과 모든 미국인이 아직도 화씨의 세계에 살고 있다는 이야기로 흘러갔다. 그러더니 영국 신문들이 효과를 극대화하려고 추운 날씨는 섭씨로, 더운 날씨는 화씨로 보도한다고 했다. 그동안 피오나는 줄곧 방 한구석에서 손수레 위로 고개를 푹 숙인 젊은이가 왜 저리 꾸물거리나 생각하고 있었다. 웨이터가 술을 가져온 것은 통화제도가 십진제로 전환되었던 먼 과거의 일이 화제로 떠올랐을 때였다.

볼이 미리 알려줘서 피오나는 그가 어떤 살인사건 재심 때문에 뉴캐슬에 왔음을 알고 있었다. 피고인은 집에서 자기 어머니를 몽둥이로 때려죽였다는 혐의를 받는데 그 동기는 어머니가 막내딸을, 즉 피고인의 이부여동생을 학대했기 때문이었다. 살해 흉기는 발견되지 않았고 DNA 증거는 결정적이지 않았다. 피고인 측 변호인은 피고인의 어머니가 침입자에게 살해당했다고 주장했다. 그러다가 배심원 중 한 명이 핸드폰으로 인터넷에 접속해 얻은 정보를 다른 사람들에게 누설했다는 사실이 밝혀지면서 재판은 중단되었다. 그 남성 배심원이 오 년 전의 타블로이드 신문기사를 읽고 피고인의 폭행 전과를 알게 된 것이었다. 디지털 접속이 가능한 새로운 시대에 이에 대한 문제를 배심원단과 '정리'할 필요가 있었다. 최근 법학교수는 법률위원회에 제출할 제안서를 작성 중이었고, 피오나가 들어오면서 중단된 대화가 그 내용인 듯했다. 대화가 다시 이어졌다. 광섬유 사업가는 배심원이 집으로 가서 혼자 검색하거나 가족들에게 검색해보게 하는 행위를 어떻게 막을 수 있겠느냐고 물었다. 비교적 간단하다는 것이 교수의 의견이었다. 배심원들이 서로 감시하게 만드는 방법이었다. 위반 시 구류형에 처해진다는 사실을 인지한 상태에서, 법정에 제출하지 않은 사안을 논의하는 사람을 신고할 의무를 지우면 되었다. 해당 행위는 최고 이 년 형, 위반 행위를 신고하지 않을 경우에는 최고 육 개월 형. 내년에 법률위원회가 결론을 내놓을 예정이라고 했다.

바로 그때 집사가 들어와 일행을 저녁 식탁으로 불러들였다. 아직 사십대도 안 되어 보이는 그는 얼굴이 송장처럼 창백해서 마치 분이라도 바른 것 같았다. 언젠가 들었던 어느 프랑스 시골 부인의 표현대로 아스피린처럼 하얬다. 하지만 사무적이고 확신에 찬 태도가 아픈 사람 같지는 않았다. 집사가 한쪽에서 사려 깊게 고개를 숙이고 있는 동안 음료를 다 마신 일행은 피오나를 앞세우고 이중문을 지나 식당으로 들어섰다. 서른 명이 앉을 수 있는 식탁의 한쪽 끝에 오직 다섯 명을 위한 식사가 쓸쓸히 마련되어 있었다. 목재 패널 벽에는 형광에 가까운 주황색 플라밍고가 일정한 간격으로 스텐실 인쇄되어 있었다. 식사 손님들이 자리 잡은 저택 북쪽에서 바람이 불었고, 내리닫이 창 세 개가 덜컹덜컹 흔들렸다. 공기는 쌀쌀하고 축축했다. 벽난로 안에는 말린 꽃다발이 먼지를 뒤집어쓴 채 놓여 있었다. 집사는 벽난로가 오래전에

막혔으니 대신 전기온풍기를 곧 가져오겠노라고 말했다. 사람들은 자리 배정을 고려하며 예의를 차리느라 잠시 머무적거리다가 대청의 묘미를 살려 피오나가 상석에 앉기로 합의를 보았다.

그때까지 피오나는 거의 말을 하지 않았다. 낯빛이 창백한 집사가 화이트와인을 따르며 돌아다녔다. 웨이터 두 명이 훈제청어 파테와 얇은 토스트를 내왔다. 그녀 왼쪽에 앉은 해안보존 전문가 찰리는 대머리에 통통하고 상냥한 오십 줄의 남자였다. 다른 셋은 배심원 이야기를 이어갔지만 그는 피오나의 일에 대해 정중하게 물었다. 잡담이 불가피함을 받아들이고 그녀는 가사부의 일을 간략히 설명했다. 하지만 찰리는 상세한 설명을 원했다. 내일 재판은 어떤 문제인지? 피오나는 특정 사건을 언급하게 되자 차라리 말하기가 편했다. 지역 당국이 두 살 남자아이와 네 살 여자아이를 양육시설로 보내려 하고 있었다. 알코올의존증인 어머니는 암페타민에도 중독되었고 여러 번 정신이상 증세를 보이며 전구가 자신을 감시한다고 믿기도 했다. 더 이상 자기 자신이나 자식들을 돌볼 수가 없었다. 아내와 별거 중에 얼굴도 비치지 않았던 아버지는 이제야 나타나 자신이 여자친구와 함께 아이들을 돌보겠다고 했다. 그 역시 마약 문제를 겪은 데다 전과까지 있었지만 권리는 아버지에게 있었다. 내일 사회복지사가 그가 부모 역할을 하기에 적합한지 증명할 증거자료를 제출할 예정이었다. 외가 쪽 조부모는 아이들을 사랑하고 돌볼 능력도 있어서 맡아 기르고 싶어 했지만 그들에게는 권리가 없었다. 공식보고서에서 비판의 대상이 되었던 지역 아동복지 당국은 아직 확인되지 않은 이유로 조부모를 반대하고 있었다. 어머니, 아버지, 조부모 삼자가 심각하게 갈라진 상황이었다. 또 하나 복잡한 문제는 네 살배기 딸을 놓고 의견이 엇갈린다는 점이었다. 소아과 전문의는 아이에게 특수교육이 필요하다고 말했고, 조부모가 부른 또 다른 전문가는 아이가 어머니의 행동에 영향을 받아 불안증이 심하고 불규칙한 식사 때문에 체중미달이긴 해도 발달 자체는 정상이라고 보았다.

다음 주 재판에는 이런 사건들이 많아요. 피오나가 말했다. 찰리는 이마에 손을 올리고 눈을 감았다. 엉망진창이군요. 저라면, 내일 아침에 그런 사건을 하나라도 다루고 판결해야 한다면 오늘밤 한숨도 못 자고 손톱을 물어뜯고 거실 진열장 술만 축낼 것 같습니다. 피오나는 그에게 무슨 용무로 이곳에 왔는지 물었다. 화이트홀*에서 온 찰리는 해안지역 농민들이 지역 환경단체에 가입하고 그들 소유의 목초지에 바닷물을 들여 해수 늪지로 되돌리도록 설득하는 업무를 추진 중이었다. 그것이 연안 침수를 막는 단연코 가장 바람직하고 저렴한 해법이자 야생동물, 특히 조류 보호 방법이며 소규모 관광산업에도 도움이 되는 길이라고 했다. 하지만 농민들에게 충분한 보상을 약속했음에도 농업계 일부가 거세게 반대하고 있었다. 찰리는 회의 자리에서 하루 종일 고함을 들었다. 계획을 강제 이행한다는 소문이 돌았던 것이다. 아니라고 말해도 믿지 않았다. 사람들은 찰리를 중앙정부의 대리인으로 여겼고, 농부들은 그가 관할하지도 않는 다른 사안까지 모두 들먹이며 화를 냈다. 나중에는 복도에서 떠밀리기까지 했다. '나이는 제 절반이고 힘은 제 두 배인' 남자가 찰리의 옷깃을 움켜쥐고 알아듣기 힘든 사투리로 무슨 말을 웅얼거리기도 했다. 그만한 게 다행이죠. 내일 가서 다시 시도해볼 겁니다. 결국은 해낼 거라고 확신해요.

어유, 저한테는 거기도 특별한 종류의 지옥세계 같은데요, 저라면 주저 없이 정신병자 애엄마를 택할 것 같네요. 그런 말을 나누며 조용히 웃던 두 사람은 다른 세 명이 대화를 중단하고 자신들의 이야기를 듣고 있음을 깨달았다.

---

* 런던 중심부에 위치한 거리이며 정부기관들이 몰려 있다.

찰리의 오랜 학교 친구인 캐러독 볼이 말했다. "지금 너랑 얘기하는 분이 얼마나 저명한 판사이신지 알아야 하는데 말이야. 샴쌍둥이 사건 기억하지?"

모두가 기억하고 있었다. 접시가 치워지고 뵈프앙크루트* 가 나오고 샤토 라투르 와인이 각자의 잔에 채워지는 동안, 그들은 그 유명한 소송에 대해 이야기하며 피오나에게 질문을 쏟아부었다. 그녀는 모든 궁금증에 답해주었다. 저마다 의견을 내세웠지만 다들 생각은 같았으므로 대화는 이내 그 사건에 보인 언론의 열띤 관심과 경쟁에 관한 논의로 넘어갔다. 뒤이어 최근 언론이 레비슨 위원회** 앞에서 보여준 연기에 대한 뒷소문이 흘러나왔다. 일행은 쇠고기 요리를 다 먹었고, 메뉴 카드에 따르면 다음에 나올 음식은 버터를 바른 빵 푸딩이었다. 피오나는 이들이 곧 시리아에 파병하지 않은 서구 국가들이 우둔한지 현명한지 논쟁을 벌일 것이라고 예상했다. 그 주제에 관한 한 누구도 캐러독을 막을 수 없었다. 역시나 그가 시리아 사태를 막 언급하려는 참에, 바깥쪽 홀에서

---

* 쇠고기 안심에 버섯을 올려 페이스트리로 감싸 구운 요리.
** 2011년 영국의 최대 타블로이드지 〈뉴스 오브 더 월드〉가 취재 과정에서 불법 도청을 했다는 사실이 밝혀져 큰 파문이 일었고, 사건 조사를 위해 고등법원 판사인 브라이언 레비슨을 위원장으로 하는 위원회가 꾸려졌다.

사람들의 목소리가 울려퍼졌다. 폴링과 하얀 얼굴의 집사가 들어와 입구에서 잠시 멈춰 서더니 피오나 쪽으로 다가왔다.

집사가 불만스러운 표정으로 옆으로 비켜서자 폴링은 모인 사람들에게 사과의 뜻으로 고개를 까딱한 다음 그녀의 의자 옆으로 몸을 숙여 조용히 말했다. "판사님, 방해해서 죄송합니다만, 즉시 좀 가보셔야겠습니다."

피오나는 냅킨으로 입을 가볍게 눌러 닦고 일어섰다. "실례하겠어요, 여러분."

일행은 표정 없는 얼굴로 모두 자리에서 일어섰고, 그녀는 두 남자보다 앞서 식당을 가로질러 걸어갔다. 밖으로 나온 피오나는 집사에게 말했다. "아직도 온풍기가 오길 기다리고 있답니다."

"지금 가져오겠습니다."

돌아서는 집사의 태도가 어쩐지 위압적으로 느껴져서 피오나는 눈썹을 치켜 올리며 서기 쪽을 바라보았다.

하지만 그는 간단히 말했다. "이쪽입니다."

피오나는 폴링을 따라 복도를 지나 예전에 서재로 쓰이던 방으로 들어갔다. 선반에는 고물상에서나 팔 법한 책들이 가득 꽂혀 있었다. 호텔이 실내장식을 위해 너비 단위로 사들이는 종류의 책들.

폴링이 말했다. "그 여호와의 증인 아이, 애덤 헨리입니다. 기억하세요? 수혈 소송의? 그 아이가 여기까지 판사님을 따라온 모양입니다. 빗속을 뚫고 왔어요, 완전히 젖은 채로요. 여기 사람들이 애를 내보내려고 했는데 판사님이 보셔야겠다는 생각이 들었습니다."

"지금 어디 있죠?"

"부엌에요. 거기가 더 따뜻하니까요."

"여기로 데려오는 게 좋겠어요."

폴링이 밖으로 나가자마자 그녀는 일어서서 방 안을 천천히 걸어 다녔다. 심장박동이 빨라졌다. 애덤이 보낸 편지에 답장을 썼다면 이런 일을 겪지 않았을 텐데. 이런 일이라니, 무슨 일? 종결된 사건에 불필요하게 관여하는 일. 그런데 그것 말고도 뭔가가 있었다. 하지만 생각할 시간이 없었다. 다가오는 발소리가 들렸다.

문이 활짝 열리고 폴링이 소년을 안으로 안내했다. 침대를 벗어난 애덤의 모습을 본 것은 처음이었기에 피오나는 아이의 큰 키에 깜짝 놀랐다. 183센티미터는 족히 되는 듯했다. 교복 차림의 애덤은 회색 모직바지부터 회색 스웨터, 흰 셔츠, 조잡한 재킷까지 모두 흠뻑 젖었고 머리는 비벼 말린 듯 헝클어져 있었다. 손에는 축 늘어진 조그만 배낭을 들고 있었다. 어딘가 애처로운 느낌이 든 것은 리드먼홀의 티타월 때문이었다. 아이는 한기를 이기려고 이 지역 명소가 콜라주로 인쇄된 티타월을 어깨에 두르고 있었다.

서기가 문간에서 서성이는 동안, 소년은 방 안으로 한두 걸음 내디뎌 그녀 가까이에 멈춰 섰다. "정말로 죄송해요."

처음 한동안 피오나는 엄마 같은 말투 속에 혼란스러운 감정을 쉽게 숨길 수 있었다. "정말 춥겠구나. 저 사람들한테 온풍기를 여기로 가져오라고 해야겠다."

"제가 가져오겠습니다." 폴링이 그렇게 말하고 자리를 떴다.

"그래." 말없이 서 있던 피오나가 입을 열었다. "세상에, 어떻게 여길 찾아온 거니?"

또 한 번의 회피였다. 이유를 묻지 않고 방법을 물은 것은. 하지만 애덤을 만난 충격에서 아직도 벗어나지 못한 이 시점에 피오나는 아이가 자신에게 무엇을 원하는지 물을 엄두가 나지 않았다.

애덤의 설명은 침착했다. "킹스 크로스까지는 택시로 따라갔고 기차도 따라 탔지만 어디까지 가시는지 몰라서 에든버러행 차표를 샀어요. 뉴캐슬에서도 판사님을 따라 기차역 출구로 나왔고요. 리무진을 쫓아갔지만 놓쳤고 추측을 해봐서 사람들한테 법원이 어딘지 물어봤죠. 법원에 가자마자 타셨던 차를 봤고요."

피오나는 이야기하는 소년을 보며 그동안 얼마나 변했는지 뜯어보았다. 이제 마르지는 않았지만 아직도 날씬한 체격, 튼튼해진 어깨와 팔. 갸름하고 섬세한 얼굴은 그대로였고, 광대뼈의 갈색 점은 건강한 젊음이 만들어낸 가무잡잡한 얼굴색에 가려 거의 눈에 띄지 않았다. 눈 밑 자주색 그늘은 흔적만 남아 있었다. 입술은 도톰하고 촉촉했고, 눈은 이곳 불빛에서는 너무 까매서 색깔을 알 수 없었다. 애덤은 사과하려고 애쓰는 모습조차 생기에 넘쳤으며 자세하게 설명하고픈 열망 또한 강했다. 머릿속에서 사건의 순서를 정리하려 시선을 돌리는 아이를 보며 피오나는 예전에 어머니가 예스러운 얼굴이라 부르던 이목구비가 이런 것인가 생각했다. 무의미한 발상. 낭만주의 시인에 대해 사람들이 가진 천편일률적인 이미지가 그런 것일 테지. 키츠나 셸리의 사촌쯤 될 법한 얼굴.

"정말 오랫동안 기다렸거든요. 그러다 판사님이 나오셨고 저도 뒤따라 마을을 통과했다가 다시 강으로 내려온 뒤에 판사님이 차에 타는 모습을 봤어요. 한 시간이 넘게 걸리긴 했지만 결국 전화기로 검색해보고 판사들이 묵는 숙소가 어딘지 알게 됐고요. 그래서 지나가는 차를 얻어 타고 주도로까지 와서 정문을 피해 담을 넘었고 폭풍우 속에 진입로를 따라 걸어온 거죠. 뒤쪽에 있는 오래된 마구간에서 엄청나게 오래 기다리면서 이제 뭘 어떻게 해야 하나 생각하고 있는데 누가 절 본 거예요. 정말로 죄송해요. 저는……"

폴링이 화가 난 듯 상기된 얼굴로 온풍기를 가지고 들어왔다. 아마도 집사에게 빼앗다시피 한 모양이었다. 두 사람은 서기가 끙 소리를 내며 바닥에 엎드리더니 협탁 아래로 반쯤 들어가 콘센트를 찾는 모습을 지켜보았다. 다시 뒤로 나와 일어선 폴링이 젊은 친구의 어깨에 손을 올리고 따뜻한 공기가 나오는 곳으로 그를 이끌었다. 그러곤 밖으로 나가기 전에 피오나에게 말했다. "문 바로 앞에 있겠습니다."

둘만 남게 되자 그녀가 물었다. "네가 내 집까지, 그리고 또 여기까지 따라왔다는 건 나한테 좀 오싹한 일 아닐까?"

"아, 아니에요! 제발 그렇게 생각하지 마세요. 그런 게 아닌데." 애덤은 안달하는 몸짓으로 주변 여기저기를 둘러보았다. 마치 방 어딘가에 설명이라도 적혀 있는 것처럼. "저기요, 판사님은 제 생명을 구해주셨어요. 그런데 그뿐이 아니에요. 아빠는 안 보여주려고 하셨지만 제가 판결문을 읽었거든요. 제 종교로부터 절 보호하고 싶다고 말씀하셨잖아요. 그렇게 하신 거 맞아요. 전 구원받았거든요!"

자기가 한 농담에 웃음을 터트리는 애덤에게 피오나가 말했다. "내 뒤를 몰래 밟아 이 나라를 종단하라고 널 구하진 않았어."

바로 그때 온풍기의 고정된 부품이 날개 궤도 안으로 들어 간 것인지 규칙적으로 딱딱거리는 소리가 방 안을 채웠다. 소리는 더 커졌다가 줄어들더니 일정한 크기로 이어졌다. 피오나는 이곳 시설 전체에 짜증이 치밀어 올랐다. 가짜. 고물상. 어떻게 지금까지 알아보지 못한 걸까?

그 순간이 지나가고 피오나가 말했다. "부모님도 네가 여기 있는 걸 아시니?"

"저 이제 열여덟 살이에요. 원하는 곳은 어디든 갈 수 있어요."

"네가 몇 살인지는 상관 안 해. 부모님이 걱정하실 거야."

애덤은 사춘기 소년 특유의 성마른 한숨을 내쉬며 배낭을 바닥에 내려놓았다. "있잖아요, 마이 레이디……"

"그 소린 그만해. 피오나라고 불러." 그녀는 애덤이 함부로 굴지 못하게 해야만 마음이 편했다.

"비꼬거나 하려는 건 아니었어요."

"좋아. 부모님은 어떠시니?"

"어제 아빠랑 정말 엄청나게 크게 싸웠거든요. 퇴원한 후로 몇 번 그런 적은 있었지만 이번엔 정말로 엄청났어요. 둘다 소리소리 지르고 저는 아빠의 멍청한 종교를 어떻게 생각하는지 모조리 말해버렸어요. 뭐, 아빠는 듣지도 않았지만요. 결국 그렇게 나와버린 거예요. 제 방으로 올라가 가방을 싸고 모아둔 돈을 챙긴 다음 엄마한테 잘 계시라고 말했어요. 그리고 나와버렸죠."

"어머니한테 지금 전화드려야 돼."

"그럴 필요 없어요. 어젯밤 있던 곳에서 문자 쳤거든요."

"다시 문자해."

애덤은 놀라기도 하고 실망도 한 표정으로 피오나를 바라보았다.

"어서. 뉴캐슬에서 안전하게 잘 지내고 있다고, 내일 다시 연락한다고 말씀드려. 그런 다음에 얘기하자."

피오나는 몇 발짝 물러서서 긴 엄지손가락이 가상의 키보드 위에서 춤추는 모습을 지켜보았다. 몇 초 뒤 핸드폰은 다시 주머니 속으로 들어갔다.

"자, 이제요." 애덤이 기대에 찬 얼굴로 그녀를 보며 말했다. 마치 자신에 대해 설명해야 할 사람은 피오나인 것처럼.

그녀는 팔짱을 끼었다. "애덤, 너 여기 왜 온 거니?"

아이가 시선을 돌리며 망설였다. 말할 생각이 없는 것이다. 최소한 직접적으로는.

"저기요, 전 달라졌어요. 판사님이 보러 오셨을 때는 정말 죽을 각오를 하고 있었어요. 정말 놀라워요, 판사님 같은 분이 저한테 시간을 허비하시다니. 전 정말 멍청이였어요!"

피오나는 둥근 호두나무 탁자 옆에 놓인 목제 의자를 가리켰고, 두 사람은 마주 보며 의자에 앉았다. 천장 한쪽에는 공장에서 찍어낸 투박한 바퀴모양의 색칠된 나무틀에 절전형 전구 네 개를 달아놓은 조명이 섬뜩하리만치 하얀 빛을 떨어뜨리고 있었다. 불빛은 애덤의 광대뼈와 입술 윤곽을 더욱 도드라지게 했고 인중의 섬세한 두 능선을 부각시켰다. 아름다운 얼굴이었다.

"난 네가 멍청이라고 생각 안 했어."

"하지만 전 멍청이였어요. 의사나 간호사들이 와서 설득하려고 할 때마다 날 좀 내버려두라고 말하면서 저 자신이 어딘가 고귀하고 영웅적이라고 느꼈어요. 저는 순수하고 선했죠. 사람들이 제가 얼마나 심오한 사람인지 이해하지 못한다는 게 정말 좋았어요. 완전 바람이 들었던 거죠. 부모님과 장로님들이 자랑스러워하는 것도 좋았고요. 밤에 주변에 아무도 없을 때면 비디오 찍는 연습을 했어요. 자살폭탄 테러를 하는 사람들이 그러잖아요. 핸드폰으로 녹화해둘 생각이였어요. 그게 텔레비전 뉴스에, 또 장례식에도 나갔으면 좋겠다고 생각했고요. 어둠 속에서 그런 생각 하면서 울기도 했죠.

사람들이 제 관을 들고 부모님과 학교 친구들과 선생님 앞을 지나가는 상상. 회중 전체, 꽃과 화관, 슬픈 음악. 모두들 슬피 울면서 저를 자랑스러워하고 저를 사랑해주고. 솔직히 전 멍청이였어요."

"그럼 하느님은 어디 계셨던 거니?"

"모든 것 뒤에요. 이건 하느님 지시였고 전 거기에 순종했어요. 하지만 대체로 기분 좋은 모험에 마음이 쏠렸던 거죠. 어떻게 하면 아름답게 죽어서 사랑받을 수 있을까. 학교에서 알던 여자애 하나가 삼 년 전에 거식증에 걸렸거든요, 그때 걔가 열다섯 살이었는데요. 꿈이 조금씩 야위다 완전히 사라지는 거였어요. 바람에 날리는 마른 나뭇잎처럼, 그게 걔가 한 말이에요. 그냥 슬며시 사그라지다 죽으면 모두 불쌍해하고 좀더 많이 이해해줄걸 하고 자책하는 거요. 같은 종류죠."

의자에 앉은 애덤을 보니 이제 병원에서 본 모습이 떠올랐다. 십대 소년다운 잡동사니 사이에서 베개에 기대앉아 있던 모습. 기억에 떠오르는 건 아이의 병약함이 아니었다. 열의, 깨지기 쉬운 순수함이었다. 거식증이란 단어조차 이 아이 입술에서는 희망을 품고 떠나는 소풍처럼 들렸다. 애덤은 주머니에서 기다란 초록색 헝겊을 꺼냈다. 무언가의 안감에서 잘라낸 듯한 그것을 아이는 마음을 달래려 만지작거리는 염주처럼 엄지와 검지로 돌돌 말다가 문지르다가 했다.

"그럼 네 종교와는 별 상관이 없었던 거로구나. 차라리 감정의 문제였지."

애덤이 양손을 들어 올렸다. "제 감정은 종교에서 나온 거예요. 나는 하느님의 뜻에 따르고 있다, 그리고 판사님이나 다른 사람들은 모두 완전히 틀렸다. 제가 여호와의 증인이 아니었다면 어떻게 그런 어이없는 생각을 했겠어요?"

"거식증 친구는 가능했던 것 같은데?"

"그래요, 음, 사실 거식증은 종교랑 약간 비슷한 데가 있어요."

그녀가 회의적인 표정을 짓자 애덤은 즉석에서 둘러댔다. "아, 왜 있잖아요, 고난을 원하고, 고통과 희생을 사랑하고, 모든 사람이 자기를 지켜보며 걱정한다고 생각하고, 온 우주의 중심이 자신이라고 믿는. 또 자기 몸무게라고도요!"

심각한 얼굴을 하고 냉소적으로 덧붙인 마지막 말에 피오나는 어쩔 수 없이 웃음을 터트렸다. 얼떨결에 그녀를 웃겼다는 기쁨에 애덤도 함박웃음을 지었다.

복도에서는 식당에서 나와 거실로 커피를 마시러 가는 손님들의 발소리가 들렸다. 곧 서재 문 근처에서 짧게 끊어지는 요란한 웃음소리가 터졌다. 소년은 누군가가 들어와 방해할지도 모른다는 생각에 긴장했고, 두 사람은 공모한 듯이 침묵을 지키며 소리가 멀어지기를 기다렸다. 애덤은 매끈한 탁자의 나뭇결 위에서 맞잡은 자기 손을 내려다보았다. 피오나는 아이의 유년기와 청소년기를 이루는 시간들이 감탄스러웠다. 기도하고 찬송가를 부르고 설교를 들으며 보냈을 시간, 그녀로서는 결코 알 수 없는 여러 제약들, 그를 지탱해주었지만 종국엔 죽음으로 몰아넣을 뻔했던 긴밀하고 애정 넘치는 공동체.

"애덤, 다시 한 번 물어보자. 여기 왜 온 거니?"

"감사드리려고요."

"더 쉬운 방법도 있어."

애덤은 조급한 한숨과 함께 헝겊 띠를 주머니에 다시 넣었다. 잠시 그녀는 애덤이 가려 한다고 생각했다.

"판사님이 병실에 오신 건 제가 경험한 가장 멋진 일 중 하나였어요." 그러고는 재빨리 덧붙였다. "부모님의 종교는 독이었고 판사님은 해독제였어요."

"네 부모님의 신앙에 반하는 말을 한 기억은 없는데."

"그러지 않으셨죠. 판사님은 차분하셨고 제 얘기를 경청하셨고 질문을 하셨고 몇 마디 말씀을 하셨어요. 그게 핵심이었어요. 판사님이 가진 어떤 것. 그것이 결국 특별한 무언가가 되었어요. 굳이 말로 하실 필요도 없이, 생각하고 말씀하시는 방식만으로도 충분했어요. 제 말이 무슨 뜻인지 모르겠다면 가서 장로님들 말씀을 들어보시면 돼요. 그리고 우리가 그 곡을 연주했을 때……"

피오나가 딱딱하게 말했다. "바이올린은 아직 하고 있니?"

애덤은 고개를 끄덕였다.

"시도 쓰고?"

"네. 많이 써요. 하지만 예전에 썼던 건 다 싫어요."

"음, 네 시 괜찮았어. 나중에 굉장한 걸 쓰게 될 거야."

피오나는 소년의 눈에 어린 낭패감을 보았다. 그녀는 세심한 이모 흉내를 내며 두 사람 사이의 거리를 벌리고 있었던 것이다. 그녀는 다시 몇 걸음 더 대화 속으로 들어갔다. 아이를 실망시키지 않으려 애쓰는 자신을 이해할 수 없었다.

"하지만 선생님들은 장로님들 같지 않았을 텐데."

애덤은 어깨를 으쓱했다. "모르겠어요." 그는 이유를 대듯 덧붙였다. "학교가 엄청 컸어요."

"그런데 내가 가졌다는 그 어떤 게 뭐지?" 피오나는 비꼬는 말처럼 들리지 않도록 엄숙한 투로 물었다.

질문을 받은 애덤은 쑥스러워하지 않았다. "부모님이 그렇게 우는 걸, 정말로 우는 걸 봤을 때, 울면서도 너무 좋아서 소리 지르는 걸 봤을 때요, 모든 게 무너졌어요. 하지만 그게 중요해요. 무너져서 진실이 드러났다는 것. 부모님은 당연히 제가 죽지 않길 바라셨던 거예요! 부모님은 저를 사랑하세요. 그런데 왜 그 얘기는 안 하고 천국의 행복 얘기만 계속하신 걸까요? 그런 마음이 평범하고 인간적인 것이란 걸 그때 알았어요. 평범하고 좋은 거요. 하느님하고는 아무 상관이 없었어요. 그건 그냥 바보 같은 짓이었어요. 마치 방 안 가득 아이들이 모여 서로 아웅다웅하는데 어른이 한 명 들어와서 자, 실없는 짓은 그만두렴, 차 마실 시간이야! 하고 말해준 것 같았어요. 판사님이 그 어른이었고요. 판사님은 다 알고 계셨는데 말씀을 안 하신 거죠. 그냥 묻고 듣기만 하셨어요. 아이 앞에 펼쳐질 모든 삶과 사랑, 판사님이 그렇게 쓰셨죠. 그게 판사님한테 있는 그 '어떤 것'이에요. 제게는 계시였고요. 〈버드나무 정원〉부터 그 뒤로 쭉."

여전히 엄숙한 태도로 피오나가 말했다. "네 머리 꼭대기가 폭발해버렸구나."

이번엔 그녀가 자기 말을 인용해주었다는 기쁨에 애덤은 웃음을 터트렸다. "피오나, 연습 중인 바흐 곡이 하나 있는데요, 거의 실수 없이 끝까지 연주할 수 있어요. 〈코러네이션 스트리트〉* 주제곡도 할 수 있어요. 베리먼의 《꿈의 노래》** 도 읽고 있고요. 연극에도 출연할 거고요, 크리스마스 전에

224

시험을 다 치러야 해요. 또 덕분에 예이츠도 엄청 읽어요!"

"그래." 그녀는 조용히 말했다.

애덤은 팔꿈치에 기대 상체를 앞으로 숙였다. 검은 눈이 강렬한 조명 아래 번득였고 얼굴은 기대감과 참을 수 없는 의욕으로 떨리는 듯했다.

한참 생각에 잠겨 있던 그녀가 속삭였다. "여기서 기다려."

의자에서 일어선 피오나는 망설이다가 마음을 바꾸고 다시 자리에 앉으려는 듯했다. 하지만 이내 뒤로 돌아 방을 가로질러 홀로 나갔다. 몇 발짝 떨어진 대리석 탁자에서 폴링이 방명록을 유심히 보는 척하며 서 있었다. 피오나는 낮은 목소리로 재빨리 지시를 내린 다음, 서재로 돌아와 등 뒤로 문을 닫았다.

애덤은 어깨에서 티타월을 내려 지역 명소 콜라주를 살펴보고 있었다. 그녀가 자리로 돌아오자 소년이 말했다. "이 장소들 모두 저는 들어보지도 못한 곳이에요."

"앞으로 많은 걸 발견하게 될 거야."

갑작스레 끊긴 대화의 여파가 사라지자 그녀가 말했다. "그래서 넌 신앙을 잃었구나."

---

* 1960년에 시작하여 지금까지 방영되는 영국의 TV 드라마.
** 미국 시인 존 베리먼이 1969년 발표한 시집.

애덤은 몹시 당혹스러운 듯했다. "네, 아마도요. 모르겠어요. 그렇다고 소리 내 말하기가 겁나는 것 같기도 해요. 정말로 어떤 상태인지 잘 모르겠어요. 그러니까 제 말은요, 일단 여호와의 증인에서 나왔으면 그냥 끝까지 가보는 게 낫다는 생각이에요. 뭐 하러 그 자리에 다른 수호천사를 찾겠어요?"

"아마 모두들 수호천사가 필요한가보지."

그는 봐준다는 듯이 미소를 지었다. "진심으로 하시는 말씀 아니라고 봐요."

피오나는 늘 다른 사람의 생각을 요약하려 하는 자기 습관에 굴복하고 말았다. "부모님이 우는 모습을 보고 혼란이 온 건 너를 사랑하는 마음이 하느님과 내세에 대한 믿음보다 강하다는 의심이 들었기 때문이겠지. 넌 좀 벗어나 있고 싶은 거야. 네 나이엔 확실히 자연스러운 일이기도 하고. 대학에 갈 수도 있겠지. 그것도 도움이 될 거야. 하지만 네가 여기 와서 뭘 하고 있는지는 아직 이해가 안 돼. 무엇보다 이제 뭘 할 생각인지 모르겠어. 어디로 갈 거니?"

두 번째 질문은 애덤을 더욱 곤란하게 만들었다. "버밍엄에 이모가 살아요. 이모 집에서 한두 주 정도는 지낼 수 있을 거예요."

"이모도 네가 오는 줄 아시고?"

"뭐, 대충."

피오나가 또 한 번 문자를 보내게 하려던 참에 애덤이 탁자 건너편으로 손을 내밀었고, 동시에 그녀는 자기 손을 끌어당겨 무릎에 올려놓았다.

아이는 피오나를 쳐다보지도, 시선을 감당하지도 못한 채로 말하며 두 손을 이마에 올려 눈을 가렸다. "제 질문은 이거예요. 들으면 정말 멍청하다고 생각하실 거예요. 하지만 바로 거절하진 말아주세요. 제발 생각해보겠다고 말씀해주세요."

"그래?"

애덤은 탁자 상판에다 대고 말을 했다. "판사님에게 가서 같이 살고 싶어요."

피오나는 무슨 말이 더 나오길 기다렸다. 그런 요구를 들으리라고는 전혀 예상하지 못했다. 하지만 이제 보니 빤한 상황이었다.

애덤은 여전히 눈을 맞추지 못하고 제 목소리가 창피한 듯 재빨리 말을 이어갔다. 모두 미리 생각해두었던 것이다. "잡다한 일은 다 할 수 있어요. 집안일이나 심부름도요. 그리고 판사님은 제게 독서목록을 만들어주세요. 그러니까, 제가 알아야 한다고 생각하시는 건 모두 다……"

애덤이 그녀의 뒤를 밟아 나라를 종단하고 거리를 누비고

폭풍우 속을 걸어온 것은 이 질문을 하기 위해서였다. 그것
은 피오나와 함께 긴 항해여행을 한다는, 흔들리는 갑판을
서성이며 하루 종일 이야기를 나눈다는 환상의 논리적 연장
이었다. 논리적이고 정신 나간, 그리고 순진한. 온풍기의 딱
딱거리는 소리마저 멀어지는 듯했고 서재 너머에서는 아무
소리도 들리지 않았다. 애덤은 계속 얼굴을 가리고 있었다.
그녀는 건강하고 젊은 암갈색 머리카락의 소용돌이를 물끄
러미 바라보았다. 이제는 완전히 말라서 윤기가 흘렀다.

피오나가 부드럽게 말했다. "불가능하다는 거 알잖니."

"방해하지 않을게요. 그러니까 판사님하고 남편분 말이에
요." 마침내 소년은 손을 치우고 그녀를 바라보았다. "있잖아
요. 일종의 하숙생처럼. 시험 다 끝내고 일자리를 얻으면 방
세도 드릴게요."

그녀는 손님용 침실을 떠올리며 그 방의 트윈베드와, 고리
버들 바구니에 담긴 곰 인형과 다른 동물들, 장난감이 꽉 들
어차 한쪽 문이 닫히지 않는 벽장을 생각했다. 피오나는 갑
자기 기침을 하며 일어나 창가로 갔고 바깥의 어둠을 바라보
는 척했다. 등을 돌린 채로 그녀가 말했다. "우리 집엔 손님
용 침실이 하나밖에 없단다. 놀러 오는 조카도 굉장히 많고."

"그게 유일한 반대 이유예요?"

문을 두드리는 소리가 들리고 폴링이 들어왔다. "이 분 내로 도착합니다, 판사님." 그는 말하고 방을 나갔다.

창문에서 물러선 피오나는 애덤 쪽으로 걸어가 바닥에 놓인 배낭을 집어 들었다.

"서기가 택시로 함께 갈 거야. 일단 역에 가서 내일 아침 버밍엄으로 가는 기차표를 산 다음 근처 호텔에 데려다줄 거다."

잠시 가만있던 애덤이 천천히 의자에서 일어나 피오나에게서 가방을 받아 들었다. 그렇게 키가 큰데도 충격에 빠진 어린아이처럼 보였다.

"그럼 이게 끝이에요?"

"기차를 타기 전에 어머니한테 연락드린다고 약속해줬으면 좋겠어. 네가 어디로 갈 건지 말씀드리고."

애덤은 대답하지 않았다. 그녀는 문 쪽으로 소년을 데려갔고 두 사람은 홀로 나갔다. 아무도 보이지 않았다. 캐러독 볼과 손님들은 문이 닫힌 거실에 자리 잡고 있었다. 피오나는 애덤에게 서재 옆에서 기다리라고 하고 방으로 가 핸드백에서 돈을 꺼냈다. 돌아오는 길에 그녀는 중앙계단 꼭대기에서 한눈에 전체 장면을 볼 수 있었다. 문이 열려 있고 집사가 운전기사에게 말을 하고 있었다. 운전기사 뒤편으로 주랑현관 밑에 택시가 보였고 열린 차문을 통해 흥겹게 활주하는 아랍

관현악곡 선율이 들려왔다. 서기는 빠른 걸음으로 홀을 가로지르는 중이었는데, 아마도 집사가 문제를 일으키지 못하게 막으려는 것 같았다. 애덤 헨리로 말하자면, 그 아이는 여전히 서재 입구에서 가방을 가슴에 안고 서 있었다. 피오나가 소년이 선 곳에 이르렀을 즈음, 집사와 기사와 서기는 자갈마당의 택시 옆에 서서 무언가에 대해, 바라건대 적당한 호텔에 대해 의논하고 있는 듯했다.

소년이 말문을 열었다. "하지만 우린 아직……" 그녀는 손을 올려 쉿 하고 말했다.

"넌 가야 돼."

가볍게, 피오나는 애덤의 얇은 재킷 옷깃을 손가락으로 끌어당겼다. 볼에 입을 맞출 생각이었다. 하지만 그녀가 위로 다가가고 애덤이 살짝 몸을 숙여 두 사람의 얼굴이 가까워졌을 때, 그가 고개를 돌려 둘의 입술이 맞닿았다. 물러설 수도 있었다. 뒷걸음질 쳐서 바로 떨어질 수도 있었다. 그 대신 피오나는 무방비상태로 순간에 머물렀다. 피부와 피부가 닿는 감촉이 선택의 가능성을 지워버렸다. 입술을 완전히 맞댄 채로 담백한 키스가 가능하다면 바로 그런 것이었다. 한순간의 접촉이지만 키스의 개념을 넘어서는 것, 어머니가 장성한 아들에게 하는 입맞춤을 넘어서는 것이었다. 이 초 정도, 아니

어쩌면 삼 초 정도의 접촉. 말랑한 입술의 부드러움 안에서 두 사람이 떨어져 있던 모든 세월, 모든 삶을 느끼기에 충분한 시간. 그러다 서로에게서 물러났을 때, 그렇게 가벼이 살을 맞댄 순간이 두 사람을 다시 가깝게 만들 수도 있었다. 하지만 바깥에서 자갈마당과 돌계단을 지나 다가오는 발소리가 들렸다. 피오나는 그의 옷깃을 놓고 다시 말했다. "넌 가야 돼."

애덤은 떨어뜨린 배낭을 집어 들고 그녀를 따라 홀을 지나 신선한 밤공기 속으로 나갔다. 계단 밑에서 운전기사가 상냥하게 인사하며 택시 뒷문을 열어주었다. 음악은 멈춰 있었다. 피오나는 애덤에게 돈을 줄 생각이었지만 별 이유 없이 마음을 바꿔 폴링에게 건넸다. 그는 고개를 까딱하고 찌푸린 얼굴로 돌돌 말린 얇은 지폐뭉치를 받았다. 애덤은 그들 모두를 떨쳐버리려는 듯 어깨를 퉁명스레 움직이며 뒷자리에 올라타서는 가방을 무릎에 놓고 정면만 뚫어져라 바라보았다. 자신이 시작한 일을 벌써 후회하며 그녀는 애덤과 마지막 눈빛을 나누려고 차 주위를 돌았다. 그는 피오나가 곁에 있는 걸 알면서도 고개를 돌려버렸다. 폴링이 운전기사 옆자리에 앉았다. 집사는 멸시하듯 과장된 몸짓으로 애덤이 앉은 쪽 문을 손등으로 밀어 닫았다. 택시는 멀어져갔고, 그녀는 어깨를 움츠린 채 금이 간 돌계단을 서둘러 올라갔다.

5

일주일 후, 피오나는 뉴캐슬을 떠나 다른 지역으로 이동했다. 판결은 종결했거나 연기되어 제출해야 하는 보고서와, 만족하거나 분개한 소송인들, 그리고 항소의 여지에 변변찮은 위안을 얻은 이들을 남겼다. 저녁식사 자리에서 찰리에게 설명했던 사건은 아이들과 함께 살 권한을 조부모에게 주고, 어머니와 아버지 각각에게는 주 1회 감독하에 만남을 허락하며 재심일자는 육 개월 뒤로 정했다. 그때는 누구든 피오나 대신 판사석에 앉은 이가 아이들의 복지, 부모의 중독치유 프로그램 참여 서약, 어머니의 정신건강 상태에 대한 경과보고를 참조할 수 있을 터였다. 그 딸은 아는 사람들이 많은 지금의 성공회 계열 초등학교에 계속 다닐 수 있도록 했다. 피오나는 이 사안에서 지역 아동복지 당국의 일처리가 모범적이었다고 판단했다.

금요일 늦은 오후, 피오나는 법원 공무원들과 작별인사를 했다. 토요일 오전에는 폴링이 리드먼홀에서 서류상자와 옷걸이에 걸린 법복을 꺼내 자동차 트렁크에 실었다. 두 사람의 개인 짐은 뒷자리에 싣고 판사는 앞자리에 태운 다음, 서기는 서쪽으로 방향을 잡아 오른편으로는 체비엇 구릉지를, 왼편으로는 페나인 산맥을 끼고 타인 협곡을 지나 잉글랜드를 횡단해 칼라일로 향했다. 지리와 역사의 드라마가 펼쳐졌지만 피오나는 교통체증 때문에, 그리고 차량의 통행량과 늘 비슷한 흐름과, 브리튼 제도 어딜 가도 똑같은 거리 시설물들 때문에 별 감흥을 느끼지는 못했다.

헥섬을 통과할 때쯤 차는 걷는 것이나 다름없는 속도로 느려졌고, 피오나는 괜히 핸드폰을 손에 쥔 채로 한 주 내내 일과 틈틈이 그랬던 것처럼 그 키스에 대해 생각했다. 바로 물러서지 않다니, 어떻게 그런 충동적이고 어리석은 짓을. 직업적으로도 사회적으로도 미친 짓인 것을. 기억 속에서 살과 살이 맞닿은 접촉의 순간은 실제보다 더 길게 이어졌다. 그러다가도 피오나는 그것을 아무도 나무라지 못할 가벼운 입맞춤 정도로 축소하려 애썼다. 하지만 그 가벼운 입맞춤은 다시 크게 부풀어 올라서 그게 무엇이었는지, 무슨 일이 일어난 것인지, 망신을 감수한 시간이 얼마나 흘렀던 것인지 더 이상은 알 수 없게 되는 순간이 오곤 했다. 언제라도 캐러독 볼이 홀로 나올 수 있었다. 더 나쁘게는 동류의식에 구애받을 필요가 없는 그의 손님이 목격하고 세상에 떠들어댈 수도 있었다. 택시기사와 이야기하던 폴링이 들어와 그녀를 놀라게 했을 수도 있었다. 만약 그랬다면 둘 사이에 섬세하게 유지되던, 그래서 업무를 가능하게 했던 그 거리감이 무너졌을 것이다.

피오나는 무모한 충동에 휩쓸리는 성향이 아니었고 자신의 행동을 이해할 수가 없었다. 혼란스러운 감정을 더 깊이 들여다볼 필요가 있음을 깨달았지만 머릿속은 그때 일어날 수 있었던 일들에 대한 공포, 그토록 터무니없이 직업윤리를 위반한 것에 대한 수치심으로 꽉 차 있었다. 모두 자신이 감당했어야 할 불명예. 아무도 보지 않았다고, 범죄현장을 아무 탈 없이 빠져나가고 있다고 믿기가 힘들었다. 쓰디쓴 씨앗처럼 단단하고 어두운 진실이 곧 드러나리라는 쪽이 더 믿기 쉬웠다. 그러니까 누군가가 보았지만 자신은 몰랐다고, 그래서 바로 이 순간, 수백 킬로미터 떨어진 런던에서 이 사건을 논의하는 중이라고. 머지않아 수화기 너머로 당혹감에 머뭇거리는 선배 법관의 목소리를 들을 수도 있다고. 아, 피오나, 있잖아요, 정말 유감이지만 경고를 해줘야 할 것 같아서, 어, 떠도는 얘기가 있는데. 그런 다음, 사법민원 조사관이 보낸 우편물이 그레이즈인에서 그녀가 귀가하길 기다리고 있다고.

피오나는 핸드폰 자판을 두 번 눌러 잭을 불러냈다. 키스에서 도피하느라 평판 좋고 가정에 충실한 기혼녀라는 은신처로 겁에 질려 달려가는 것이었다. 별생각 없이, 습관적으로, 두 사람 사이의 기류는 의식하지도 못한 채 거는 전화였다. 여보세요, 하는 머뭇거리는 목소리가 들려왔을 때 그녀는 배경소음으로 남편이 부엌에 있음을 알 수 있었다. 라디오에서 음악이 흘러나왔다. 풀랑크* 같았다. 토요일 아침이면 그들은 언제나, 아니 예전에는 언제나 함께 나른한 이른 아침을 먹었다. 펼쳐놓은 신문, 볼륨을 낮춰 틀어둔 라디오3 채널, 커피, 램스콘두잇 스트리트에서 사다가 따뜻하게 데운 팽오레쟁**. 그는 아마 페이즐리무늬 실크 가운을 걸쳤을 것이다. 면도도 하지 않고, 머리도 빗지 않은 모습으로.

잭은 감정이 섞이지 않은 조심스러운 말투로 잘 지내는지 물었다. 잘 있어, 하고 대답한 피오나는 그 말이 너무도 정상

---

* 프랑스의 작곡가이자 피아니스트.
** 건포도를 넣은 페이스트리.

적으로 들려서 깜짝 놀랐다. 그러고는 아무 어려움 없이 즉흥적으로 이야기를 이어갔고, 때마침 지름길을 기억해낸 폴링도 만족스러운 한숨을 쉬며 정체되지 않은 길로 빠져나갔다. 이달 말로 예정된 귀가 날짜를 남편에게 알리는 일은 살림을 잘 꾸리려는 의도에서 타당한 조치였고, 집으로 가는 날 저녁에 함께 외식하자고 제안한 일도 자연스러운, 아니 예전에는 자연스러웠던 행동이었다. 그들이 좋아하는 집 근처 식당은 예약을 일찍 마감하는 때가 많았다. 당신이 지금 예약하면 좋지 않을까. 좋은 생각 같군. 피오나는 남편이 목소리에서 놀라움을 감추고 다정함과 서먹함 중간쯤을 유지하며 깔끔하게 대화해나가는 것을 들었다. 잭은 그녀가 괜찮은지 물었다. 그는 피오나를 너무나 잘 알았고, 분명 그녀의 말투는 그다지 정상으로 들리지 않았다. 피오나는 다 괜찮다고, 지나치게 강조하지 않으려 하며 말했다. 두 사람은 일에 대해 몇 마디 더 주고받았다. 통화를 끝낼 때 그가 조심스럽게 건넨 '잘 지내'라는 인사는 꼭 질문처럼 들렸다.

하지만 효과가 있었다. 피오나는 편집증적인 몽상에서 빠져나와 약속과 날짜와 관계개선이라는 현실로 돌아왔다. 좀더 방비를 한 느낌, 전반적으로 좀더 분별이 생긴 느낌이었다. 자신에 대한 민원이 있었다면 지금쯤 벌써 귀에 들어왔을 터였다. 남편에게 전화를 한 것도, 그래서 설명하기 힘든 그날 아침 그 순간 이후로 문제를 진전시킨 것도 잘한 일이었다. 불안한 망상 속 세상과 실제 세상이 전혀 다르다는 사실을 기억해둘 필요가 있었다. 한 시간 뒤, 자동차가 꽉 막힌 A69번 도로를 따라 칼라일 방향으로 기어가기 시작했을 때쯤 그녀는 재판 서류에 완전히 빠져들어 있었다.

그렇게 해서, 피오나는 두 주 동안 북쪽의 네 도시를 돌며 더 많은 재판을 하고 순회일정을 다 마친 다음, 클러큰웰에 있는 식당의 조용한 구석자리에서 잭과 마주 앉았다. 두 사람은 와인 한 병을 사이에 두고 조심스럽게 술을 마셨다. 갑자기 친밀한 분위기로 돌진해서는 안 될 일이었다. 서로에게 위험한 화제는 피했다. 잭은 그녀가 대화 도중 언제 터질지 모르는 폭탄이라도 되는 양 어색하고 신중하게 말을 붙였다. 피오나는 일에 대해, 그가 서문을 쓰고 수록작품을 선정한 베르길리우스의 책에 대해 물었다. 잭은 그 선집이 일반학교에서 대학까지 통용될 '범세계적인' 교과서가 될 것이며, 자신에게 성공을 안겨줄 작품이라고 애처로울 정도로 굳게 믿고 있었다. 신경을 곤두세우고 질문을 이어가던 피오나는 자신의 말투가 인터뷰 진행자처럼 들릴 것이라는 사실을 모르지 않았다. 사실 처음 보는 사람처럼 남편을 관찰하고 싶었다. 오래전 처음 사랑에 빠졌을 때처럼 그에게서 생경함을 느끼고 싶었다. 쉽지는 않았다. 그의 목소리, 그의 생김새는 마치 그녀 자신인 것처럼 익숙했다. 다부져 보이지만 무언가에 홀린 듯한 얼굴. 물론 매력적이었지만 바로 그 순간의 피오나에게는 통하지 않았다. 그녀는 탁자 위 술잔 옆에 놓인 잭의 손이 자신의 손을 잡지 않기를 바랐다.

식사가 끝나갈 무렵, 안전한 화제가 고갈되자 그들을 위협하는 침묵이 찾아왔다. 식욕이 사라졌고 디저트와 반쯤 마신 와인은 그대로였다. 말없는 비난이 서로를 괴롭혔다. 피오나의 머릿속에는 아직도 남편의 뻔뻔한 모험이 남아 있고, 추측하기로 잭의 머릿속에도 아내의 부풀려진 상처가 남아 있었다. 쥐어짜낸 듯한 말투로 잭이 전날 밤 들었다는 지질학 강의 이야기를 꺼냈다. 퇴적암 단층을 지구역사 책처럼 읽을 수 있다는 내용이었다. 수업을 마치면서 강사는 한 가지 추론을 내놓았다. 앞으로 일억 년 후 미래에 바다의 상당 부분이 지구 맨틀 속으로 가라앉고, 대기에 이산화탄소가 충분치 않아 식물이 살 수 없어지고, 지표면은 생명체가 존재하지 않는 바위사막이 된다면, 지구에 온 외계의 지질학자는 우리 문명의 증거를 무엇으로 알아낼 것인가? 지하 1미터 아래, 바위에 새겨진 두껍고 진한 선 하나가 우리 앞에 왔던 모

238

두와 우리를 구분해줄 것이다. 15센티미터 두께의 거무스름한 층에 우리 도시와 자동차와 도로와 다리와 무기들이 집약되어 있을 것이다. 이전의 지질학적 기록에서는 발견되지 않은 온갖 종류의 화합물들 또한 함께. 콘크리트와 벽돌은 석회암만큼 쉽게 풍화되고, 가장 단단한 강철조차 쇳녹으로 바스라질 것이다. 좀더 면밀하게 현미경으로 들여다보면 우리가 엄청난 가축을 먹여 살리기 위해 단조로운 목초지를 일궜고, 거기에서 나온 꽃가루가 다른 종류를 압도할 정도로 많다는 사실을 알게 될 것이다. 운이 좋다면 그 지질학자는 화석화된 뼈를, 잘하면 우리 뼈를 찾을지도 모른다. 하지만 어류를 포함한 야생동물의 뼈를 다 모아도 양과 소를 합친 중량의 십분의 일에도 못 미칠 것이다. 강사는 결국 생물 다양성이 이미 줄어들고 있는 지금이 대멸종의 시발점인 것 같다는 결론을 내릴 수밖에 없었다.

잭은 오 분 동안 이야기를 이어갔다. 의미 없는 시간의 무게로 피오나를 짓누르고 있었다. 상상조차 하기 힘든 시간의 황무지, 피할 수 없는 종말이 그에게 생기를 불어넣었다. 하지만 그녀는 달랐다. 주변으로 살풍경이 펼쳐지는 듯했다. 그 무게가 어깨에 내려앉아 다리를 타고 내려가는 느낌이었다. 피오나는 항복의 표시로 허벅지에 있던 냅킨을 탁자에 올려놓고 자리에서 일어섰다.

잭은 경이롭다는 듯이 말했다. "우린 이런 식으로 지질학적 기록에 서명을 남기는 거지."

피오나가 말했다. "계산서를 달라고 해야 할 것 같아." 그러고 나서 식당 안을 황급히 가로질러 숙녀용 화장실로 갔고, 거울 앞에 서서 누군가 들어올 때를 대비해 손에 빗을 든 채 눈을 감고 두세 번 천천히 심호흡을 했다.

해빙기는 빠르지도 않았고 일직선으로 진행되지도 않았다. 처음에는 아파트에서 서로를 의식하며 피하지 않는 것, 예전처럼 숨 막힐 정도로 예의를 차리며 차갑게 경쟁하지 않는 것만으로도 위안이 되었다. 그들은 함께 식사했고, 친구들의 저녁식사 초대에 응하기 시작했으며, (대부분은 일에 관한) 대화도 나누었다. 하지만 잭은 여전히 손님용 침실에서 잤고 열아홉 살 조카가 놀러 왔을 때는 다시 거실 소파로 잠자리를 옮겼다.

10월 말. 시계가 거꾸로 돌아가며 진 빠지는 한 해의 마지막 구간이 시작되었고, 더불어 어둠도 가까워지기 시작했다.* 두세 주에 걸쳐 그녀와 잭 사이에 형성된 새로운 정체기

---

* 영국은 일광절약을 위한 서머타임 제도를 실시하고 있으며, 3월 마지막 주에 시작하여 10월 마지막 주에 해제된다.

류는 예전만큼이나 숨 막히는 것이었다. 하지만 피오나는 바빴고 저녁에는 너무 피곤해서 두 사람을 새로운 단계로 넘겨줄 수도 있을 힘겨운 대화는 시작할 엄두를 내지 못했다. 법원에서 늘 하는 재판 업무 외에도 새로운 재판 절차를 논의하는 위원회를 이끌고 있었고, 가족법 개정에 관한 백서에 답하는 다른 위원회에도 참석해야 했다. 저녁식사 후에 기력이 남아 있을 때면 피아노 앞에 홀로 앉아 마크 버너와 함께하는 공연의 리허설을 준비했다. 잭 역시 바빴다. 대학에서는 병가를 낸 동료의 빈자리를 메워야 했고 집에서는 베르길리우스 선집의 긴 서문 집필에 몰두했다.

피오나와 버너는 그레이트홀에서 열리는 크리스마스 축하연의 오프닝 공연을 맡게 되었다. 행사 준비를 맡은 법정변호사가 그들에게 연락을 해왔다. 공연 시간은 최대 오 분의 앙코르 시간까지 포함해 이십 분 이내로 잡혀 있었다. 베를리오즈의 〈여름밤〉과 말러의 〈뤼케르트 가곡〉 중 '이 세상은 나를 잊었네'로 구성한 선곡에 충분한 시간이었다. 그레이즈인 합창단이 몬테베르디와 바흐 작품을 몇 곡 부른 다음 현악 사중주단이 하이든의 곡을 연주할 계획이었다. 그레이즈인의 평의원 중 절반이 좀 안 되는 상당수가 일 년 내내 매릴번의 위그모어홀*에서 잔뜩 인상 쓴 얼굴로 집중하며 실내악 감상에 며칠 밤을 보내는 이들이었다. 그들은 레퍼토리까지 모두 꿰고 있었다. 들리는 말에 따르면 틀린 음이 나오면 해당 부분을 다 연주하기도 전에 바로 알아차린다고 했다. 연주회 전에 와인을 마시는 시간이 있고, 최소한 겉으로 드러난 분위기는 전반적으로 관대해 보이지만 연주에 대한 기준은 아마추어 공연치고는 가혹할 정도로 높았다. 때로 피오나는 새벽이 오기도 전에 잠에서 깨어 과연 이번 연주를 해낼 수 있을까, 핑계를 대고 빠질 방법은 없을까 하고 생각했다. 집중할 여력은 부족하고 말러의 곡은 어렵기만 했다. 너무도 나른하게 느리고 차분한 곡. 그녀의 연주 실력을 고스란히 노출시킬 곡. 그리고 망각에 대한 독일인의 갈망이 그녀를 불편하게 만들었다. 하지만 버너는 의욕에 불타올랐다. 이 년 전 그의 결혼생활은 파탄이 났다. 셔우드 런시의 말에 따르면 지금은 여자가 생겼다고 한다. 피오나는 그 여자가 객석에 있을 테고 버너는 좋은 인상을 주고 싶은 마음이 간절할 거라 추측했다. 그는 심지어 암보로 연주하기를 제안하기까지 했지만 피오나는 능력을 벗어나는 일이라고 답했다. 자신이 외울 수 있는 곡은 앙코르에서 연주할 소곡 서너

---

* 1901년에 문을 연 런던의 유명한 연주회장.

편뿐이라고.

10월이 막바지에 이른 어느 날, 피오나는 재판소로 온 아침 우편물에서 눈에 익은 푸른 봉투를 발견했다. 사무실에는 폴링도 같이 있었다. 흥분과 희미한 두려움이 섞인 감정을 감추려 그녀는 창가로 편지를 가져가 아래쪽 마당을 관심 있게 내려다보는 척했다. 폴링이 나간 뒤 그녀가 봉투 속에서 발견한 것은 맨 아랫부분이 찢겨나간 두 번 접힌 종이 한 장이었고, 거기에는 미완의 시 한 편이 적혀 있었다. 대문자로 쓰인 제목에는 밑줄이 두 번 그어져 있었다. 애덤 헨리의 발라드. 작은 글씨로 쓴 긴 시가 종이 한 면을 모두 차지하고 있었다. 편지는 동봉돼 있지 않았다. 피오나는 첫 연을 읽다가 머릿속에 잘 들어오지 않아 옆으로 치워두었다. 삼십 분 내에 시작될 어려운 재판이 있었다. 결혼생활을 둘러싼 복잡한 주장과 반대주장이 그녀 인생의 두 주를 빨아들일 참이었다. 양쪽 당사자 모두 상대를 희생시켜 막대한 부를 누리고자 했다. 지금은 시가 어울리는 순간이 아니야.

피오나는 이틀이 지나서야 다시 봉투를 열었다. 아침 열시였다. 잭은 또 퇴적층 강의를 들으러 갔고, 아니 어쨌든 말은 그렇게 했고, 그녀는 그 말을 믿는 편이 좋겠다고 생각했다. 소파에 기대 찢어진 편지지를 무릎에 펼쳐놓았다. 생일카드

에 인쇄되는 종류의 서툰 시 같다는 생각이 들었다. 하지만
좀더 마음을 열어보려 애썼다. 이건 발라드잖아, 어쨌든 그
애는 겨우 열여덟 살이고.

애덤 헨리의 발라드

나무 십자가를 지고 물가로 갔네.
나는 젊고 어리석고 꿈으로 뒤숭숭했기에
참회는 바보짓, 부담은 멍청이들 몫이었네.
하지만 나는 일요일마다 규칙에 따라 살라는 말을 들었네.

나뭇조각이 어깨를 찔렀고 십자가는 납처럼 무거웠네.
협소하고 경건했던 나의 삶, 난 죽은 사람이나 마찬가지였네.
개울은 명랑하게 넘실댔고 햇빛이 일렁였지만
나는 땅만 내려다보며 계속 걸어야 했네.

그때 물 위로 뛰어오른 물고기 한 마리, 무지갯빛 비늘이 반
짝였네.
진줏빛 물방울이 춤추며 은빛 자취를 남겼네.
'자유롭고 싶다면 십자가를 물에 버려!'

하여 나는 유다나무* 그늘 아래에서 내 짐을 물에 빠뜨렸네.

강둑에 무릎을 꿇고 놀라운 환희에 젖어 있을 때
그녀는 내 어깨에 기대어 가장 달콤한 키스를 해주었네.
하지만 그녀는 결코 닿지 못할 차가운 강바닥으로 사라졌고
하염없이 눈물 흘리던 나는 나팔소리를 들었네.

예수께서 물 위에 서서 말씀하셨네.
'그 물고기는 사탄의 목소리였나니, 너는 대가를 치르리라.
그 여자의 키스는 유다의 키스, 내 이름을 배반한 키스였으니.
제 손으로

제 손으로 뭘 어쩐다는 거지? 마지막 단어들은 읽을 수가
없었다. 다시 생각하고 실타래처럼 엉킨 선으로 지워버린 부
분, 삭제했다가 되돌린 부분, 물음표를 붙여놓은 부분들이 뒤
죽박죽 섞여 있었다. 피오나는 지저분한 문장을 해독하려 애
쓰는 대신 다시 한 번 시를 읽고 뒤로 누워 눈을 감았다. 애
덤이 자신을 사탄으로 그릴 정도로 화가 났다는 사실이 마음

---

* 정식 명칭은 박태기나무이며, 예수를 배반한 유다가 목을 매어 죽은 나무라
하여 이렇게 불린다.

245

에 걸려 몽상 속에서 그에게 편지를 썼다. 실제로는 보내지 않으리라는 것을, 아니 심지어 쓰지도 않으리라는 것을 알면서도. 아이를 달랠 뿐만 아니라 자신의 행동 역시 정당화하고 싶은 충동이었다. 피오나는 무미건조하고 틀에 박힌 문구를 불러냈다. 나는 널 보내야만 했어, 그건 너의 최선의 이익을 위한 일이었단다. 네게는 너만의 젊은 인생이 있잖니. 그런 다음 좀더 조리 있게, 설령 방이 있다 해도 네가 우리 집 하숙생이 될 수는 없어. 판사에겐 그런 일이 아예 불가능하단다. 끝으로 덧붙였다. 애덤, 난 유다가 아니야. 늙은 송어*인지는 몰라도…… 마지막 말은 자신을 정당화하고 싶다는 절실함을 희석하기 위한 것이었다.

그녀의 '가장 달콤한 키스'는 무모했고 결국 책임을 피할 수는 없었다. 적어도 그 아이 일에 관해서는. 하지만 편지를 보내지 않기로 한 것은 오로지 아이를 배려한 결정이었다. 애덤은 편지를 받는 즉시 답장을 하거나 집 앞에 나타날 것이고, 그러면 자신은 또다시 그를 돌려보내야 할 터였다. 피오나는 종이를 도로 봉투에 넣은 다음 침실로 가져가 침대 옆 탁자 서랍에 넣어두었다. 곧 떨치고 나아갈 거야. 어쩌면 다시 종교로 돌아갔을 수도 있고, 아니면 유다나 예수나 다

---

* '(매력 없는) 중년 여성'을 일컫는 속어.

른 것들 모두 내 끔찍한 행동, 키스한 뒤에 택시에 태워 보내
버린 행동을 극적으로 묘사하려고 쓴 도구일 거야. 어느 쪽
이 맞든 애덤 헨리는 미뤘던 시험에서 우수한 성적을 거두고
좋은 대학에 진학할 거야. 그 애 머릿속에서 나는 점점 사라
질 테고, 아이의 감성이 더 많은 것들을 배워나가는 과정에
서 난 그냥 대단찮은 인물로 남게 되겠지.

———◆◆◆———

　그들은 마크 버너의 사무실 아래 작고 횡한 지하실 안에
있었다. 이곳에 어떻게 그로트리안-슈타인베크 업라이트피
아노가 자리 잡게 되었는지 기억하는 사람은 아무도 없었다.
이십오 년 동안 소유권을 주장하는 사람도 없었고 피아노를
다른 장소로 옮길 생각을 하는 사람도 없었다. 뚜껑에 흠집
과 담뱃불 자국이 있지만 성능에는 문제가 없었으며 음색도
부드러웠다. 바깥 기온이 영하로 내려가고 첫눈이 내려앉은
그레이즈인 스퀘어 풍경은 한 폭의 그림 같았다. 두 사람이
리허설 방이라고 부르는 이곳은 라디에이터는 없지만 한쪽
벽에 빅토리아 시대의 초기 배관이 남아 있었고, 그중 수직
관 몇 개가 약하지만 끊임없이 열기를 뿜어내어 우연히도 피

아노의 음정을 유지시켜주는 역할을 했다. 커피 얼룩이 묻은 바닥재는 1960년대에 많이 쓰던 골이 가는 코르덴지로, 시멘트 바로 위에 접착해놓은 것이었다. 이제는 반항하듯 가장자리가 들떠 있어 자칫하면 발이 걸리기 십상이었다. 낮은 천장에 나사로 고정시킨 조명은 눈이 부신 150와트 알전구였다. 한동안 버너는 전구에 전등갓을 씌우자고 했었다. 보면대와 피아노 의자를 제외하면 가구라고는 허술한 부엌 의자 하나뿐이었고, 그들은 거기에 외투와 목도리를 쌓아두었다.

건반 앞에 앉은 피오나는 무릎에서 두 손을 맞잡아 온기를 유지하며 눈앞에 있는 악보를 쳐다보았다. 피아노와 테너를 위해 편곡한 〈여름밤〉. 거실 어딘가에 키리 테카나와*의 오래된 음반이 있을 텐데 몇 년 동안 보지 못했다. 사실 지금의 두 사람에게는 도움도 안 될 터였다. 여태 리허설을 두 번밖에 못 했기 때문에 그들은 연습이 시급했다. 하지만 전날 재판에서 겪은 일로 아직도 화가 난 버너는 피오나에게 사정을 설명하지 않을 수 없었다. 또한 법조계를 떠나겠다며, 앞으로 무엇을 할 생각인지에 대해서도 말해야 했다. 이제는 할 만큼 했어요. 너무 슬프고, 너무 멍청하고, 너무 젊은 인생을 낭

---

* 뉴질랜드의 소프라노 가수.

비하게 만들어요. 버너가 늘 하는 공허한 위협이었지만 그녀는 피아노 앞에 앉아 떨면서도 이야기를 끝까지 들어줘야 할 것 같았다. 그럼에도 어쩔 수 없이 제1곡 '목가'의 악보에서 부드럽게 반복되는 화성과 고동치듯 떨리는 스타카토를 눈으로 읽으며 그 달콤한 선율을 상상하고 나름의 산문적 해석을 곁들여 고티에의 시* 첫 행을 떠올려보았다.

　새로운 계절이 돌아오면, 추위가 물러가면……

버너가 담당한 사건은 타워브리지 인근의 한 술집 외부에서 네 청년이 우연히 마주친 다른 청년 네 명과 싸움을 벌인 건과 관련이 있었다. 여덟 명 모두가 술을 마신 상태였다. 그리고 앞서의 청년 넷만 체포되어 기소를 당했다. 배심원단은 고의에 의한 '중상해죄'에 대해 유죄 평결을 내렸고, 이를 공동범죄로 간주하여 각자 행동과 무관하게 네 사람을 동일하게 취급해야 한다는 검찰의 주장을 받아들였다. 넷이 함께 저지른 일이라는 것이었다. 배심원단의 평결이 있은 후 선고를 일주일 남긴 시점에, 서더크**의 판사 크리스토퍼 크래넘은 청년들이 꽤 무거운 구금형을 예상해야 하리라고 충고했

---

* 〈여름밤〉은 작곡가인 베를리오즈가 시인이자 소설가인 테오필 고티에의 시 여섯 편에 각각 곡을 붙인 것이다.
** 템스 강 남안에 위치한 런던의 자치구.

다. 바로 그때 네 사람 중 웨인 갤러거라는 청년의 친척들이 걱정 끝에 마크 버너에게 변호를 의뢰한 것이었다. 필요비용이만 파운드를 마련하기 위해 가족과 친구들이 돈을 모았고, 영리하게도 온라인 크라우드소싱을 활용한 모금도 했다. 선고가 내려지기 전에 명망 높은 QC가 효과적으로 웨인을 변호하여 형량을 낮춰주길 바란 것이었다. 그들은 법률지원을 나온 완벽하게 유능한 변호사는 돌려보내고, 자문 역할을 하는 사무변호사만 계속 두고 있었다.

돌스턴에 사는 버너의 의뢰인은 살짝 몽상에 빠진 듯 보이는 스물세 살 청년이었는데, 수동적인 성향이 그의 가장 큰 단점이었다. 웨인은 면담 약속도 잘 지키지 않았다. 어머니는 술꾼에 마약중독자였고, 역시 비슷한 문제를 가진 아버지는 그가 방임상태에서 혼돈의 유년기를 보내는 동안 거의 없는 사람이나 마찬가지였다. 웨인은 어머니를 사랑했고, 그의 주장대로라면 어머니도 아들을 사랑했다. 어머니는 절대로 그를 때리지 않았다. 사춘기 시절은 거의 어머니를 보살피다 보냈고 학교 수업도 많이 빼먹었다. 열여섯에 학교를 중퇴한 뒤로는 질 낮은 일자리들을 전전했다. 공장에서 닭털을 뽑거나, 막노동이나 창고 일, 우편함에 광고지를 쑤셔 넣는 일 같은 것이었다. 실업수당이나 주거보조비를 청구한 적은 없었다. 오 년 전인 열여덟 살 때는 한 여자아이가 악의적으로 그를 강간범으로 신고하는 바람에 소년원에서 몇 주를 갇혀 지내다, 다시 육 개월 동안 전자발찌를 찬 채 엄격한 통금 조건을 지키며 살아야 했다. 상호동의하에 섹스가 이루어졌음을 증명하는 휴대폰 문자 증거가 있었지만 경찰은 그것을 조사하지 않았다. 경찰들은 강간범 검거 목표량을 채워야 했고 웨인은 바로 그들이 찾는 부류였기 때문이다. 그리고 재판 첫날, 원고의 가장 친한 친구가 그의 무죄를 밝혀줄 증거를 제시하며 사건은 종결되었다. 피해자라는 소녀가 범죄피해보상국에서 돈을 타낼 속셈으로 꾸민 일이었음이 밝혀졌다. 새 엑스박스가 너무나 갖고 싶었던 소녀가 제 의도를 친구에게 문자로 보낸 것이었다. 원고 측 변호사는 가발을 벗어 바닥에 내팽개치며 '바보 같은 계집애'라고 중얼거렸다고 했다.

"이 친구 기록에 오점이 또 하나 있어요." 버너가 말했다. "열다섯 살 때 경찰관이 쓴 헬멧을 쳐서 벗겨버린 거예요. 멍청한 장난이었죠. 그런데 그게 '경찰관 폭행'으로 기록되었단 말이에요."

봄이 왔어요, 내 소중한 이여. 연인들에게는 복된 달이죠.

버너는 피오나 왼쪽에 놓인 보면대 앞에 서 있었다. 몸에 꽉 끼는 검은색 진에 검은 터틀넥 스웨터가 한물간 비트족을 연상시켰다. 그런 인상을 희석시키는 물건은 목에 걸린 줄 달린 돋보기안경뿐이었다.

"있죠, 크래넘이 그 녀석들한테 언질을 줬을 때 말이에요, 그중 두 놈이 바로 감옥에 들어가 형을 살고 싶다고 그랬대요. 순한 양 같은 녀석들, 칠면조가 오븐에 들어가겠다고 제 발로 줄을 선 꼴 아닙니까? 그러니 웨인 갤러거도 친구들하고 같이 갈 수밖에 없었어요. 애인과 마지막으로 일주일만 함께 지내고 싶었는데도 말이죠. 애인이 막 그 녀석 애를 낳았거든요. 그래서 제가 런던 동부 저 너머에 그 지저분한 동네까지 웨인을 만나러 가야 했다는 거예요. 템스미드로요."

피오나는 악보를 넘겼다. "가본 적 있어요." 그녀가 말했다. "그만하면 괜찮던데."

그러니 이끼 낀 강둑으로 오세요. 우리의 멋진 사랑을 이야기해요⋯⋯

"들어보세요." 버너가 말했다. "넷 다 런던 청년들이에요. 갤러거, 퀸, 오로크, 켈리. 아일랜드인 3세대 또는 4세대. 런던 억양을 쓰죠. 모두 같은 학교를 다녔고요. 나쁘지 않은 종합중등학교예요. 그런데 체포한 경찰이 이 이름만 보고 아일랜드 집시라고 생각한 거예요. 그래서 다른 네 명은 쫓아갈 생각조차 안 했고, 그래서 영국 검찰도 공동범죄로 처리하려는 거죠. 공동범죄라는 게 사실 범죄조직에나 적용하는 거거든요. 아주 깔끔하죠. 게으르게 그냥 싹 쓸어버린 거예요."

"마크." 그녀가 속삭이듯 말했다. "우리 연습해야 돼요."

"거의 다 끝났어요."

공교롭게도 싸움이 일어난 장소는 CCTV 카메라 두 대가 정통으로 비추는 곳이었다.

"각도가 완벽했어요. 거기 있는 사람들 다 보일 정도로요. 은은한 색조에 초점도 죽이게 선명했죠. 마틴 스코세이지도 그보다 더 잘 찍을 순 없었을걸요."

버너는 나흘이 지나서야 사건을 제대로 파악할 수 있었다. DVD를 보고 또 보고, 카메라 두 대가 팔 분간 포착한 움직임을 모두 기억하고, 의뢰인과 다른 일곱 명이 디딘 발걸음을 모두 기계적으로 외웠다. 그는 여덟 남자가 셔터를 내린 상점과 공중전화기 사이의 넓은 보도에서 처음 부딪치던 장면을 지켜보았다. 화를 내고 욕설을 주고받고, 살짝 밀치며 가슴을 내밀고, 수컷 특유의 으스댐, 이리저리 밀리면서 바뀌는 무리의 형태, 그리고 어느 시점에 연석을 넘어 도로로 내려가는 모습이 보였다. 어떤 손이 어떤 팔을 잡고, 어떤 손바닥이 어떤 어깨를 밀쳤다. 그때 웨인 갤러거가 무리 뒤쪽에 있다가 팔을 들어 올렸고, 불행히도 첫 번째 주먹질을 했으며, 곧이어 한 번 더 주먹을 휘둘렀다. 하지만 주먹의 위치는 너무 높았고, 서 있던 곳이 한참 뒤쪽이었던 데다 다른 손에 들려 있던 맥주 캔 때문에 움직임도 용이하지 않았다. 그의 주먹질은 별 소용이 없었고 맞은 사람조차 잘 모를 정도였다. 그때 무리가 어지럽게 둘로 나뉘었다. 그 시점에 여전히 주변부에 있던 웨인이 맥주 캔을 던졌다. 팔을 아래로 내려 밑에서 던지는 방식이었다. 그가 목표로 삼았던 인물은 옷깃에서 맥주 몇 방울을 털어냈을 뿐이었다. 상대편 청년 하나가 응징의 의미로 다가와 얼굴을 세게 후려쳤고, 웨인은 입술이 터지면서 더는 싸움에 가담하지 않았다. 그는 멍한 상태로 가만히 서 있다가 싸움판에서 물러나며 카메라 시야에서 사라졌다.

그가 빠지고도 싸움은 계속되었다. 학교 친구 오로크가 나서더니 웨인을 때린 청년을 주먹질 한 방으로 쓰러뜨렸다. 숨 돌릴 새도 없이 다른 친구 켈리가 쓰러진 청년을 걷어차 턱뼈를 부러뜨렸다. 삼십 초 뒤 두 번째 청년이 쓰러졌고, 이번에는 퀸이 발길질로 그의 뺨을 찢어놓았다. 경찰이 도착할 시점에 웨인을 때린 녀석은 벌떡 일어나 여자친구 아파트로 도망쳐 숨었다. 체포당해 직장을 잃을까 두려웠던 것이다.

피오나가 손목시계를 보았다. "마크……"

"다 끝나가요, 판사님. 요점은요, 이 친구는 그냥 서서 경찰

254

을 기다렸다 이겁니다. 얼굴이 피범벅이 되어서요. 다른 사람이 내게 지은 죄가 더 크도다* 어쩌고저쩌고하는 경우예요. 뼈가 부러졌으니 중상해죄에 해당하죠. 경찰은 네 녀석을 다양한 죄목으로 재판에 넘겼어요. 그런데 법정에서 검사는 이게 공동범죄라면서 지침에 따라 2급 중상해죄를 적용한 거죠. 그럼 오 년에서 구 년을 살아야 하는데요. 허구한 날 일어나는 일이잖아요. 제 의뢰인은 그 폭력사건에서 아무 역할도 안 했어요. 이 친구는 다른 사람이 지은 죄로 판결을 받을 참이었다고요. 정작 본인은 기소도 안 된 죄목으로 말이죠. 법정에서 자기는 무죄라고 했대요. '소란행위'로 자백을 했어야 하는데, 그때는 제가 개입하기 전이어서 조언을 해줄 수가 없었죠. 법률지원을 나온 변호사가 배심원들한테 피범벅이 된 웨인의 얼굴 사진을 보여줬어야 했는데. 어쨌든 턱이 깨진 작자는 피해자 진술을 거부했어요. 검사 측 증인으로 법정에 섰죠. 왜 이 난리를 치는지 이해를 못 하겠다고 했대요. 판사한테 자긴 치료도 필요 없었고 이틀 뒤에 스페인으로 휴가까지 갔다, 그랬대요. 처음 며칠 동안은 빨대로 보드카를 마셨다나. '그게 끝입니다.' 정확히 그 사람 대사예요. 재판

---

* 셰익스피어의 《리어왕》에 나오는 대사로, 완전한 문장은 "내가 지은 죄보다 더 많은 죄를 다른 사람들이 내게 지었다"이다.

기록에 그렇게 나와 있어요."

피오나는 계속 이야기를 들으며 손가락을 벌려 건반 위의 화음을 짚어보았지만 실제로 연주는 하지 않았다. 산딸기를 가득 따서 우리의 보금자리로 돌아가요.

"당연히, 배심원 평결에 대해선 제가 할 수 있는 일이 없었죠. 전 칠십오 분 동안 변론을 하면서 웨인을 다른 친구들과 분리시키려고, 3급 중상해죄로 죄목을 낮추려고 애썼어요. 그건 지침상 형기가 삼 년에서 오 년 사이니까요. 그리고 근거 없이 강간 혐의를 받은 바 있으니 법적으로 육 개월의 자유를 줘야 한다는 점도 설득력 있게 주장했어요. 그러면 집행유예가 가능할 정도로 형기가 축소될 수도 있었죠. 그런 우둔한 짓에는 그 정도 형량이면 충분하잖아요. 다른 세 녀석을 맡은 법률지원 변호인들은 각각 십 분씩 변론을 하더군요. 크래넘이 정리했어요. 게으른 개자식. 좋아요, 3급은 얻어냈어요. 아, 다행이죠. 그런데 이자가 공동범죄는 지워주지도 않고 제 의뢰인이 받아 마땅한 감형에 대해서도 제 주장을 하나도 반영하지 않은 거예요. 네 명 모두에게 이 년 반을 선고했죠. 게으르고 삐딱한 인간. 하지만 방청석에서는 다른 애들 부모가 안도감에 울고 있었어요. 최소 오 년은 생각했던 거죠. 그 사람들한테 제가 좋은 일을 좀 한 것 같긴 해요."

피오나가 말했다. "판사가 재량껏 지침보다 낮은 형량을 선고한 거예요. 운이 좋았다고 생각하세요."

"요점은 그게 아니에요, 피오나."

"시작합시다. 한 시간도 채 안 남았어요."

"끝까지 좀 들어주세요. 이건 제 퇴임 연설이에요. 녀석들 모두 직업이 있었어요. 다들 납세자였다고요. 우리 친구는 누구에게 해를 입히지도 않았고요. 성장환경을 생각해보세요. 무수한 역경을 딛고 이제 열심히 아이를 키우며 아빠가 되려 했던 사람이잖아요. 퀠리는 여가시간에 청소년 축구팀을 운영했어요. 오로크는 낭성섬유증 환자를 위해 주말마다 자선단체에서 일했고요. 이건 무고한 행인을 공격한 사건이 아니었단 말입니다. 그냥 술집 바깥에서 벌어진 실랑이 정도였어요."

피오나는 악보에서 고개를 들어 그를 쳐다보았다. "뺨이 찢어졌는데도?"

"좋아요. 다툼이에요. 동의한 성인들 간의. 이런 녀석들로 교도소를 가득 채우는 게 무슨 의미가 있어요? 갤러거는 아무런 해도 없는 주먹을 두 번 날렸고 거의 빈 맥주 캔을 던졌어요. 이 년 반이에요. 중상해죄라는, 기소 당시에는 혐의도 받지 않은 죄목이 영원히 기록에 남는다고요. 웨인은 아이시스 교도소로 갈 거예요. 왜 있잖아요, 벨마시 교도소 안에 있는 청소년 범죄자 수용시설 말이에요. 저도 몇 번 가봤거든요. 웹사이트에서는 그곳에 '배움의 학교'가 있다고 하더군요. 완전 허튼소리! 거기 복역 중인 제 의뢰인 한 명은 하루 스물세 시간을 감방에만 갇혀 지내요. 교육과정은 매주 취소되죠. 인력 부족이라고들 한다더군요. 늘 피곤한 표정에다, 사람들 말은 다 짜증나서 못 듣겠다는 듯이 구는 크래넘이에요. 이런 애들한테 무슨 일이 일어나는지 그 사람이 신경이나 쓰겠어요? 그런 쓰레기장에 부려놓으면 속이 뒤틀려서라도 범죄자의 길로 들어서는 거예요. 제 가장 큰 실수가 뭐였는지 아세요?"

"뭔데요?"

"저는 이 사건이 음주와 젊은 혈기 때문에 일어났다는 사실을 강조하려고 했어요. 합의된 폭력이었다는 거죠. '여기 네 명의 신사가 옥스퍼드 불링던 클럽* 회원이었다면 지금 이 자리에 있지 않았을 것입니다, 존경하는 재판장님.' 그런데 끔찍한 예감이 들기에 집에 가서 명사 인명록의 크래넘을 찾아본 거죠. 거기 뭐라고 쓰여 있었을까요?"

"아, 세상에 마크, 당신 휴가 좀 다녀와야 할 것 같아."

---

* 옥스퍼드 대학의 사교클럽. 부유층 남학생들이 성대한 연회를 열어 폭음을 하고 난동을 피운 뒤에 그 손해를 돈으로 배상하는 악습이 있다.

"받아들이세요, 피오나. 이건 빌어먹을 계급전쟁이라고요."

"그리고 가사부 사람들은 모두 샴페인에 프레즈데부아*라는 거죠?"

피오나는 기다리지 않고 부드럽게 이어지는 도입부 화음 열 마디를 연주했다. 곁눈질로 보니 버너가 돋보기를 쓰고 있었다. 그리고 곧 멋진 테너 목소리가 작곡가의 돌체 기호에 순종하며 아름답게 높아져갔다.

Quand viendra la saison nouvelle,

Quand auront disparu les froids······**

오십오 분 동안 두 사람은 법에 대한 생각은 잊었다.

◆◆◆

12월, 연주회가 열리는 날, 법원을 나선 피오나는 여섯시까지 집에 도착해 서둘러 샤워를 하고 옷을 갈아입었다. 부엌에서 남편의 기척을 느끼고 침실로 가는 길에 인사를 했다.

---

* 산딸기의 일종이며 고급 식재료.
** '새로운 계절이 돌아오면, 추위가 물러가면······'

냉장고 옆에서 몸을 숙이고 있던 잭은 대답의 뜻으로 끙 소리를 냈다. 사십 분 후에 그녀는 검은색 실크 드레스에 검은색 에나멜가죽 하이힐을 신고 복도로 나왔다. 굽 높은 신발은 피아노 페달을 밟을 때 지렛대 역할을 해주었다. 목에는 띠처럼 생긴 단순한 은목걸이를 걸었다. 향수는 리브 고슈였다. 좀처럼 틀지 않는 거실의 하이파이오디오에서 피아노 음악이 흘러나왔다. 키스 재럿의 옛 음반인 〈페이싱 유〉였다. 앨범의 첫 번째 곡. 피오나는 침실 문 밖에 서서 잠시 연주를 들었다. 완전히 드러내지 않고 머뭇거리는 그 선율을 들은 지가 정말 오랜만이었다. 부드럽게 점점 확신에 차서 나아가던 선율이 생동감 있게 도약할 때 왼손은 낯선 부기 리듬으로 요동치다가 가속하는 증기기관차처럼 멈출 수 없는 힘으로 변해가는 곡. 한동안 잊고 있던 곡이었다. 클래식 음악으로 훈련된 연주자만이 재럿처럼 양손을 자유롭게 쓸 수 있을 터였다. 적어도 그녀의 편파적인 견해로는 그랬다.

잭은 피오나에게 메시지를 보내고 있었다. 〈페이싱 유〉는 그 옛날 두 사람이 연애하던 시절 사운드트랙이 되어주었던 서너 개의 음반 가운데 하나였다. 최종 변호사 자격시험을 치르고 여자들끼리 모여 〈안토니우스와 클레오파트라〉를 공연한 이후였다. 처마 아래로 둥근 동창이 난 방에서 처음에는 잭의 설득으로 하룻밤을, 그 후로는 수십 번의 밤을 함께 보내던 시절이었다. 성적 황홀경이란 말이 지나치게 부풀려진 표현이 아니란 것을 이해하게 된 시절이었다. 일곱 살 이후 처음으로 기쁨의 비명을 지르던 시절이었다. 피오나는 한없이 무너져 머나먼 곳, 사람이 존재하지 않는 곳으로 굴러떨어졌고, 나중에 두 사람은 침대에 나란히 누워 막 정사 신을 끝낸 영화배우들처럼 허리까지 이불을 두른 채 그녀가 낸 요란한 소리에 대해 이야기하며 웃었다. 다행히 아래층 아파트에는 아무도 없었다. 그는, 멋진 긴 머리의 잭은 그것이 여태까지 받아본 가장 대단한 찬사였다고 말했다. 피오나는 다시 그곳으로 돌아가는 일은 상상도 할 수 없다고, 척추에, 온몸의 뼈에 다시 그런 힘을 모으는 일은 불가능할 것 같다고 말했다. 살아서 돌아올 수 없을 거라고. 하지만 그 일은 가능했다. 그것도 자주. 그녀는 젊었다.

바로 그 무렵에 잭은 함께 침대에 들지 않을 때는 재즈로 계속 그녀를 유혹할 수 있을 거라 생각했었다. 피오나의 연주에 감탄하긴 했지만 엄격한 악보와 오래전에 죽고 없는 천재의 압제로부터 그녀를 빼내오고 싶어 했다. 잭은 셀로니어스 멍크의 〈라운드 미드나이트〉를 그녀에게 들려주고 악보도 사줬다. 어려운 곡은 아니었다. 하지만 피오나의 연주는 부드럽고 강세가 없어서 마치 드뷔시의 범작처럼 들렸다. 괜찮아, 잭이 말했다. 위대한 재즈 마스터들은 드뷔시를 좋아했거든, 또 많이 배우기도 했고. 피오나는 다시 음악을 들으며 집요하게 파고들었고 앞에 놓인 악보 그대로 연주해봤지만 재즈 연주는 불가능했다. 박자감도 없었고 본능적인 당김음 감각이나 자유로움도 느껴지지 않았다. 손가락은 그저 멍하니 박자표와 음표에만 순종했다. 그래서 내가 법을 공부하는 거야, 그녀는 애인에게 말했다. 규칙을 존중하는 거지.

피오나는 비록 연주는 포기했지만 듣는 법을 익혔고, 재즈 연주자 중에 재럿을 가장 숭배하게 되었다. 로마 콜로세움에서 재럿의 콘서트가 열렸을 때는 그녀가 잭을 데려가기도 했다. 뛰어난 기교, 힘들이지 않고도 쏟아져 나오는 모차르트처럼 풍부한 서정적 창의력, 그것이 긴 세월이 흐른 다음에도 그녀를 제자리에 멈춰 서게 만들고, 한때 장난기 많았던 자신과 잭의 모습을 기억하게 만들었다. 교묘한 곡 선정이었다.

복도를 걷던 피오나는 거실 입구에서 다시 멈춰 섰다. 잭이 무척 바빴던 것 같았다. 나가버린 전구를 갈고 오랜만에 켜놓은 스탠드 몇 개. 방 주위에 놓인 촛불들. 젖혀진 커튼 사이로 보이는 가랑비 내리는 겨울밤 풍경, 적어도 일 년 만에 석탄에 통나무까지 넣어 불을 붙인 벽난로, 그리고 활활 타오르는 불꽃. 그 옆에 그가 샴페인 한 병을 들고 서 있었다. 낮은 탁자 위에는 프로슈토와 올리브, 치즈를 담은 쟁반이 놓여 있었다.

잭은 검은 양복에 넥타이 없이 흰 셔츠만 입고 있었다. 여전히 매끈한 모습이었다. 그가 다가와 샴페인 잔을 손에 쥐여준 다음 술을 따라주고 자기 잔도 채웠다. 그리고 엄숙한 표정으로 잔을 들었고, 두 사람은 건배했다.

"시간이 그리 많지 않아."

피오나는 그레이트홀까지 걸어가려면 곧 출발해야 한다는 뜻으로 이해했다. 연주회를 앞두고 술을 마시다니 미친 짓이긴 하지만 개의치 않았다. 한 모금 더 마신 뒤에 그를 따라 불가로 갔다. 남편이 내민 쟁반에서 파르메산 치즈 한 조각을 집어 들었고, 두 사람은 벽난로 양쪽으로 선반에 기대어 섰다. 거대한 장식물들처럼, 피오나는 생각했다.

잭이 말했다. "얼마나 남았는지 누가 알겠어. 아주 길진 않겠지. 이제 다시 삶을 시작하든가, 진짜로 사는 것 말이야, 아니면 포기하고 그 비참함을 받아들이며 끝까지 가든가."

잭의 해묵은 주제. 카르페 디엠.* 그녀는 잔을 들고 엄숙하

----
* 호라티우스의 시에서 유래한 말로서 '현재를 즐겨라'라는 뜻.

게 말했다. "새로 시작하는 삶을 위해."

피오나는 그의 얼굴에 언뜻 비친 표정 변화를 읽었다. 안도, 그리고 그것을 넘어선 좀더 강렬한 무엇.

잭이 그녀의 잔을 다시 채웠다. "그러고 보니 드레스가 끝내주는군. 당신 모습 아름다워."

"고마워."

두 사람은 서로의 눈을 오래 응시했다. 다가가 키스하는 것 말고는 남은 일이 없을 때까지. 그런 다음 또 한 번의 키스. 잭은 그녀의 등에 가볍게 손을 올렸지만 예전처럼 허벅지까지 아래로 쓸어내리지는 않았다. 천천히 단계를 밟아나가려는 것이고 그런 섬세함이 피오나의 마음을 움직였다. 거창한 음악과 사교의 의무가 그들 앞에 놓여 있지 않았다면 이 해방감이 어디로 귀결될 것인지는 명백했다. 하지만 피오나 뒤편 소파에는 악보가 놓여 있었고 옷차림을 완벽히 갖추는 것은 그들이 져야 할 의무였다. 그래서 두 사람은 꼭 끌어안고 다시 한 번 키스한 다음, 잔을 들어 침묵 속에서 건배한 뒤 술을 마셨다.

잭은 여러 해 전 크리스마스에 피오나가 선물한 기발한 스프링 마개로 샴페인 입구를 막았다. "나중을 위해서." 그의 말에 두 사람 다 웃음을 터트렸다.

두 사람은 코트를 가지고 밖으로 나갔다. 하이힐을 신은 피오나는 남편의 팔에 기대 그가 받쳐 든 우산을 쓰고 그레이트홀까지 걸어갔다. 잭은 매너 있게 그녀의 머리 쪽으로 우산을 기울여주었다.

"연주자는 당신이잖아." 그가 말했다. "실크 드레스를 입은 사람도 당신이고."

담소를 나누는 소리가 울려 퍼지며 백오십여 군중의 존재를 알렸다. 그들은 와인 잔을 들고 있었고, 미리 의자를 배열해두었지만 아직 앉는 사람은 아무도 없었다. 무대 위에는 파치올리 피아노와 보면대가 제자리에 놓여 있었다. 그레이즈인의 구성원들, 평의원들, 피오나의 직장생활과 사교생활 대부분을 한곳에서 볼 수 있었다. 삼십 년이 넘는 세월 동안 눈앞에 있는 사람들 수십 명과 함께 힘을 모으거나 반대편에 서서 일했다. 여러 명사들이 참석했으며, 대법원장 본인과 항소법원 사람들 몇 명, 대법관 두 명, 법무장관과 스무 명 남짓의 유명한 법정변호사들을 포함한 다수가 외부에서, 링컨즈인이나 미들템플에서 온 사람들이었다. 누군가의 운명을 결정하고 시민의 자유를 박탈하는 이들 법집행자들은 직업과 관련한 대화에서 뛰어난 유머감각과 열정을 드러냈다. 소음에 귀가 먹먹해질 정도였다. 몇 분도 안 되어 피오나와 잭은 서로의 시야에서 사라졌다. 어떤 사람이 다가와 잭에게 라틴어에 관해 도움을 청했다. 피오나는 항소법원 판사의 괴짜 친구를 두고 뒷이야기에 바쁜 무리 틈으로 끌려 들어갔다. 서 있는 곳에서 거의 이동할 필요도 없었다. 친구들이 다가와 그녀를 끌어안으며 행운을 빌어주었고, 악수를 청하는 사람들도 있었다. 연주회 순서를 파티에 앞서 배정한 것은 그야말로 그레이즈인 법학원 평의회 '펜션'의 절묘한 한 수였다. 피오나는 와인이 위그모어홀 파(派)의 비판 능력을 좀 흐려놓았으면 하고 바랐다.

은쟁반을 든 웨이터가 지나갈 때, 피오나는 기분이 너무 좋아서 술을 거부할 수가 없었다. 잔을 하나 받아들자 마크 버너가 시야에 들어왔다. 사람들 백여 명을 사이에 두고 15미터쯤 떨어진 곳에서 금지의 뜻으로 손가락을 흔들고 있었다. 물론 버너가 옳았다. 피오나는 그를 향해 술잔을 들어 올린 뒤 한 모금을 마셨다. 여왕좌부의 충직한 일꾼인 친구 하나가 그녀를 이끌며 '훌륭한' 법정변호사이자 우연히 자기 조카이기도 한 젊은이를 만나보라고 했다. 자랑스러운 삼촌이 지켜보는 가운데 측은하게 말까지 더듬는 바싹 마른 청년을 피오나는 세심하게 배려해 질문을 던졌다. 좀더 생기 있는 말상대가 간절해질 즈음, 미들템플에서 일하는 오랜 여자 친구가 불쑥 끼어들더니 그녀를 안고서 젊고 반항적인 여성 법정변호사 무리로 끌고 갔다. 비록 농담조이긴 했지만 그들은 괜찮은 일거리를 잡지 못하는 현실에 대해 토로했다. 그런 일은 전부 남자들에게 간다는 것이었다.

안내원들이 군중 사이를 돌아다니며 공연이 곧 시작된다고 알렸다. 사람들은 마지못해 의자 쪽으로 이동했다. 좋은 와인과 뒷소문들을 엄숙한 음악과 바꾸는 것이 초장부터 쉬운 일은 아니었다. 하지만 술잔을 치우자 소음도 함께 잦아들었다. 무대 오른쪽 구석에 있는 계단으로 향하던 피오나는 어깨에 닿는 손길을 느끼고 뒤돌아보았다. 마사 롱먼 사건의 셔우드 런시였다. 무슨 이유에선지 검은 넥타이를 매고 있었다. 배가 불룩 튀어나온 일정 연령대의 남자들에게 정장은 결박당한 듯 애처로운 느낌을 불러일으키는 옷이었다. 런시는 피오나의 팔에 손을 올리며 아직 신문에는 나지 않았지만 그녀가 관심을 가질 만한 정보가 있다고 했다. 피오나는 말소리를 듣기 위해 고개를 기울였다. 마음은 이미 공연에 가 있고 맥박도 점점 빨라지던 참이라 그의 말에 집중하기 어려웠지만 내용은 대충 알아들었다고 생각했다. 한 번만 다시 말해달라고 하려는 순간 앞서가던 버너가 뒤돌아보며 조급한 신호를 보내고 있음을 알아차렸다. 피오나는 허리를 똑바로 세우고 런시에게 고맙다고 말한 다음 자신의 테너 가수를 따라갔다.

청중이 자리를 잡고 무대로 오르라는 신호를 기다리며 서 있는 사이에 버너가 그녀에게 물었다. "괜찮으세요?"

"괜찮아요. 왜요?"

"얼굴이 창백해서요."

"음."

무의식적으로 그녀는 한쪽 손으로 머리를 만졌다. 다른 손에는 악보가 들려 있었다. 피오나는 악보를 꽉 쥐었다. 내가 정신이 산란해 보이나? 마신 술을 헤아려보았다. 버너가 경고를 보낸 화이트와인은 세 모금을 넘기지 않았다. 전부 합해봐야 두 잔 정도. 괜찮을 것이다. 버너가 손을 잡아 이끌었다. 계단을 올라 피아노 옆에서 인사하는 두 사람에게 청중은 홈팀의 특권 같은 아낌없는 박수갈채를 보내주었다. 어쨌거나 그들은 그레이트홀의 크리스마스 연주회에서 오 년째 공연하는 사람들인 것이다.

자리에 앉아 악보를 놓고 의자를 조정할 때, 피오나는 숨을 깊게 들이마셨다가 부드럽게 내쉬며 바로 이전 대화의 마지막 조각, 말을 더듬던 법정변호사와 괜찮은 일을 빼앗긴다던 명랑한 젊은 여자들을 머릿속에서 몰아냈다. 또한 런시도.

아니야. 생각할 때가 아니야. 버너가 고갯짓으로 준비가 되었음을 알리자 그녀의 손가락은 즉시 거대한 악기에서 부드럽게 흔들리는 화음을 불러냈고 마음은 그 뒤를 따라가는 듯했다. 테너의 등장은 완벽했다. 두세 마디를 연주하고 나자 그들은 리허설에서는 불가능했던 목적의 일치를 이루었고, 단순히 제대로 연주하기 위해 집중하는 단계를 넘어 애쓰지 않고도 음악 속으로 녹아들 수 있었다. 와인의 양이 딱 적당했다는 생각이 머리를 스쳤다. 파치올리의 부드럽고 힘 있는 깊은 소리가 그녀를 들뜨게 만들었다. 마치 두 사람이 음의 물살을 따라 자연스레 하류로 흘러 내려가는 것 같았다. 버너의 목소리는 더욱 따뜻했고, 음정도 정확했으며, 가끔씩 끼어드는 불안한 비브라토도 없었다. 베를리오즈가 '목가'에 붙인 선율의 즐거움을 자유롭게 탐색했고, '애도'에서는 가파르게 곤두박질치는 'Ah! Sans amour s'en aller sur la mer!'* 에 담긴 슬픔을 모두 표현해냈다. 피아노 반주는 저절로 흘러나왔다. 손가락이 건반에 닿으면 피오나는 마치 객석 뒤편에 앉아 있는 것처럼 연주 소리가 들렸고, 그 자리에 존재하기만 하면 무엇이든 될 것 같은 느낌이 들었다. 피오나는 버

---

* '아! 사랑 없이 바다로 떠난다!'

너와 함께 시간과 목적을 초월하여 음악이라는 지평 없는 초
공간으로 들어섰다. 자신의 귀환을 기다리는 무언가가 있다
는 사실은 그저 희미하게 인식할 뿐이었다. 그건 저 아래에
놓여 있는, 익숙한 풍경에 찍힌 낯선 점과 같은 것이었기에.
어쩌면 거기 없을지도 몰라. 어쩌면 사실이 아닐 거야.

　꿈속에서 빠져나온 두 사람이 나란히 서서 다시 청중을 마
주 보았다. 박수가 요란했지만 늘 있는 일이었다. 매해 이맘
때 그레이트홀에 감도는 관대한 분위기에서는 이보다 훨씬
못한 연주에 더 요란한 박수가 나오는 일도 잦았다. 버너와
얼핏 시선이 마주쳐 그 눈에 어린 빛을 본 뒤에야 그녀는 두
사람이 아마추어 연주의 흔한 한계를 뛰어넘었음을 확실히
깨달았다. 실제로 곡에서 무언가를 끌어낸 것이었다. 버너가
잘 보이고 싶은 여자가 청중 속에 있었다면, 그녀는 예스러
운 구애를 받은 셈이며 그에게 분명 푹 빠졌을 것이다.

　말러를 연주하기 위해 자리로 돌아가자 순식간에 침묵이
내려앉았다. 이제 피오나 혼자였다. 긴 도입부는 마치 피아니
스트가 즉흥적으로 곡을 만들어 연주하는 것처럼 들렸다. 한
없이 인내하며 머뭇거리듯 두 개의 음을 누르고, 그 두 음을
반복한 뒤 다른 음을 덧붙이고, 다시 그 세 음을 반복한 뒤
네 번째 음을 덧붙이면 마침내 곡은 풍요롭게 뻗어 올라가

말러가 작곡한 가장 아름다운 선율 하나가 완성되었다. 피오나는 자신의 연주가 그리 나쁘지 않다는 생각이 들었다. 심지어 일류 피아니스트들이나 몸에 밴 기교까지 터득해 중간 C음 위의 특정 음들을 종소리처럼 울리게도 했다. 오케스트라 편곡에서 하프 파트에 해당하는 부분에서는 사람들에게 진짜 하프 소리를 들려주었다고 생각했다. 버너는 노래를 시작하자마자 고요한 체념의 감정을 끌어냈다. 어떤 이유에서인지 그는 독일어 대신 영어 가사로 노래하겠다고 고집했다. 아마추어에게만 허락되는 자유였다. 그로 인한 득은 청중이 마음의 혼란을 뒤로하고 물러나는 한 남자를 이해할 수 있다는 것이었다. 진정 나는 이 세상에서 죽은 사람이나 다름없다네. 그들은 청중을 사로잡았음을 알아차렸고 연주는 더욱 달아올랐다. 피오나는 또한 자신이 끔찍한 무엇을 향해 장중한 걸음을 옮기고 있음을 알고 있었다. 그건 사실이야, 아니 사실이 아니야. 음악이 끝나고 제대로 맞닥뜨려야만 비로소 알게 되겠지.

다시 박수가 쏟아졌고, 가볍게 인사를 하고 나자 앙코르 요청이 이어졌다. 발 구르는 소리까지 나더니 점점 요란해지기 시작했다. 그들은 서로를 쳐다보았다. 버너의 눈에 물기가 어렸다. 피오나는 자신이 경직된 미소를 짓고 있음을 알았다.

입 안에 비릿한 쇳내를 느끼며 피아노 의자로 돌아가자 청중은 다시 조용해졌다. 몇 초 동안 두 손을 무릎에 얹고 머리를 숙인 채 그녀는 파트너 쪽을 쳐다보지 않았다. 암보 연주가 가능한 곡의 모음에서 두 사람이 늘 합의하는 것은 슈베르트의 〈음악에 부쳐〉였다. 오래된 애창곡. 실패한 적이 없는 곡. 건반에 손을 올리고 시작할 준비를 했지만 여전히 위를 쳐다보지는 않았다. 홀에는 완전한 정적이 흘렀고, 마침내 그녀가 연주를 시작했다. 도입부에는 슈베르트의 영혼이 깃들었는지 모르지만, 세 음이 상행하고 뒤이어 분산화음이 저음부에서 부드럽게 울리다 더 낮아지며 긴장이 해결되는 다음 부분은 다른 사람의 작품이었다. 배경에서 고동치며 조용히 반복되는 음들은 어쩌면 베를리오즈를 가리키는지도 몰랐다. 그 누가 알겠는가? 말러 가곡의 우울한 체념까지 브리튼이 작곡한 이 곡에 알게 모르게 섞여들었는지 모르는 일이었다. 피오나는 버너에게 아무런 사과의 표시도 보내지 않았다. 조금 전의 경직된 미소만큼이나 굳은 표정으로 건반 위의 자기 손만 내려다보았다. 버너에게는 상황을 파악할 시간이 단 몇 초뿐이었지만, 숨을 들이쉬는 얼굴에는 미소가 흘렀고 목소리는 부드러웠으며 2절에 이르러서는 더욱더 부드러워졌다.

강변의 들판에 내 사랑과 나는 서 있었지.

기울어진 내 어깨에 그녀가 눈처럼 흰 손을 얹었네.

강둑에 풀이 자라듯 인생을 편히 받아들이라고 그녀는 말했지.

하지만 나는 젊고 어리석었기에 이제야 눈물 흘리네.

언제나 관대한 청중이지만 기립박수를 치는 일은 드물었다. 그런 것은 팝 콘서트에서나 있는 일이었고 함성이나 휘파람도 마찬가지였다. 하지만 청중은 하나가 되어 일어섰고, 고위급 판사 일부만이 약간 주저했을 뿐이었다. 더 어린 열성팬들은 함성을 외치고 휘파람을 불었다. 하지만 찬사에 응답하는 사람은 마크 버너뿐이었다. 그는 한 손을 피아노에 올리고 감사의 표시로 고개를 끄덕이거나 미소를 지으며 동시에 걱정스러운 얼굴로 자신의 피아니스트가 재빨리 무대를 가로질러 나가는 모습을 지켜보았다. 시선을 발에 고정한 채 계단을 내려간 피오나는 대기 중인 현악 사중주단을 지나쳐 황급히 출구로 나아갔다. 대부분 사람들은 그녀가 이례적으로 강렬했던 무대에 압도된 것이라고 추측했고, 이에 공감한 법학원 평의원들과 동료들은 피오나가 앞을 지나갈 때 더욱 힘찬 박수를 보냈다.

코트를 찾은 피오나는 막 쏟아지기 시작한 폭우에도 아랑곳 않고 하이힐을 신은 채 가능한 한 빠른 걸음으로 아파트로 돌아왔다. 거실에는 부주의하게 그대로 켜둔 촛불 몇 개가 타고 있었다. 코트 차림 그대로, 머리카락이 머리에 찰싹 달라붙고 물방울이 목에서 등으로 뚝뚝 떨어지는 그대로, 그녀는 가만히 서서 여자의 이름을 기억해내려 애썼다. 그 여자를 생각하지 않고 지내는 동안 너무도 많은 일이 일어났다. 피오나는 얼굴을 떠올렸고 목소리를 불러냈다. 그러자 이름이 생각났다. 머리나 그린. 그녀는 핸드백에서 휴대폰을 꺼내 머리나와 통화했다. 업무 외 시간에 전화해서 미안하다는 사과에 이어 두 사람은 간단히 이야기를 나누었다. 배경에서 아기들이 날카롭게 울어대는 소리가 들렸고 머리나는 피곤하고 시달린 목소리로 대답했다. 맞아요, 확인해드릴 수 있어요. 사 주 전이었어요. 그녀는 자신이 아는 내용을 전해주며 판사가 연락을 받지 못하다니 의외라고 말했다.

피오나는 그 자리에 붙박인 채 서 있었다. 별다른 이유도 없이 눈길은 남편이 차려놓은 음식에 머물렀고 다행히도 머리는 텅 비어 있었다. 여느 때와는 달리 방금 전에 연주한 음악이 머릿속에 울려 퍼지지도 않았다. 공연에 대해서는 잊고 있었다. 생각하지 않는다는 것이 신경학적으로 가능한 일이라면 자신이 바로 그런 상태였다. 몇 분이 지났다. 정확히 몇 분이었는지는 알 수 없었다. 무슨 소리에 피오나는 뒤를 돌아보았다. 벽난로 불이 쇠살대 안으로 무너지며 마지막 비명을 지르고 있었다. 그녀는 벽난로로 다가가 무릎을 꿇고 다시 불을 일으키기 시작했다. 나무와 석탄을 집게 없이 맨손으로 집어서 빛나는 열기의 잔해와 그 주변에 올려놓았다. 풀무질을 세 번 하고 나니 소나무 조각에 불이 붙었고, 그녀가 지켜보는 사이 불은 좀더 큰 나뭇조각 두 개로 옮겨 붙었다. 피오나는 더 가까이 다가가 조그만 불꽃들이 까만 석탄을 배경으로 조금씩 옆으로 들썩이다 크게 펄럭이는 모습을 눈에 가득 담았다.

마침내 끈질긴 두 가지 질문과 함께 생각이 돌아왔다. 왜 나한테 말하지 않았니? 왜 도움을 청하지 않은 거야? 상상 속 목소리가 대답했다. 했어요. 피오나는 자리에서 일어나 고관절에 통증을 느끼며 침실로 걸어갔고, 침대 옆 탁자에서 육 주 동안 보관해둔 시를 꺼냈다. 처음 읽었을 때 그 시의 멜로드라마 같은 분위기가 거슬리기도 했지만 그보다 자유를 얻기 위해 무거운 십자가를 강물에 던지고 한 번의 담백한 키스를 나눈 것을 사탄의 부추김에 빗댄 청교도적인 암시 때문에 다시 읽을 마음이 들지 않았었다. 십자가, 유다나무, 나팔 같은 기독교 장치들이 어쩐지 음습하고 숨 막히게 느껴지기도 했다. 그리고 자신은 허식에 싸인 여자, 무지개 비늘이 달린 물고기, 시인을 나쁜 길에 들게 하고 그에게 키스한 기만적인 인물이었다. 맞아, 그 키스. 그 아이와 거리를 둔 것은 바로 죄책감 때문이었다.

피오나는 다시 불가에 웅크리고 앉아 시가 적힌 종이를 부하라 카펫 위에 내려놓았다. 석탄가루 지문이 종이 윗부분에 얼룩을 만들었다. 그녀는 곧바로 마지막 연을 읽었다. 예수가 기적처럼 강물 위에 서서, 물고기는 변장한 사탄이었고 시인은 '대가를 치르리라'라고 선언하는 장면.

그 여자의 키스는 유다의 키스, 내 이름을 배반한 키스였으니.
제 손으로

피오나는 뒤쪽 탁자로 손을 뻗어 안경을 집어 쓴 뒤에 가위표로 지워버렸거나 동그라미를 친 단어들을 따라갔다. '칼'이 삭제되었고 '치르리'와 '그로 하여금'과 '비난'도 마찬가지였다. '하면 안 된다'는 '해야 한다'로, '가라앉히다'는 '빠뜨리는'으로 바뀌었다. '제 손으로'는 따로 놓인 채 풍선도 없이 그 난맥 위로 떠올라 있었고, 옆의 화살표는 그 구절이 '그리고' 자리에 들어가야 함을 표시했다. 그녀는 애덤의 글쓰기 방식과 필체에 대해 감을 잡기 시작했다. 그러자 이해할 수 있었다. 분명히 보였다. 심지어 선택된 단어들 사이를 잇는 구불구불한 선까지 있었다. 하느님의 아들이 저주를 내린 것이었다.

제 손으로 내 십자가를 빠뜨리는 자는 죽음을 당할지니.

현관문이 열리는 소리를 들었지만 피오나는 돌아보지 않았고, 부엌으로 가는 길에 거실을 지나던 잭이 본 그녀의 모습도 그 상태 그대로였다. 잭은 그녀가 불을 손보고 있다고 생각했다.

"더 활활 태워." 그가 외쳤다. 그런 다음 좀더 멀리에서 말했다. "연주 대단했어! 다들 좋아하던데. 그리고 정말 감동적이었어!"

잭이 샴페인과 잔 두 개를 가지고 돌아왔을 때, 피오나는 자리에서 일어나 코트를 벗어 의자 등받이에 걸쳐두고 신발을 막 벗은 참이었다. 그녀는 방 한가운데에 가만히 서서 기다렸다. 그가 건넨 잔을 내밀어 술이 채워지기를 기다리는 동안에도 잭은 그녀의 창백한 얼굴을 눈치채지 못했다.

"당신 머리. 수건 갖다줄까?"

"마르겠지."

그는 금속 병마개를 열어 피오나에게 샴페인을 따라주고 자기 잔도 채웠다. 그러더니 잔을 내려놓고 벽난로로 다가가 통에 담긴 석탄을 모조리 불 위에 쏟아낸 다음 커다란 통나무 세 개를 삼각뿔모양으로 세워놓았다. 그러고는 오디오를 켜고 다시 재럿의 음반을 틀었다.

피오나가 중얼거렸다. "잭, 지금은 아니야."

"맞아. 연주회 직후에! 이런 바보 같으니."

피오나는 그가 어서 공연 전의 분위기로 돌아가고 싶어 한다는 것을 알고 안쓰러운 마음이 들었다. 잭은 최선을 다하고 있었다. 곧 키스를 원할 것이었다. 그가 돌아왔고, 오디오가 꺼진 순간부터 피오나의 귀에 쉭쉭거리던 침묵 속에서 두 사람은 건배를 하고 술을 마셨다. 그런 다음 잭은 그녀와 버너의 공연에 대해, 끝나고 모두 일어섰을 때 자신이 자랑스러움에 북받쳐 흘린 눈물에 대해, 나중에 사람들이 했던 말들에 대해 이야기했다.

"잘 끝났어." 피오나가 말했다. "잘 끝나서 정말 다행이야."

잭은 연주자도 아니고 취향도 확고하게 재즈와 블루스에 한정되어 있었지만, 공연에 대해 그럴듯하게 묘사하며 연주한 곡도 모두 기억해냈다. 그는 의견을 쏟아냈다. 〈여름밤〉은 뜻밖의 발견이었다. 특히 '애도'가 심금을 울렸고 프랑스어 가사도 다 이해되더라. 말러는 곡 안에 어마어마한 감정이 축적되어 있다는 느낌이 들어 다시 들어봐야겠는데, 처음 들었을 때는 그다지 잘 와 닿지 않았다. 마크가 그 노래를 영어로 불러서 다행이다. 누구나 세상에서 벗어나고 싶은 충동은 알지만 그럴 엄두를 내는 사람은 많지 않은 것 같다. 피오나는 남편의 말을 진지하게 들었고, 혹은 듣는 것처럼 보였고, 짧게 대답하거나 고개를 끄덕이기도 했다. 그녀는 병원에 입원한 환자처럼 어서 다정한 문병객이 돌아가기를, 그래서 마음 놓고 앓을 수 있기를 바라고 있었다. 불길이 일었고 피오나가 떠는 것을 알아차린 잭은 그녀를 불가로 데려가 남은 샴페인을 마저 따랐다.

잭은 이 광장에서 오래 살았기 때문에 그레이즈인 평의원들을 그녀만큼이나 잘 알고 있었다. 그는 이날 저녁 마주친 사람들에 대해 이야기하기 시작했다. 그레이즈인은 긴밀한 유대관계로 맺어져 있었고 이곳 주민들은 두 사람을 매료시켰다. 늦은 저녁이면 함께 그들을 해부하는 일이 두 사람 부부생활의 독특한 일면이었다. 그리해 간간이 중얼거리며 대답을 이어가는 것은 피오나에게는 쉬운 일이었다. 잭은 계속 기분이 좋은 상태였고 그녀의 공연과 앞으로 이어질 일에 대한 기대로 들떠 있었다. 그는 어떤 형사전문 변호사가 사람들과 공동으로 대안학교를 세우고 있다는 이야기를 했다. 그들은 '모든 아이는 천재다'라는 교훈을 라틴어로 번역해야 했다. 최대 세 단어로, 잿더미에서 날아오르는 불사조 문장 아래 수놓아 교복에 달 수 있을 정도로 짧아야 했다. 흥미로운 난제였다. 천재는 18세기에 생긴 개념이고 '아이'에 해당하는 라틴어는 대부분 성(性)을 특정 짓는 것들이다. 그리고 마침내 'Cuiusque parvuli ingenium'을 생각해냈다. 천재만큼 강렬하지는 않지만 타고난 기지, 능력을 뜻하는 단어도 괜찮아 보였다. 'parvuli'는 필요하다면 여자아이까지 포함시킬 수 있는 단어다. 그런데 그 변호사가 열한 살에서 열여섯 살까지 수준이 저마다인 아이들을 대상으로 생생한 라틴어 수업을 꾸려볼 생각이 있는지 물었다. 도전이 될 것이다. 거부하기 힘든 일이다.

피오나는 무표정하게 남편의 말을 들었다. 나는 그런 멋진 배지를 달 아이를 영영 갖지 못할 거야. 그녀는 마음이 너무 물러져 있음을 깨달았다.

피오나가 말했다. "하면 좋겠지."

생기 없는 말투에 잭이 그녀를 달리 쳐다보았다.

"무슨 일이 있군."

"난 괜찮아."

그러자 그는 얼굴을 찡그리며 미처 하지 못한 질문을 생각해냈다. "연주 끝나고 나가버린 이유가 뭐야?"

그녀는 머뭇거렸다. "감당하기 너무 힘들었어."

"다들 일어섰을 때? 하긴 나도 완전히 쓰러질 뻔했다니까."

"마지막 곡 말이야."

"말러 말이지."

"〈버드나무 정원〉."

잭이 웃으며 무슨 말도 안 되는 소리냐는 듯한 표정을 지었다. 그녀가 버너와 그 곡을 연주하는 모습을 열 번도 넘게 본 터였다. "뭐가 어떻게?"

그의 태도에는 조급함도 섞여 있었다. 잭은 멋진 밤의 기약이 실현되기를, 결혼생활이 복구되기를 바라고 있었다. 아내에게 키스하고 술을 한 병 더 따고, 침대로 이끌어 둘 사이를 다시 한 번 편안하게 만들고 싶었다. 피오나는 남편을 잘 알기에 그 바람을 모두 느꼈고, 그래서 다시 안쓰러운 마음이 들었지만 그것은 멀찍이 떨어져 느끼는 감정이었다.

피오나가 말했다. "어떤 기억, 지난여름의."

"그래?" 잭의 말투에 가벼운 호기심이 실렸다.

"한 청년이 그 곡을 바이올린으로 들려줬어. 막 배우는 단계였거든. 병원이었고. 난 거기 맞춰서 노래를 불렀어. 둘 다 꽤나 시끄러운 소리였을 거야. 그리고 그 애가 다시 연주하자고 했는데, 난 그냥 나와야 했어."

잭은 수수께끼를 풀 기분이 아니었다. 목소리에 짜증이 묻어나지 않게 안간힘을 쓰며 그가 말했다. "다시 시작해봐. 그게 누구야?"

"아주 이상하고 아름다운 청년." 피오나는 잦아드는 목소리로 애매하게 말했다.

"그래서?"

"심리를 미루고 병실로 가서 그 애를 만났어. 기억날 거야. 여호와의 증인. 중병인데 치료를 거부했던. 신문에 나왔잖아."

잭에게 그 사건을 상기시켜야 하는 이유는 그때 그가 멜러니의 침실에 박혀 있었기 때문이다. 그러지 않았다면 두 사람은 그에 대해 이야기를 나누었을 테니까.

잭이 확고한 목소리로 말했다. "기억나는 것 같아."

"내가 병원에 치료 허가를 내줬고 아이는 회복했어. 그 판결이…… 그게 아이한테 영향을 미쳤어."

그들은 이제 맹렬한 열기를 내뿜는 벽난로 양쪽에 아까와 같은 자세로 서 있었다. 피오나는 불꽃을 내려다보았다. "내 생각에…… 내 생각에 나한테 어떤 강렬한 감정을 품었던 것 같아."

잭이 빈 잔을 내려놓았다. "계속해봐."

"순회 나갔을 때 그 애가 뉴캐슬까지 따라왔어. 그리고 난……" 그곳에서 있었던 일을 말하려던 건 아니었지만 피오나는 곧 마음을 바꾸었다. 이제 무엇이든 감추는 것은 의미가 없었다. "그 애가 빗속을 뚫고 날 찾아왔고…… 정말 멍청한 짓을 해버렸어. 숙소에서. 내가 어떻게 됐었는지…… 그 애한테 키스했어. 키스했다고."

잭이 벽난로 열기에서, 혹은 그녀에게서 한 발짝 물러섰다. 피오나는 더 이상 개의치 않았다.

그녀가 속삭였다. "정말 다정한 녀석이었어. 여기 와서 우리랑 살고 싶어 했는데."

"우리?"

잭 메이는 1970년대의 사상적 흐름을 그대로 체득하며 성년이 되었다. 성인이 된 후로는 오로지 대학에서 학생들을 가르치며 지냈다. 그는 이중잣대의 불합리성을 잘 알고 있었지만 지식이 그를 보호해주는 것은 아니었다. 피오나는 남편의 얼굴에서 분노를 읽었고, 그 분노가 턱 근육을 긴장시키고 눈빛을 얼어붙게 만드는 모습을 지켜보았다.

"그 애는 내가 제 삶을 바꿔놓을 수 있다고 생각했어. 그러니까 일종의 스승으로 삼고 싶었던 것 같아. 그 애는 내 능력이…… 정말 진지했고, 삶에, 모든 것에 정말로 목말라했던 아이야. 그리고 난……"

"그래서 당신은 키스를 했고 그 애는 당신과 함께 살고 싶어 했다? 도대체 무슨 말을 하려는 거야?"

"그 애를 돌려보냈어." 피오나는 고개를 저었다. 말이 나오지 않았다.

그러다 남편을 쳐다보았다. 잭은 그녀에게서 멀찍이 떨어져 다리를 벌린 채로 팔짱을 끼고 서 있었고 여전히 잘생긴 사람 좋은 얼굴은 분노로 굳어 있었다. 은색 가슴털 한 줌이 열린 셔츠 옷깃 사이로 구불구불하게 삐져나와 있었다. 피오나는 가끔 남편이 그걸 빗으로 손질하는 모습을 본 적이 있었다. 세상이 그런 세세한 일들로, 유약한 인간성을 드러내는 그런 자질구레한 요소들로 가득 차 있다는 사실에 마음이 무너질 것 같아 그녀는 눈길을 돌렸다.

그제야, 다 그치고 난 뒤에야 두 사람은 창문을 두드리던 비를 의식했다.

더 깊어진 정적 속에서 잭이 말했다. "그래서 무슨 일이 있었는데? 그 애는 지금 어디 있는 거야?"

그녀의 목소리는 조용하고 단조로웠다. "오늘 밤 런시한테 들었어. 몇 주 전에 백혈병이 재발해서 병원에 입원했대. 병원에서 수혈을 하려 했는데 애가 거부했어. 본인 결정이었고. 이제 열여덟 살이 됐으니까 누구도 어쩔 수가 없었대. 그 애는 수혈을 거부했고, 폐에 피가 들어찼고, 그래서 죽었어."

"신앙을 위해 죽었군." 남편의 목소리는 차가웠다.

피오나는 이해할 수 없는 얼굴로 그를 바라보았다. 그러고는 자신이 제대로 설명하지 않았음을, 그에게 말하지 않은 것이 너무도 많음을 깨달았다.

"내 생각에 그건 자살이야."

몇 초 동안 아무도 말을 하지 않았다. 광장에서 사람들의 목소리, 웃음소리, 발소리가 들려왔다. 음악 행사가 마무리되는 중이었다.

잭이 부드럽게 헛기침했다. "그 애를 사랑했던 거야, 피오나?"

그 질문이 그녀를 무너뜨렸다. 피오나는 끔찍한 소리로 숨죽여 절규했다. "오, 잭, 걔는 그냥 어린애였어! 소년. 사랑스러운 소년!" 비로소 피오나는 울기 시작했다. 불가에 서서 양팔을 옆으로 축 늘어뜨린 채로. 좀처럼 감정을 드러내는 법이 없던 아내의 그런 모습에 충격을 받은 잭은 극단의 슬픔을 마냥 지켜보고만 있었다.

피오나는 말을 할 수가 없었고 울음도 그칠 수 없었다. 그런 모습을 보이는 것도 더 이상 견딜 수가 없어서 바닥에 놓인 구두를 챙겨 스타킹 신은 발로 서둘러 거실을 지나 복도로 나갔다. 잭에게서 멀어질수록 울음소리는 더 커졌다. 침실에 도착한 그녀는 문을 쾅 닫고 불도 켜지 않은 채 침대에 쓰러져 베개에 얼굴을 묻었다.

───◆◆◆───

삼십 분 뒤, 심연으로부터 끝없이 이어지는 수직사다리를 타고 올라가는 꿈을 꾸다가 잠에서 깼을 때, 피오나는 잠들었던 기억이 나지 않았다. 멍한 상태에서 옆으로 돌아누워 문 쪽을 바라보았다. 바닥 가장자리를 통과해 복도에서 들어오는 기다란 빛줄기가 위안이 되었다. 하지만 눈앞에 펼쳐지는 상상 속 장면에는 위안이 없었다. 병이 재발한 애덤이 허약해진 모습으로 자신을 아껴주는 부모의 집으로 돌아가고, 친절한 장로들을 만나고, 신앙의 품으로 되돌아가는 모습. 혹은 그런 상태를 자기파괴의 완벽한 눈속임으로 삼는 모습. 제 손으로 내 십자가를 빠뜨리는 자는 죽음을 당할지니. 어두운 불빛 속에서 그녀는 집중치료실로 찾아가 만난 애덤을 보았다. 창백한 야윈 얼굴, 커다란 보랏빛 눈 밑의 자주색 그늘, 백태 긴 혀와 막대기 같던 팔, 너무도 중했던 병, 너무도 강했던 죽음의 결심, 너무도 넘쳐났던 매력과 생명력, 침대 위에 사방으로 흩어진 시를 쓴 종이들, 법정으로 돌아가야 하는 그녀에게 더 있어달라던, 다시 연주하자던 간청.

법정에서 피오나는 자신의 지위가 부여해준 권한과 위엄으로 애덤에게 죽음 대신 앞으로 펼쳐질 모든 삶과 사랑을 제안했다. 또한 종교로부터 그를 보호해주었다. 신앙 없이 바라본 세상은 얼마나 열려 있고 아름답고 또 두려웠을까. 그런 생각을 하며 더 깊은 잠에 빠져들었다가 몇 분 뒤 빗물받이 홈통에서 들려오는 노래와 탄식소리에 다시 잠에서 깼다. 이 비는 그치질 않으려나? 피오나는 리드먼홀 진입로를 혼자 걸어 올라가는 형상을 보았다. 폭풍우에 어깨를 움츠린 모습, 어둠 속에서 길을 찾는 모습, 떨어지는 나뭇가지 소리에 귀 기울이는 모습. 애덤은 눈앞에 나타난 불빛을 보고 내가 거기 있음을 알았겠지. 나를 만나 얘기할 기회가 있을지 확신도 못 하면서 마구간에서 추위에 떨며 기다렸던 아이, 모든 걸 감수하면서까지 그 아이가 원했던 건 정확히 뭐였을까?

게다가 예순이 다 된 여자, 아주 오래전 뉴캐슬에서 시도한 몇 번의 무모한 모험 말고는 평생 그 무엇도 감수해본 적 없는 여자에게서 그걸 얻을 수 있다고 믿었다니. 나는 그런 찬사를 자랑스러워했어야 했는데. 그리고 마음의 준비를 했어야 했는데. 대신 용서받지 못할 충동에 이끌려 그 애에게 키스했고, 그런 다음엔 그냥 돌려보내고 말았지. 그러고 난 도망쳤어. 아이가 보낸 편지에 답하지도 못했고 시에 담긴 경고도 해독하지 못했어. 하찮은 명성에 연연해 두려워하던 내가 지금은 얼마나 수치스러운지. 내가 저지른 위반은 징계위원회의 힘이 미치는 범위 밖에 있었어. 그 애가 나를 찾아왔는데 난 종교를 대신할 무엇도, 그 어떤 보호책도 제시하지 못했어. 아동법은 내 가장 중요한 관심사가 아이의 복지여야 한다고 명백하게 규정하고 있는데도, 그토록 많은 판결문에서 그토록 많은 분량을 그 조항에 할애했던 나인데도. 복지, 안녕은 사회적인 것이다. 아동은 섬이 아니다. 법정을 벗어나면 내 책임도 끝난다고 생각했어. 하지만 어떻게 그럴 수 있지? 아이는 나를 찾아왔고, 그 애가 원했던 건 모든 사람이 다 원하는 것, 초자연적인 힘이 아닌 자유로운 사고를 하는 사람만이 줄 수 있는 것이었는데. 그건 '의미'였어.

몸을 뒤척이자 축축하고 차가운 베개가 얼굴에 닿았다. 이제 완전히 잠에서 깬 피오나는 베개를 옆으로 치우고 다른 베개 쪽으로 손을 뻗다가, 등 뒤 옆자리에 길게 누운 따뜻한 몸이 손에 닿자 흠칫 놀랐다. 피오나는 돌아누웠다. 남편이 한 손으로 머리를 받치고 모로 누워 있었다. 그리고 다른 손으로 그녀의 눈을 가린 머리카락을 넘겨주었다. 다정한 손길이었다. 복도에서 새어 들어오는 빛에 그의 얼굴이 간신히 보였다.

잭이 말했다. "당신 자는 거 보고 있었어."

얼마 뒤, 한참이 지난 뒤, 그녀가 속삭였다. "고마워."

그리고 물었다. 모든 이야기를 다 듣고 나서도 여전히 자신을 사랑할 것인지. 성립되지 않는 질문이었다. 잭은 아직 아는 게 거의 없으니까. 죄책감을 느낄 일이 아니라고 그가 자신을 타이를지도 모른다는 생각이 들었다.

잭은 그녀의 어깨를 끌어당겨 안았다. "물론 그럴 거야."

그들은 어둑한 방에 마주 보고 누워 있었다. 침실 밖에서 빗물에 씻긴 거대한 도시가 부드러운 밤의 리듬 속으로 가라앉고 두 사람의 결혼생활이 불안하게 제자리를 찾아갈 때, 피오나는 남편에게 조용하고 한결같은 목소리로 이야기했다. 자신이 느끼는 수치심과 다정한 그 소년이 지녔던 삶의 열정과 그의 죽음에서 자신이 맡았던 역할에 대해.

동서양을 막론하고 이상화된 가정의 이미지는 진부하지만 아름답다. 서로를 깊이 사랑하는 지혜로운 부모가 무력한 어린 자식들을 보살피고 가르쳐서 사회의 훌륭한 성원으로 바깥세상에 내보낸 후 생이 다할 때까지 서로에게 의지하며 늙어간다. 대략 그런 이미지다. 하지만 현실세계를 둘러보면 그런 이상적인 가정이 얼마나 될까? 게다가 겉으로는 가정생활의 모범처럼 보이는 가족들이 안에서는 제각기 다른 모습으로 고통 받고 있는 경우는 또 얼마나 많은가?

어찌 보면 기쁨을 주는 만큼 희생을 요구하는 가족이라는 제도에 대해 이렇게 이상적인 이미지가 지배하는 이유는 무엇일까? 우선 자본주의 사회의 가장 효율적인 생산 단위로 가정이 수행하는 기능이 너무도 중요하기 때문이기도 하겠지만, 무엇보다도 다른 동물에 비해 터무니없을 정도로 성장이 느린 인간이 생존하기 위해서는 다분히 폐쇄적이지만 긴밀한 그런 보호 장치가 필수적이어서 우리 모두 자발적으로 그런 이상을 추구하는 것인지도 모른다.

하지만 그 폐쇄성이 더욱 강해진 현대의 가정은 그토록 필수적인 보호 기능에 못지않은 부작용도 보이는 것 같다. 아이들은 성장과정에서 많은 부분 부모의 성정, 세계관, 종교, 생활환경 등에 크게 영향을 받으며, 부모가 보여주지 않는 세계는 거의 모른 채 성인이 되는 경우도 적지 않다. 폐쇄적인 환경에서 제대로 자유를 누리지 못하고 자란 아이들이 또 그런 부모가 되는 현실, 그리고 전통사회처럼 공동체가 함께 아이를 키우는 일이 불가능해진 현실 속에서 법은 어쩌면 어린이의 자유와 복지를 제도적으로 보장하는 유일한 수단이 될 수 있다.

현대 영국의 대표적인 소설가로 꼽히는 이언 매큐언은 이런 현실 인식에 바탕을 둔 아동법의 취지에 깊이 공감했고, 가정사의 내밀한 영역에 개입하여 도덕, 감정, 종교 등의 문제가 얽히고설킨 미묘한 가치판단을 내려야 하는 가정법원의 역할에 매료되었다고 한다. 작가는 문학작품을 방불케 하는 문장으로 인간사의 번잡한 사건과 갈등을 묘사한 훌륭한 판결문들을 읽으며 그 안에서 흥미롭고 감동적인 소설의 재료를 발견했으며, 그 과정을 통해 나온 작품이 《칠드런 액트》다.

소설의 주인공 피오나 메이는 59세의 고등법원 판사로서, 유년기부터 순탄하고 성공적인 삶을 살아온 이성적인 인물이다. 하지만 그녀의 순탄한 삶은 35년간 동고동락한 남편 잭이 죽기 전에 마지막으로 열정적인 연애를 원한다며 외도를 허락하라는 충격적인 요구를 하자 혼란에 빠진다. 그와 동시에 피오나는 종교를 이유로 수혈을 거부하여 생명이 위태롭게 된 여호와의 증인 소년 가족과 강제로라도 수혈하여 아까운 희생을 막겠다는 병원 사이의 소송을 담당하게 된다. 신실한 종교적 신념을 무시할 수도, 미래가 창창한 열일곱 소년을 죽게 놔둘 수도 없어 고민하던 피오나는 병원에 가서 환자를 직접 만나본 뒤 그를 살리는 판결을 내린다. 하지만 문제는 뜻하지 않은 방향으로 흘러가고 소설은 그 뒤의 연쇄적 결과를 긴장감 있게 다루고 있다.

종교와 법의 충돌, 복잡하게 얽힌 가치판단의 문제 등을 세밀하고 설득력 있게 제시하고 있는 이 작품은 이 사건 외에도 주인공이 법정에서 접한 가정사의 갈등과 비극, 그로 인해 절박한 처지로 내몰리는 아이들에 대한 사례들을 폭넓게 다룬다. 작가가 탐독한 여러 판결문에 나온 실제 사건들을 기반으로 한 이런 사례들은 법정이 그 어떤 소설 못지않은 생생한 인간 드라마의 현장임을 보여준다.

이언 매큐언은 파격적인 소재와 묘사로 문단에 충격을 던진 처녀작 《첫사랑, 마지막 의식》부터 영화로도 제작되어 광범위한 인기를 얻었던 《속죄》, 68세대 지식인의 추락을 긴장감 있게 그려 부커상을 수상한 《암스테르담》, 그리고 신경외과의사의 하루를 치밀하게 묘사한 《토요일》 등에 이르기까지, 여러 작품에서 섬세한 묘사와 흡인력 있는 내용, 색다른 주제 등으로 독특한 작품세계를 이뤄왔다.

매큐언은 특히 최근 작품들에서 다양한 직업을 가진 지성적인 인물들을 치밀한 취재를 통해 사실적으로 그렸는데, 《토요일》을 쓸 때는 신경외과의사의 일상을 묘사하기 위해 뇌수술 현장을 참관했고, 《칠드런 액트》의 배경이 된 법조계를 조사하기 위해 법조인들과 교유하며 많은 분량의 판결문을 읽었다고 한다. 또한 클래식 음악에 조예가 깊어 《암스테르담》과 《체실 비치에서》의 주인공들을 각각 교향곡 작곡가와 현악 사중주단 리더로 실감나게 그렸다. 그래서 그의 작품에서는 다양한 인물군의 일상을 엿보는 부가적인 즐거움도 얻을 수 있다.

이 작품 역시 색다른 배경, 인물, 소재 등이 돋보인다. 그런데 그 못지않게 독특한 것은 정수만을 남기고 혹독하게 깎아낸 군더더기 없는 문체다. 단어와 단어 사이에 여백이 많지만 오히려 그런 여백이 의미의 범위와 이해의 가능성을 더욱 넓히는 묘한 결과를 가져오며, 그래서 그런 어휘나 표현에 주목하고 여백을 채워가며 읽으면 내용이 더욱 풍부하게 다가온다.

문체 외에 또 하나의 즐거움은 음악이다.《칠드런 액트》는 음악이 가득한 소설이다. 재즈에서 클래식까지 전편에 걸쳐 나오는 여러 곡의 음악은 섬세한 감정묘사가 돋보이는 소설의 아름다운 배경음악이 되어준다. 그래서 언급되는 음악들을 직접 들어보며 책을 읽으면 재미나 감동이 배가되는 효과가 있을 듯하다.

매큐언의 애독자로서 이 책을 번역할 수 있게 되어 가슴이 설레었고, 번역 과정에서도 독특한 어휘, 정련된 문장, 무심한 듯 가슴을 찌르는 표현 등에서 큰 즐거움을 얻었다. 하지만 법률과 사법체계, 소송 등과 관련한 용어 번역은 전문가의 도움이 필요했다. 이 부분에서 법률에 대한 전문지식과 더불어 작품에 대한 섬세한 이해를 바탕으로 큰 도움을 준 금태섭 변호사께 감사인사를 전하고 싶다.

민은영

옮긴이 **민은영**

고려대학교 영어교육과를 졸업하고 이화여자대학교 통번역대학원에서 석사학위를 받았다. 현재 전문 번역가로 활동 중이며 윌리엄 포크너의《곰》, 아모스 오즈의《친구 사이》, 파울로 코엘료의《불륜》등을 우리말로 옮겼다.

칠드런 액트

초판 1쇄 발행 2015년 7월 28일
초판 7쇄 발행 2021년 10월 8일
개정 1판 1쇄 발행 2023년 5월 22일
개정 1판 2쇄 발행 2024년 1월 17일

지은이 이언 매큐언
옮긴이 민은영
펴낸이 이상훈
문학팀 최해경 김다인 하상민
마케팅 김한성 조재성 박신영 김효진 김애린 오민정

펴낸곳 ㈜한겨레엔 www.hanibook.co.kr
등록 2006년 1월 4일 제313-2006-00003호
주소 서울시 마포구 창전로 70(신수동) 화수목빌딩 5층
전화 02-6383-1602~3
팩스 02-6383-1610
대표메일 munhak@hanien.co.kr

ISBN 979-11-6040-518-7 03840